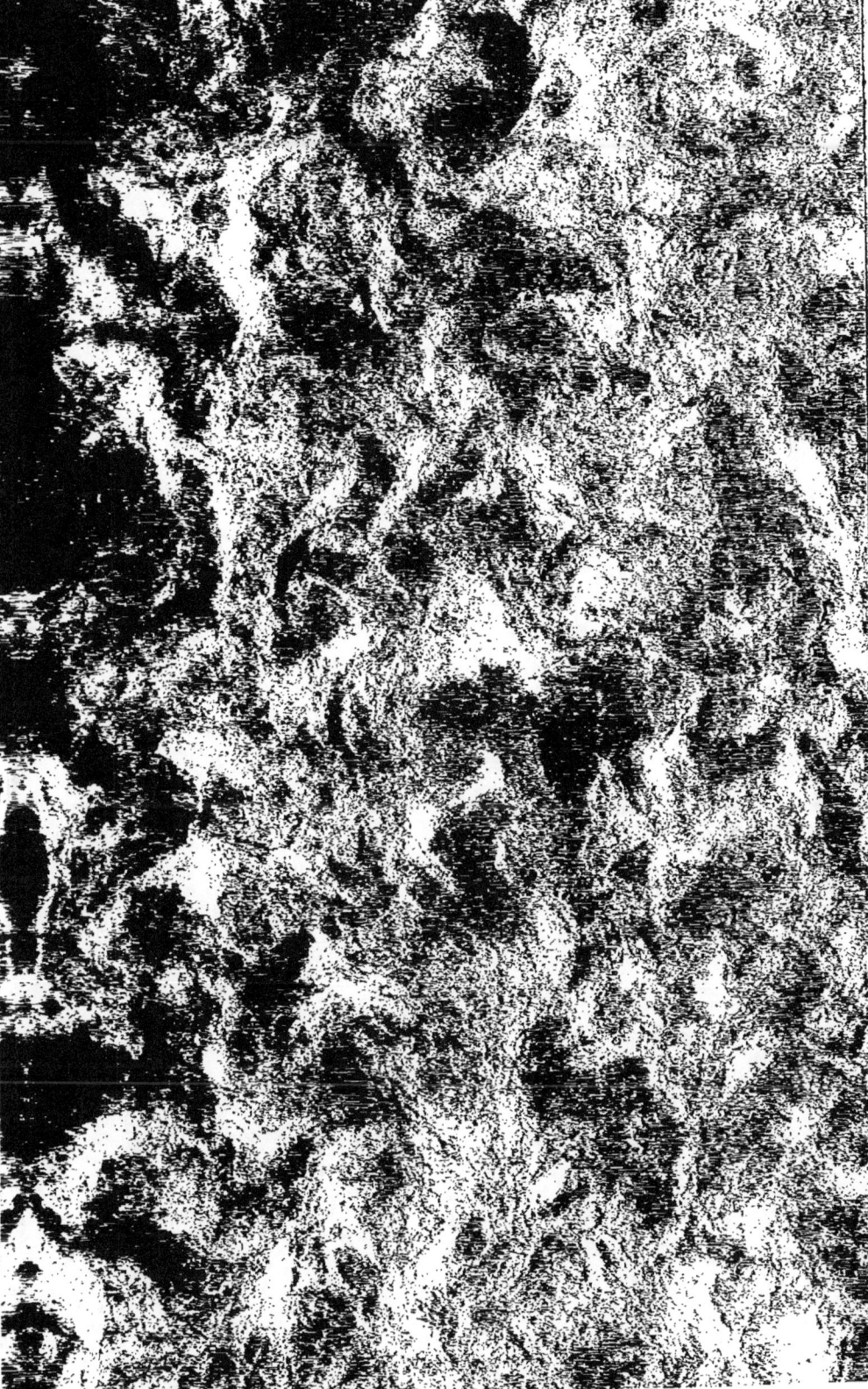

MADGY

1773

Tours. — E. Mazereau, imprimeur.

MADGY

SOUVENIRS

D'ARMÉE ANGLAISE EN CRIMÉE

PAR

LE COMTE DE CASTELLANE

C·L

PARIS

CALMANN LÉVY, ÉDITEUR

ANCIENNE MAISON MICHEL LÉVY FRÈRES

RUE AUBER, 3, ET BOULEVARD DES ITALIENS, 15

A LA LIBRAIRIE NOUVELLE

—

1878

MADGY

SOUVENIRS DE L'ARMÉE ANGLAISE EN CRIMÉE

« Long, long be my heart with such memories fill'd.
» Like the vase in which roses have once been distill'd !
» You may break, you may ruin the vase, if you will,
» But the scent of the roses will hang round it still ! »

MOORE

I

LA CÔTE DE CRIMÉE

Le transport à vapeur de Sa Majesté Britannique l'*Euphrates* se rendait à la fin du mois de mars 1855, de Constantinople en Crimée, portant des munitions de guerre et des dépêches pour l'amiral Lyons. Au moment où ce récit commence, le capitaine ne pouvait se décider, malgré le brouillard, à ralentir la marche du navire, et, debout sur la passerelle qui dans les bâtiments à vapeur à aubes relie les deux tambours des roues, il interrogeait l'horizon.

— Vous êtes comme moi, vous ne distinguez rien, n'est-ce pas, monsieur ? dit-il en se tournant vers un officier supérieur d'artillerie de terre qui se trouvait auprès de lui.

— Absolument rien ; deux fois déjà pourtant j'ai cru entendre le bruit du canon.

— La mer porte le son ; nous pouvons être loin encore... Enfin, ajouta-t-il à mi-voix, il ne faut pourtant pas aller se jeter à la côte, et ce damné brouillard !... Monsieur Sharp...

L'officier de quart s'approcha aussitôt. Quelques minutes après, la vapeur s'échappait en grondant des cheminées de l'*Euphrates*, immobile sur une mer unie comme de l'huile.

Pendant que cette manœuvre s'exécutait, le colonel d'artillerie que le commandant venait d'interroger, les deux mains appuyées sur la balustrade de la passerelle, la tête tournée vers l'arrière du bâtiment, regardait une jeune femme assise sur la dunette. Elle portait la robe de laine d'une couleur foncée, le châle gris, le chapeau de paille noire, le bonnet de mousseline à petits tuyaux, choisis par miss

Nightingale comme la livrée de dévouement des pieuses personnes qui s'en allaient, sous sa direction, soigner les malades et les blessés anglais. Sa peau brune et comme veloutée, ses longs cils et ses cheveux noirs, mais surtout la forme de son visage, ovale, allongée, d'une grande pureté, l'attache de son cou, sa taille élancée, un certain charme plein de tristesse, quelque chose de doux et de pénétrant à la fois, attiraient le regard et le captivaient quand il s'était reposé sur elle. On se plaisait à contempler cette grâce noble et mélancolique qui l'enveloppait comme un vêtement, et une déférence involontaire s'ajoutait au respect qui lui venait de sa sainte mission. Comme tous ceux qui se trouvaient sur le passage de cette jeune femme, depuis l'officier jusqu'au plus rude matelot, le colonel avait subi son influence. Bien qu'il ignorât son histoire, lui-même avait été trop cruellement éprouvé pour ne pas deviner, sous cette patience résignée et ce calme ardent dont elle s'entourait, la douleur profonde qui avait dû l'amener à ensevelir ainsi sa vie dans le soulagement de la souffrance. L'intérêt plein de compassion qu'exprimaient alors les traits du colonel Otway tempérait l'éclat mé-

tallique de son regard, froid comme la lame
d'une épée, et l'expression de tranquillité sévère qui lui était habituelle. De grande taille,
portant avec aisance la redingote bleue, petite
tenue d'uniforme de l'artillerie anglaise, il
montrait dans toute sa personne cette possession de soi qui vient de l'habitude du commandement et de l'austérité du devoir accompli.
Durant un long séjour aux Indes, il avait ac-
quis une grande réputation de sang-froid et de
courage, et il passait à juste titre pour l'un des
meilleurs officiers de l'armée anglaise. A peine
rétabli d'une grave blessure reçue à la bataille
d'Inkermann, le colonel Otway regagnait maintenant la Crimée, où il était impatiemment
attendu, et ce soldat mort à tous les désirs était
étonné, en contemplant cette jeune femme, de
sentir renaître en lui des émotions qu'il aurait
voulu oublier.

— Ah! cette fois, voici la brise, dit tout à
coup le commandant; dans cinq minutes, nous
serons délivrés de la brume, et nous découvri-
rons la flotte et la terre.

Il montrait en même temps au colonel, tiré
brusquement de sa rêverie, le rideau de nuages
qui semblait se déplacer lourdement, et, à

l'avant, une éclaircie laissant déjà apercevoir les mâts des navires.

L'*Euphrates* se dirigea aussitôt vers le *Royal-Albert*, vaisseau-amiral mouillé à deux lieues du rivage, en tête de la flotte anglaise. Sur la gauche, à deux lieues et demie environ, le fort du nord couronnait la côte russe et dominait les deux forteresses Constantin et Alexandre, placées au nord et au sud, des deux côtés de la rade, comme des sentinelles vigilantes que reliait l'extrémité des mâts des vaisseaux coulés dans la passe, au commencement du siége. Le port, protégé par des défenses plus considérables, entouré par la ville de Sébastopol et les faubourgs, s'ouvrait au sud, dans cette partie du rivage qu'un rideau de collines séparait du plateau de Chersonèse, et débouchait sur la rade étroite et profonde. Cette rade se prolongeait, pendant cinq milles, jusqu'aux montagnes où l'on apercevait encore la tour de l'un des deux phares, dont les feux, placés à des hauteurs inégales, indiquaient, en se confondant, la route que les vaisseaux devaient suivre pour pénétrer en sûreté dans la passe. A partir du fort Alexandre, on découvrait, dans la direction de l'est, les renflements

de terrains qui protégeaient la ville, et de
temps à autre la fumée d'un coup de canon
faisait reconnaître l'emplacement des travaux
de défense et d'attaque, dont les méandres infinis remontant vers l'horizon paraissaient,
sous les rayons du soleil, s'abaisser et se perdre
dans la plaine jaunâtre. L'*Euphrates* avait
à sa droite la pleine mer, et devant lui *ces
hommes de guerre*, les vaisseaux anglais,
couvrant les flots de leur masse pesante. Le
rivage, dont les mâts élancés des navires cou-
paient les lignes monotones, formait un angle
droit avec l'ouverture de la rade et le fort
Alexandre, puis s'étendait vers l'ouest jusqu'à
la pointe basse d'un promontoire à l'abri duquel s'ouvraient les deux baies de Kazatch et
de Kamiesch, que l'armée française avait sur-
nommées les ports de la Providence. Là se
rassemblait, loin de tout danger, l'immense
flotte du commerce chargée des munitions de
guerre et des approvisionnements ; une multitude de canots et de grandes embarcations à
vapeur s'en allaient de la côte et du port vers
les vaisseaux de guerre, gardés par les frégates
et les avisos, qui surveillaient nuit et jour les
mouvements des Russes. De tous côtés en ce

moment, des bricks de commerce, profitant de la brise, accouraient, comme des oiseaux aux blanches ailes, pour gagner le port ; mais les navires amarrés dans le port de Kamiesch étaient si nombreux, que les baraques et les magasins demeuraient cachés derrière cette forêt de mâts. Vers la gauche seulement, à travers ces espaces vides et ces terres basses qui se relevaient successivement jusqu'à une crête lointaine de roches grises, on découvrait sur les contre-forts les tentes blanches de l'armée française.

L'arène était digne de la lutte de trois grandes nations. Ce triste paysage, cette terre des hécatombes méritait d'être choisie comme un champ de mort destiné à vider la querelle, loin des yeux des sybarites et des raffinés que la vue du sang et des souffrances aurait peut-être troublés dans leur repos.

Quand l'*Euphrates* s'arrêta près du vaisseau-amiral, le midshipman qui devait remettre les dépêches s'approcha de la jeune femme. C'était un de ces enfants pour lesquels la langue anglaise a un nom, *spirited*, désignant ainsi non pas l'esprit français, où tout vient, comme dans une bulle de savon, se réfléchir une seconde pour se dissiper

plus promptement encore, mais l'intelligence
éveillée s'emparant de toutes choses pour les
tourner à son instruction ou à son profit. Le
midshipman venait par ordre du commandant
lui demander respectueusement si elle n'avait
pas de commission pour l'amiral. Elle remit
une lettre, et son attention se reporta bientôt
tout entière sur le panorama immense qui
se déroulait devant elle. La fumée blanche et
les coups de canon se succédant à chaque moment la faisaient tressaillir.

— Où est Inkermann, je vous prie, master
Henry ? demanda-t-elle, croyant s'adresser au
midshipman.

— Dans cette direction, répondit le colonel
Otway, qui se trouvait derrière elle ; mais on
ne peut apercevoir d'ici le champ de bataille.
Master Henry est parti, ajouta-t-il ; soyez
assez bonne, je vous prie, mademoiselle, pour
me permettre de le remplacer.

La jeune femme regarda de nouveau, puis
se retournant tout à coup : — Vous étiez à
Inkermann, n'est-ce pas, monsieur ?

— Oui, en effet, je me trouvais à cette bataille, répondit-il simplement.

— Vous avez vu les gardes, vous avez vu

les grenadiers qui se sont si courageusement conduits ?

— J'ai combattu près d'eux.

Elle devint d'une pâleur extrême, puis, faisant un effort, elle jeta un dernier regard sur le plateau et parut ne plus se préoccuper que de la manœuvre de l'*Euphrates*. Le transport passait alors contre la poupe du *Royal-Albert* et se mettait en marche à travers les bâtiments de la flotte, dans la direction de la pointe de Chersonèse, pour gagner Balaclava, port de ravitaillement de l'armée anglaise, où il devait déposer des munitions. Sur la dunette les officiers et les matelots échangeaient leurs saluts le long du bord. Rien de plus animé que cette rencontre et ce passage au milieu de la ville flottante, fourmilière humaine répandue sur les eaux. Elle présentait toute la physionomie d'une ville de terre ; elle avait des quartiers aristocratiques, des palais imposants, des maisons plus modestes, depuis les vaisseaux majestueux, les frégates élégantes, les corvettes pleines de coquetterie, les avisos rapides, jusqu'aux lourds transports, aux chalands pliant sous le poids des provisions, aux baleinières élancées et à

1.

ces yoles légères portant d'un navire à l'autre
les officiers qui se rendaient visite. L'union
du matelot avec le navire est si intime, le mariage est si réel, que cet homme prend la physionomie de son bâtiment, et ces types divers
qui se mêlaient sans se confondre ajoutaient
encore à la variété de la scène. Absorbée et silencieuse, la jeune femme songeait au long
chemin parcouru depuis le jour où, lassée de
souffrir, elle avait demandé à la douleur
même le soulagement de sa peine, et cherché
l'adoucissement de l'angoisse dans les souvenirs cruels que ces terres lui rappelaient.
Ainsi parfois, dirigée par la main d'un chirurgien habile, une brûlure nouvelle guérit et
efface l'empreinte que la flamme a laissée sur la
chair. Après avoir dépassé le cap Chersonèse,
miss Madgy retrouva un peu de calme, son
âme sembla s'alléger du poids qui l'oppressait,
et elle prit plaisir à suivre cette côte qui
s'élevait vers le sud-est, depuis le promontoire
jusqu'à la pointe de Phiolente, pour tomber
alors dans la mer comme une muraille à pic.
Sous les feux du soleil, les rochers prenaient
des teintes étincelantes; leurs mille facettes
renvoyaient au loin de vives lumières, et dans

la courbe formée par le rivage apparut tout à
coup une riante vision. Depuis le sable de la
plage jusqu'au sommet de la montagne, les
chênes, les amandiers, les genévriers se succédaient de terrasse en terrasse, mêlés aux
jardins, aux bâtiments et à la chapelle d'un
monastère; mais la muraille de rochers reprenait bientôt sa sévérité, qu'elle ne perdait
plus jusqu'à Balaclava.

Arrivé devant une large crevasse qui semblait sans issue, l'*Euphrates* attendit le signal,
et lorsque le pavillon d'entrée eut paru sur le
haut d'un rocher, au sommet d'une tour en
ruines, il pénétra dans l'étroit chenal. Derrière
ce passage sinueux que la mer s'était ouvert,
s'étendait un vaste bassin abrité de tous les
vents, où les grands paquebots à vapeur, les
trois mâts, les transports de tous les pays, se
serraient en double rang le long du rivage. En
face de l'entrée, une large coupure donnait
issue dans la plaine, et les montagnes occupées
par l'armée russe de soutien, se dessinaient
dans le lointain. Les élévations qui fermaient
le port de deux côtés ne suivaient point en effet
la même direction. Celles de droite, plus
abruptes, occupées par un camp de highlanders,

tournaient brusquement vers le plateau de
Chersonèse ; celles de gauche décrivaient autour
du port un grand cercle terminé du côté de la
mer par une ceinture de rochers où apparaissaient les ruines d'un ancien château-fort
génois. Entre ces rochers et la coupure, dans
l'évasement formé par la montagne, des maisons blanches couvertes de tuiles rouges s'éta-
geaient sur les pentes, et à l'extrémité de la
ville, vers le chemin conduisant à la plaine,
l'hôpital général anglais, large bâtiment de
pierre, se détachait des baraques en bois qui
l'entouraient. Dans le passage, près d'un cimetière à moitié submergé, des wagons traînés
sur les rails par des chevaux s'éloignaient vers
le camp. Partout, à bord des navires comme à
terre, régnait une activité fébrile ; chacun se
hâtait de profiter des dernières lueurs du jour.
Les lourds ballots étaient jetés sur les quais ;
les soldats de corvée chargeaient les chariots.
Voitures de transport, mulets, chevaux de bât
se croisaient en tout sens, et la vapeur de deux
steamers en partance couvrait le port entier de
ses mugissements. Peu à peu les ombres descendirent des collines, un faible crépuscule
précéda la nuit, les rumeurs et les bruits

s'éteignirent, un calme profond s'étendit sur le port et sur la ville, et l'on n'entendit plus sur les quais, après la sonnerie de l'extinction des feux, que le pas cadencé des sentinelles et des patrouilles.

Lorsque le colonel Otway monta sur le pont vers dix heures du soir, une brise légère du nord avait chassé les nuages, et des milliers d'étoiles donnaient à l'air une transparence lumineuse qui retombait sur les maisons de la ville et les bâtiments amarrés contre terre, pendant que les escarpements des berges demeuraient plongés dans une ombre profonde. Sous ces pâles lueurs, le port, caché par les navires, se confondait avec le rivage, et l'on ne savait où finissait la terre, où commençaient les eaux. Les ruines avaient disparu, la clarté indécise remplissait le passage qui conduisait à la plaine, une teinte diaphane couvrait les pentes de Balaclava et les montagnes, dont les arêtes dentelées se découpaient sur la pureté du ciel. Partout régnait une tranquillité profonde. Quelques lumières brillaient encore, puis elles disparurent une à une : il ne resta plus que le feu allumé près de la tour génoise pour indiquer la passe, et à l'extrémité opposée

le fanal rouge de l'hôpital. Par un contraste
étrange, au milieu de ce paysage si paisible,
on entendait dans le lointain un grondement
majestueux pareil à ces roulements prolongés
du tonnerre que les montagnes se renvoient
durant l'orage. Portées par le vent, les sourdes
détonations des canons de Sébastopol rappelaient impérieusement que la guerre et la
mort étaient en ces lieux les divinités souve-
raines. Ce bruit du canon que le colonel Otway
n'avait pas entendu depuis de longs mois, et le
sentiment du danger prochain avaient réveillé
en lui, au milieu des préoccupations dont le
cœur le plus ferme n'est pas exempt, les émotions et les instincts de la lutte. Il songeait à la
responsabilité qu'il allait enfin retrouver, à ces
nobles entraînements qui seuls pouvaient lui
donner l'oubli et ranimer ce cœur qu'il croyait
brisé, à ces combats d'où son sang-froid l'avait
toujours fait sortir maître de ceux qui l'appro-
chaient. Tous, au reste, subissaient cet ascendant singulier. Les officiers l'aimaient autant
qu'ils le respectaient, et les soldats, en voyant
la bravoure familière et la belle humeur qu'il
montrait devant la mort, mêlaient à leur
dévouement une sorte de crainte superstitieuse.

Plus d'une histoire tenant de la légende courait sur lui dans les régiments.

Le colonel se voyait déjà au milieu des compagnons qui bientôt allaient sous ses ordres soutenir l'honneur de la vieille Angleterre, et il écoutait pensif les appels de la poudre quand miss Madgy lui demanda quel était le feu rouge que l'on apercevait à l'extrémité de la ville. La pauvre jeune femme étouffait dans son étroite cabine. La canonnade l'empêchait de dormir, et elle était venue respirer un instant sous ce beau ciel. Son regard, pendant qu'elle priait, avait rencontré le feu rouge, et, par une fascination étrange, il revenait toujours vers cette lumière si sombre et si triste.

— Ce feu sert à faire reconnaitre l'hôpital général, mademoiselle, répondit le colonel.

Au même instant, une sourde détonation couvrit le grondement des batteries, et un sanglant reflet illumina le sommet de la montagne du côté de Sébastopol.

— Ah! mon Dieu! s'écria-t-elle frappée de terreur. Qu'est-il donc arrivé?

— Ne vous effrayez pas, c'est un accident de guerre, répondit le colonel Otway avec un

indicible accent de tristesse. Quelque mine
vient d'éclater ou bien un gros magasin à
poudre aura sauté ; mais à coup sûr beaucoup
sont morts.

— L'affreuse chose ! reprit-elle. Le feu ne
cesse donc jamais ?

— Il dure depuis de bien longues nuits, et il
durera jusqu'au jour où nous entrerons dans
la ville.

Elle garda le silence pendant quelques
instants.

— Était-il donc aussi violent à Inkermann ?
dit-elle tout à coup.

— Cette canonnade n'est qu'un jeu d'enfant ; Inkermann fut un ouragan de fer...

— Hélas ! répondit Madgy.

— Nous avons confié à la terre de Crimée
un grand nombre de nos amis, reprit le colonel.
Il nous a fallu bien souvent déjà serrer nos
rangs. Mes meilleurs camarades sont morts, et
quels sont maintenant ceux que je vais
retrouver ?

— Dieu les aura protégés.

Le colonel secoua la tête d'un air de doute.

— Morris, Melton et Dover cherchent sans
cesse le danger, et peut-être ont-ils fatigué la

Providence. Je crains toujours de ne plus les revoir.

— Lady Dover est venue en Crimée, n'est-ce pas ?

— Elle a rejoint lord Dover il y a deux mois, et son énergie, m'a-t-on écrit, ranime bien des courages. La connaissez-vous, mademoiselle ?

— Je suis née en Écosse, dans le voisinage d'une de ses terres, mais je ne l'ai jamais vue. — Comme j'admire ces vaillants soldats ! reprit-elle. Vivre ainsi toujours près de la mort sans jamais détourner la tête ! Quel éclat vous avez rendu à notre drapeau ! Votre sang a donné un nouveau lustre à la pourpre de sa croix ; mais combien de larmes vos courages ont déjà fait verser ! — Ces pensées troublent, ajouta-t-elle plus bas ; ces éclats du canon font bien mal.

— Dans huit jours, vous remarquerez à peine ces bruits de la guerre, répondit Otway, et demain soir, j'en suis sûr, vous aurez senti pourquoi le danger nous laisse ainsi maîtres de nous-mêmes.

— L'esprit du Seigneur, j'en ai la confiance, me soutiendra, comme il vous a tous soutenus.

— Dieu vous aura donné demain la responsabilité et le devoir ; vous ne songerez qu'à remplir votre tâche. Les faiblesses du corps seront impuissantes à vous en détourner.

La canonnade paraissait s'apaiser, quand les matelots de garde piquèrent l'heure sur la cloche des navires. De tous les points de la ville et sur la montagne, les sentinelles renvoyèrent aussitôt le cri de veille.

— La moitié de la nuit, dit Madgy. Le jour est long à venir.

— Croyez-en ma vieille expérience, lui répondit le colonel. Prenez garde à la fraîcheur de l'air : allez prendre un peu de repos. Vous pourriez demain vous trouver sans force pour accomplir le bien qu'il vous reste à faire.

Une heure après on n'apercevait plus sur le pont du transport que les hommes de garde, et vers le matin le paysage mélancolique disparaissait comme un beau décor d'opéra. Le voile se déchirait avec l'aube, les ruines se montraient de nouveau, et l'activité bruyante s'emparait aussitôt de la ville et du port. Les cris des Grecs, les exclamations des Turcs, les clameurs italiennes, les sifflements anglais, retentissaient de tous côtés. Les matelots halaient les cordages passés dans les poulies, qui

gémissaient sous les lourdes caisses ; les voitures heurtaient les pierres mal jointes de la
chaussée, les wagons roulaient sourdement sur
les rails placés le long des quais, près des
arabas [1] traînés par des buffles noirs aux
cornes recourbées. Les grincements aigus des
essieux de bois des chariots tartares dominaient
tous les bruits, pendant que les Bulgares vêtus
de peaux de moutons, couchés sur la terre en
fumant leur pipe, attendaient le chargement
auprès de leurs animaux dociles. Les pour-
voyeurs empressés arrivaient déjà des camps
et un long convoi de blessés et de malades
s'arrêtait sous un hangar. Des matelots et
des soldats soutenaient ces pauvres gens, pâles,
les traits tirés, presque sans forces. Ils les
aidaient à descendre de la voiture ou de la bête
de somme qui les avait apportés. On plaçait les
plus malades sur des civières ; d'autres étaient
étendus sur des couvertures, et on essayait de
leur faire prendre une boisson fortifiante avant
de les mettre à bord du bateau à vapeur qui les
attendait. La jeunesse épuisée de ces hommes

---

1. Charrette entièrement en bois, à quatre roues, dont
l'usage est très-répandu dans les provinces danubiennes
et en Crimée.

soutenait à peine chez la plupart un reste d'é-
nergie, et, sans les soins de leurs camarades et
des matelots, animés par l'exemple et les encouragements du chirurgien, bien peu auraient pu
gagner le bâtiment où ces débris humains
allaient durant trente-six heures être exposés
aux cruelles souffrances de la mer, avant d'atteindre l'hôpital de Scutari. A quelques pas de
là débarquait un bataillon qui arrivait de Malte.
Les soldats étaient beaux, propres, bien tenus,
avec cette attitude calme et cette apparence
passive que les militaires anglais conservent
toujours. Par un hasard singulier, le chemin
que suivait miss Madgy la fit passer, avec les
quatre infirmières qu'elle amenait de Constantinople, entre ces hommes qui s'avançaient
avec confiance vers la guerre et les malheureux
que la guerre avait déjà usés. Son cœur se
serra. Dans combien de jours peut-être verrait-
elle ces soldats si beaux et si fiers atteints par
la maladie, frappés par la blessure, amenés à
l'hôpital, pâles et défaits comme leurs pauvres
camarades? Tous regardaient comme un heureux présage la venue de la messagère de miss
Nightingale. Le commandant de l'*Euphrates*
avait voulu la conduire lui-même à terre dans

son canot. Les matelots s'étaient rangés le long
des échelles pour lui faire honneur ; maintenant les soldats la saluaient, et les malades que
l'on embarquait se tournèrent vers elle, par un
effort suprême, pour lui souhaiter la bienve-
nue : leurs sœurs et leurs mères absentes semblaient arriver parmi eux, leur apportant l'espérance. Ce fut ainsi que Madgy gagna la porte
de l'hôpital, où l'attendait le médecin en chef.

— Votre présence nous sera favorable, lui dit-
il, et, mieux que tous nos remèdes, elle guérira
nos malades. A deux heures, lorsque vous vous
serez reposée, nous passerons dans les salles
et je vous dirai quel concours j'attends de votre
dévouement. — Puis il la conduisit à la chambre
qui lui avait été préparée. Un petit lit en fer,
un coffre, une table grossièrement construite
avec quelques planches de sapin, composaient
tout l'ameublement de cette pièce étroite, dont
les murailles étaient blanchies à la chaux.

De la fenêtre, cachée par un rideau de coton
blanc, on découvrait le port, les mâts des vaisseaux et les rochers élevés qui l'enfermaient.

Les désirs de Madgy étaient enfin satisfaits.
Elle habitait cette terre de Crimée qu'elle avait
tant souhaité de voir, et pourtant, lorsqu'elle

se trouva seule, elle éprouva une de ces réactions violentes si ordinaires à notre pauvre nature. Les forces de son âme et de son corps firent à la fois défaut à sa volonté. Tout dans cet isolement, jusqu'au souvenir, consolation suprême qu'elle était venue chercher, se réunit pour l'accabler. L'adieu plein de larmes de son père et de sa mère, la petite maison où s'étaient écoulées des heures si bien remplies, se présentaient à sa mémoire. Faible et pleine d'angoisses, elle se sentait tout à coup épuisée avant la lutte, et, devant ce néant qui la pénétrait, elle demeurait abattue et impuissante. Elle ne pouvait même pleurer, et le désespoir s'emparait de cette pauvre âme, pliant sous le poids des heures douloureuses qui depuis de longs mois se poussaient l'une l'autre, la frappant sans cesse, la frappant toujours. Assise devant la table, le front caché dans ses deux mains, Madgy succombait sous cette agonie terrible, lorsqu'en relevant la tête, elle aperçut la bible qu'elle avait coutume de lire chaque jour. Sa main distraite l'ouvrit au hasard, et son regard rencontra ces versets de saint Mathieu :

« Deux passereaux ne se vendent-ils pas une

» obole ? Et l'un d'eux ne tombera pas sur la
» terre sans la volonté de mon père.

» Tous les cheveux de votre tête sont comptés,
» ne craignez donc point, vous valez mieux
» que beaucoup de passereaux. »

Le calme majestueux et la puissance de vie
répandus dans la Bible dominent nos agitations et nos faiblesses, rendent l'énergie et im-
posent la paix. Ces paroles, d'une simplicité si
touchante, parurent à ses yeux avec l'éclat de
la lumière d'en haut. Le souffle de la Providence passait sur son front, et une chaîne in-
visible reliait son âme au ciel. L'isolement avait
disparu. Le souvenir bien-aimé qui l'avait appelée protégeait son cœur comme un bouclier.
S'abîmant dans la volonté divine, dont elle im-
plorait le secours, elle retrouva sa vertu, et
quand le docteur vint à l'hôpital, la servante
des affligés était prête.

— Les hommes qui soignent nos malades, lui
dit-il en traversant les salles, sont parfois
d'une grande négligence ; mais votre présence
seule suffira, je l'espère, pour rappeler à chacun
son devoir, et nos blessés retrouveront cette
douceur et cette délicatesse dans les soins que

notre dévouement ne saurait leur assurer sans votre concours. Aujourd'hui je vous recommande surtout, parmi les blessés, le soldat que je viens d'examiner tout à l'heure. Il est griè-vement atteint à la jambe. Pour le sauver, il faut que sur sa plaie l'eau ne cesse de tomber goutte à goutte de l'appareil que j'ai fait préparer. La moindre négligence serait fatale. Veillez bien sur cet homme, je vous en prie. Son colonel me l'a recommandé plusieurs fois ; les grenadiers ne comptent pas de soldat plus hardi.

— Il appartient aux grenadiers, répéta Madgy, et son regard trahit une émotion qu'elle réprima sur-le-champ.

— Oui, répondit le docteur qui crut qu'elle n'avait pas entendu. Demain nous causerons, ajouta-t-il ; je m'en vais tranquille, la consolation reste maintenant près de nos pauvres soldats.

Jusqu'au soir, Madgy parcourut les salles, encourageant les uns, soutenant les autres, prodiguant à tous cette joie de faire le bien qui la remplissait, car la responsabilité venait pour la première fois se joindre au devoir pour lui donner l'entière possession d'elle-même. Le

colonel Otway avait dit vrai : devant l'œuvre
dévouée qu'elle avait juré d'accomplir, les répugnances du corps passaient inaperçues. En
face d'elle se dressaient maintenant la maladie,
la blessure, la mort, toujours prochaine, et ses
heures allaient disparaître absorbées par cette
lutte héroïque. Madgy combattait les combats
de la vie.

II

LE PLATEAU DE CHERSONÈSE

La direction du grand parc d'artillerie avait été prévenue de l'arrivée de l'*Euphrates* par le télégraphe électrique établi entre Balaclava et le quartier général anglais. Le colonel Otway trouva sur le quai, en débarquant, un chariot pour transporter ses bagages au camp et le poney trapu d'une intelligence et d'une adresse remarquables qu'il avait coutume de monter dans ses courses. Le poney se mit à frapper du pied, comme s'il eût reconnu son maître et quand la main du colonel passa, en la caressant, dans sa crinière, Bob releva fièrement la tête et hennit joyeusement. Otway avait un ami fidèle qui saluait son retour. Montant aus-

sitôt à cheval, il prit la route qui, longeant le
cimetière à moitié submergé, passait au pied
des contreforts, près de l'endroit où, tournant
brusquement à gauche, ces hauteurs se diri-
geaient vers le plateau de Chersonèse. Le chemin de fer était alors terminé jusqu'à un petit
village nommé *Kadikoï*, dont les maisons
basses servaient de magasins, et les robustes
ouvriers terrassiers, ces athlètes que l'Angleterre avait envoyés en Crimée, travaillaient avec
ardeur dans leur costume pittoresque. Auprès
d'eux passaient et repassaient, au milieu des
fondrières, les fourgons de l'artillerie, les mules,
les transports, les lourdes pièces de siége que
vingt chevaux traînaient péniblement, des cavaliers, des piétons isolés, tous les types et tous
les uniformes, des vêtements qu'un règlement
militaire n'avait jamais prévus, des barbes qu'il
n'avait jamais permises, des tenues inventées
par la guerre, la peine, la fatigue, le froid et la
misère de chaque jour, mille races et mille
figures, une foule enfin, qui semblait accourue
de tous les points de l'univers. Après avoir dépassé le village que les marchands avaient élevé
au delà de *Kadikoï*, singulier assemblage de
maisons de tôle, de baraques de bois et de

tentes, et plus loin, sur la gauche, le vallon de
Karani où bivouaquaient un régiment de cavalerie anglaise et une batterie d'artillerie, le
colonel atteignit rapidement le col conduisant au grand plateau occupé par les armées
alliées. Il s'arrêta à cet endroit, rendit les rênes
au poney, et, le laissant prendre haleine, se
retourna vers le paysage immense qui se déroulait devant lui.

Presqu'île dans la presqu'ile de Crimée, le
plateau de Chersonèse est défendu du côté opposé à la mer par des pentes abruptes qui partent des montagnes de Balaclava, décrivent
une courbe à Karani pour courir depuis ce village, vers l'est, jusqu'à la rivière de la Tchernaïa et tourner brusquement à gauche, en
formant le contre-fort de la vallée qui porte, à
partir de ce point jusqu'à son débouché dans la
rade, le nom de vallée d'Inkermann. Entre le
col et la rivière de la Tchernaïa, coulant du
sud-est au nord-ouest, et le rideau de montagnes perpendiculaire à la mer fermant
l'horizon, on découvrait la plaine à jamais célèbre par la charge de l'héroïque cavalerie anglaise et la fermeté impassible de sir Colin
Campbell et de ses highlanders. Au delà des

petits mamelons bordant la Tchernaïa, cette
plaine s'étendait sur la rive opposée, jusqu'au pied des escarpements où bivouaquait
l'armée russe de soutien, puis venait, resserrée
entre les deux plateaux, aboutir aux marais
qui précédaient la rade. La sécurité féconde de
la paix avait disparu de ces terres ; le silence
lugubre de ces pays déserts, abandonnés des
hommes et livrés aux armées, planait sur ces
espaces. De grands oiseaux de proie, seuls
hôtes de ces solitudes, volaient lourdement au-
dessus de la Tchernaïa, dont les eaux boueuses,
gonflées par la pluie, coulaient à pleins bords.
Le vent d'ouest avait chassé le soleil du matin,
les nuages couvraient le ciel et répandaient
une teinte grise sur ces plaines, ces collines,
ces escarpements, ces plateaux et ces montagnes, qui se renvoyaient, comme les rafales
d'une tempête, les grondements du canon venus
de la ville.

Le colonel Otway regardait toujours. Il
voyait deux plateaux se dressant l'un devant
l'autre comme des forteresses, et à leur pied
un sol prêt pour la bataille, un champ clos
digne d'une guerre qui n'empruntait rien aux
enseignements laissés par l'expérience, et il

arrivait à se demander s'il n'eût pas mieux
valu prendre le jour et l'heure, se donner rendez-vous un matin, comme les Horaces et les
Curiaces, plutôt que de rendre les camps inex-
pugnables, pendant que l'on s'acharnait à
attaquer par d'étroites issues, derrière des
travaux de défense hérissés de canons, une
armée toujours en communication avec ses
réserves. Il ne doutait pas du succès. Le taureau qui attaque de front l'emporte aussi bien
que le lion par des assauts rapides ; mais il
aurait voulu que le sang épargné rendit l'effort
moins pénible. Il resta ainsi longtemps à contempler ce paysage triste et magnifique, quand
le poney, impatienté de la halte, partit dans la
direction du bivouac.

— Allons, Bob, lui dit le colonel en reprenant
les rênes, tu seras donc toujours le même,
capricieux, et entêté ! Tu as tort, mon ami ! si je
mourais, ton nouveau maitre serait sans doute
moins indulgent.

L'heure où l'on avait coutume de lui donner sa nourriture était passée, et Bob, en véritable philosophe qui ne se préoccupe point
inutilement de l'avenir, avait hâte de retrouver sa provende. Il allongeait donc le trot sans

s'inquiéter de la remontrance à laquelle il
était du reste habitué, car Otway aimait à lui
parler dans ses longues courses et à le diriger
avec la voix sans employer la bride ; mais cette
fois *monsieur Bob*, comme l'appelaient les
canonniers, dut modérer son ardeur. Le chemin passait au milieu du bivouac du contin-
gent Égyptien, et le colonel remarquait avec
plaisir la belle tenue des soldats de service, le
soin donné aux armes bien rangées en fais-
ceaux, la propreté des tentes soigneusement
ouvertes pour renouveler l'air, la souplesse et
la force des hommes réunis en petits groupes,
fumant leur petite pipe de terre rouge, au
tuyau de cerisier, et chantant leurs mélodies
traînantes, lorsqu'à un détour du chemin il fut
croisé par un officier anglais qui se retourna
aussitôt.

— Bonjour, Otway, dit l'officier en lui serrant
cordialement la main, je suis content de vous
voir enfin rétabli !

—Et moi aussi, Morris ; votre vue me fait du
bien !

— Nous voulions tous aller à Balaclava, mais
on a enterré ce matin Mac-Henry, et j'ai pu seul
venir vous souhaiter en leur nom le bon retour.

— Pauvre garçon !... C'était un brave soldat, qui avait déjà passé par bien des dangers ! répondit Otway. Les épreuves ne sont pas finies, je le crains, mon ami, ajouta-t-il après un instant de silence.

Et, pendant que leurs chevaux marchaient au pas, le major Morris, raconta au colonel Otway le long détail des souffrances de l'hiver, la difficulté du travail, les ravages du scorbut, les changements survenus dans les attaques, dont une partie à la droite avait été confiée à l'armée française, le retour de l'espérance avec l'approche du beau temps et l'arrivée des renforts, la tenacité des Russes poussant sans cesse de nouvelles embuscades et tirant un merveilleux parti des armes de précision, les préparatifs enfin du bombardement qui s'achevaient rapidement, sans que rien, au reste, pût faire supposer le plan des généraux en chef.

— Otway ne put réprimer un geste d'impatience. — Nous serons donc toujours immobiles dans notre routine ! s'écria-t-il ; quand je montrais qu'avec les nouvelles carabines on avait maintenant une artillerie à bras mille fois plus redoutable que nos grosses pièces, de la mitraille humaine qui passe partout, se divise

ou se concentre au gré du chef, je n'ai pas
été cru, et il faut que ce soient des Russes
qui donnent l'exemple! Ainsi donc, à la fin
du mois de mars, après avoir perdu durant
l'hiver la moitié de nos soldats par la misère,
nous sommes si peu avancés que les Russes,
prenant l'offensive, d'assiégés sont devenus
assiégeants; cela est triste. Tenez, Morris, il
faudra bien que notre constance l'emporte;
mais la boucherie sera terrible.

Les deux officiers avaient suivi, tout en causant, le chemin qui rejoignait la route de
Woronzof : du point où ils étaient arrivés, on
découvrait, à un quart de lieue en ligne droite
du col de la route de Balaclava, la ferme où
demeurait lord Raglan, et plus loin, séparant
le plateau des attaques du siége, les collines
couvertes par les bivouacs anglais, qui dominaient les campements du deuxième corps de
l'armée française. Les tentes coniques des divisions anglaises faisaient facilement reconnaitre l'emplacement qu'elles occupaient. A la
gauche, on apercevait la troisième division,
puis, en remontant vers Inkerman, la quatrième et la seconde, celle-ci séparée de la division légère par la route Woronzof. Les quar-

tiers du général Bosquet étaient placés à mille
mètres en arrière de la deuxième division anglaise. Près de la division légère, un ancien
moulin à vent, devenu un magasin à poudre,
servait de point de repère pour retrouver le
parc du génie et tout à côté le grand parc
de l'artillerie anglaise, établis, au milieu même
des troupes françaises, dans cette agglomféra-
tion de régiments et de tentes qui faisaient
ressembler cette partie du terrain à un champ
de gigantesques pavots blancs.

Les devoirs du service attendaient déjà
Otway à son arrivée au parc de siége. Il trouva
en descendant de cheval une lettre du colonel
Steel secrétaire militaire de lord Raglan, qui
l'invitait à se rendre sans retard au quartier
général, et prenant à peine le temps de serrer
la main à ses vieux compagnons réunis pour
saluer son retour, il se mit aussitôt en route
pour la ferme où demeurait le commandant en
chef de l'armée anglaise.

Établi dans une maison de campagne qui
avait appartenu avant la guerre à un entrepre-
neur de transports, le quartier général anglais
se composait d'une grande cour ouverte dans
la direction de l'est, au fond de laquelle s'éle-

vait une maison à un seul étage. On y entrait
par un petit escalier en pierre de six marches,
et un perron garni de deux arbres, placés de
chaque côté de la porte. A gauche de cet édi-
fice, et le reliant avec les écuries, il y avait deux
autres petites maisons occupées par l'état-
major. De l'autre côté, un large passage donnait accès dans un jardin planté de vignes et
d'arbres fruitiers, entouré d'une muraille en
pierres sèches de quatre pieds de haut. A
chaque instant, dans cette cour gardée par un
poste d'honneur, entraient des cavaliers d'ordonnance. Les messages s'échangeaient, les
officiers s'éloignaient, les lettres, les ordres
arrivaient et partaient; on sentait au mouvement qui ne s'arrêtait jamais, qu'en ce lieu se
trouvait l'âme de l'armée anglaise, le maître de
toutes les volontés, le général en chef. Les
chevaux de main tenus par des soldats de
cavalerie française, le groupe d'officiers anglais
et français fumant ensemble sur le perron, le
fanion tricolore porté par un spahi en burnous
rouge annonçaient, lorsqu'Otway arriva, la présence du général Canrobert. Le colonel Steel
le pria d'attendre la fin de la conférence des
deux généraux en chef : lord Raglan voulait

lui parler, bien qu'il fût en ce moment très-occupé. La responsabilité qui pesait sur lui exigeait un travail immense, car depuis quelques semaines seulement l'organisation de l'armée anglaise venait de recevoir les nouveaux rouages sans lesquels le chef suprême ne peut assurer la marche régulière de toutes les branches du service. Levé chaque jour à six heures, lord Raglan écrivait jusqu'au déjeuner, à huit heures. En ce moment commençait le rapport ; le quartier-maître-général, l'adjudant-général [1], le général en chef du génie, l'officier commandant

---

1. Dans l'organisation de l'armée française, les deux emplois de quartier-maître-général et d'adjudant-général ne forment, sous la dénomination de chef d'état-major-général, qu'une seule fonction, à laquelle venaient se joindre quelques-unes des attributions d'une troisième position, particulière alors à l'armée anglaise, *le secrétaire militaire*.

En 1855 le quartier-maître-général était chargé de la topographie, des mouvements de troupes, des espions, de toute la partie politique, des rapports avec le commandant en chef. L'adjudant-général était chargé de la discipline, du service intérieur, des ordres généraux de tout ce qui était publié dans l'armée, du service des postes, des tranchées, etc., etc. Le secrétaire militaire était le premier aide-de-camp, il commandait à tous les autres, et, comme tel, était nommé par le général en chef lui-même. Le secrétaire militaire avait en outre le soin de toute la partie administrative, de la correspondance avec tous les départements civils, et particulièrement avec la trésorerie.

3

l'artillerie royale, et trois ou quatre fois par semaine, suivant les circonstances, le commissaire-général et l'inspecteur général des hôpitaux ou le médecin en chef venaient conférer avec lui. La durée de ces conférences n'était pas limitée. Le général reprenait ensuite sa correspondance, recevait dans le milieu de la journée les officiers de tout grade qui avaient à lui parler, montait souvent à cheval, sans escorte, pour visiter les brigades ou les hôpitaux, et au retour il écrivait encore jusqu'au dîner, qui avait lieu vers huit heures, et où il invitait habituellement quelques officiers. En sortant de table, il traitait diverses affaires avec des personnes de son état-major, et ne se levait souvent de son bureau qu'après minuit. Le nombre de lettres, de *memorandum*, de notes, de rapports, qu'exige la coutume anglaise ne saurait se compter, et tel était, quand aucune circonstance extraordinaire ne venait pas nécessiter un surcroit d'efforts, l'ordre habituel des journées de lord Raglan, que l'on accusait parfois alors en Europe de négligence.

Si le général en chef avait ses heures prises, le secrétaire militaire, sur qui reposait le soin de tous les détails, l'expédition d'une multi-

tude d'ordres et d'une correspondance plus
nombreuse encore, était bien rarement libre,
et comme l'on entrait à chaque instant dans
son cabinet pour lui demander une explication
ou un renseignement, Otway, qui n'avait pas
besoin de l'entretenir, lui dit adieu. Il s'en
allait sur le perron rejoindre les officiers,
quand un bras se posa sur le sien, et, se retournant, il reconnut Harry Melton, un capitaine
des ingénieurs royaux pour lequel il avait
beaucoup d'amitié.

— Laissons les Français, lui dit Harry en
l'emmenant dans la cour, s'appeler mon colonel et mon commandant, gesticuler, rire de ce
qu'ils disent, mesurer leurs paroles et leurs
manières aux grades de ceux qui les écoutent.
Venez avec moi, je vous appellerai mon cher,
et nous resterons *gentlemen*, quitte à retrouver
la différence de grade dans la tranchée.

— Tant que vous voudrez, mon cher ami, dit
le colonel, qui ne put s'empêcher de sourire de
cette boutade d'autant plus juste que, le service
une fois terminé, on ne connaît dans l'armée
anglaise aucune distinction hiérarchique. Il
n'y a plus que des gens de bonne compagnie,
entre lesquels une même situation sociale crée

une parfaite égalité de rapports. — Vous vivez, Melton, ajouta-t-il, vous êtes sur vos jambes, vous paraissez de belle humeur. Je m'en réjouis, car, en revenant ici, on ne sait jamais dans quel état l'on va retrouver ceux que l'on aime.

— Ma jambe a supporté à merveille, répondit Melton, l'égratignure qu'il a plu aux Russes de lui envoyer.

— Tant mieux, il nous faut de bons officiers, Harry, et les rangs se sont bien éclaircis pendant mon absence. Presque tous nos chefs sont morts, blessés ou malades. Le duc de Cambridge, le comte de Cardigan, sir George Cathcart, sir de Lacy Evans, sir George Brown, lord de Ross, ne sont plus parmi nous.

— Sir George Brown est remis de ses blessures ; on l'attend chaque jour.

— J'en suis heureux. Sir George Brown est un noble cœur et un brave soldat. Vous ne sauriez croire, Melton, la tristesse dont j'ai été pris ce matin en voyant ces jeunes figures qui ont remplacé nos vieux compagnons. Parmi tous ces officiers que j'ai rencontrés depuis Balaclava, je n'ai pas trouvé un seul visage auquel il m'eût été possible de donner un nom. Nos pertes ont été bien cruelles.

Les officiers qui se trouvaient sur le perron s'écartèrent en ce moment avec respect et firent place au général Canrobert et à lord Raglan, qui le reconduisait. Le général français paraissait soucieux, mais malgré les fatigues dont sa physionomie portait l'empreinte, il conservait toujours cet air de bonté et de loyauté martiale qui le rendait si sympathique. Atteint au coude par une balle à Inkermann, son bras était presque paralysé, et il ne parvint qu'avec peine à se mettre en selle en se faisant aider par le spahi qui lui amenait son cheval. Lord Raglan resta sur le perron jusqu'à ce que le général Canrobert se fut éloigné ; puis, se tournant vers le colonel Otway, il lui fit signe d'approcher. Le général en chef de l'armée anglaise avait en toute sa personne une dignité polie qui ne manquait point de grandeur. On voyait parfois un sourire calme passer sur ses lèvres, d'où ne sortait jamais une parole de colère. La façon pourtant dont il portait la tête indiquait un homme qui savait regarder froidement le péril, et le bras qu'il avait perdu à Waterloo, en rappelant le courageux sang-froid qu'il avait déployé dans ces luttes héroïques, ajoutait encore à l'aspect énergique de

ce vaillant soldat. Son teint était mat, son nez
aquilin, ses traits accentués, mais sans maigreur, ses manières pleines d'aisance. Esprit
positif et ferme, lord Raglan manquait de ces
élans qui devinent, de ces ardeurs qui entraînent. Il avait la constance, dans les grandes
comme dans les petites choses, cédait bien rarement, et son caractère, comme il arrive parfois, gardant l'empreinte des longues années
durant lesquelles il avait été le second du duc
de Wellington, avait peut-être perdu son initia-
tive, en sorte qu'avec les plus nobles qualités
on pouvait se demander si ce parfait gentil-
homme et ce valeureux soldat savait oser et
vouloir, comme il convient à un général en chef.

— Bonjour, Otway, dit le vieux lord, qui
paraissait content de le revoir ; votre blessure
est complétement guérie ?

— Oui, mylord, répondit le colonel ; mon
corps est prêt, et ma tête vous appartient depuis
longtemps, vous le savez.

— Nos Turcs envieraient vos paroles, mon
cher Otway. Venez avec moi, ajouta-t-il en
donnant à sa voix une expression sérieuse.

Lord Raglan, après avoir traversé un étroit
couloir, ouvrit la porte d'une grande pièce

servant de salle du conseil. Les vitres des deux
fenêtres sans rideaux qui l'éclairaient laissaient voir des champs de vigne, des arbres
fruitiers, sur la hauteur opposée un bivouac
d'artillerie et de cavalerie anglaises, et vers la
droite, à quinze pas de la petite muraille de
clôture, le cimetière qui contenait déjà plusieurs tombes. La terre était boueuse, jaune,
et à certaines places elle avait des reflets rougeâtres. Ce paysage triste et morne augmentait encore l'impression pénible que l'on
éprouvait en entrant dans cette chambre, dont
l'enduit de chaux, en s'écaillant, semblait
avoir taché la muraille. Il s'y trouvait une
cheminée grossière, et pour tout ameublement
une seule table couverte d'un tapis de laine,
une chaise et quelques escabeaux de bois.

Appuyé contre la fenêtre, lord Raglan se
tenait debout et paraissait réfléchir. Il gardait
le silence et suivait les nuages chassés par un
rude vent d'ouest.

— Voilà notre plus grand ennemi ! dit-il en
montrant le ciel ; la rigueur du temps nous a
fait cruellement souffrir. Vous m'avez apporté,
n'est-ce pas, les informations que je vous ai fait
demander ?

— Oui, mylord.

— C'est bien, j'attends de votre dévouement un nouveau service. Il était de mon devoir de m'entourer de tous les renseignements qui peuvent satisfaire le désir que nos alliés expriment de tenir la campagne au printemps ; mais cette guerre ne ressemble à aucune autre, et bon gré, mal gré, il faudra continuer l'attaque de front contre la ville: Seulement il faut y entrer, puisque l'imagination du monde donne un prix exagéré à ces murailles. L'artillerie est appelée, je le pense, à jouer dans cette lutte le premier rôle. C'est un duel à coups de canon dont l'importance grandira chaque jour. Le soin de nos batteries et de notre matériel de siége vous revient. Je mets l'honneur de nos armes en vos mains. Toutefois, je vous demanderai d'être prudent et de ne pas vous exposer. Je vous l'ordonne, entendez-le bien. Ne cherchez pas le danger. Trop de braves officiers sont déjà morts ici. — Et la voix du vieux chef avait un accent plein d'émotion. J'ai votre promesse, n'est-ce pas ?

— Votre désir, mylord, est un ordre, répondit simplement Otway.

— Demain donc, reprit lord Raglan, vous

passerez une inspection minutieuse de toutes les batteries. Examinez avec attention les travaux de la place. Les Russes ont un ingénieur d'une habileté rare. Les ordres sont déjà donnés pour le transport des munitions aux batteries ; il importe qu'elles soient assez largement approvisionnées pour que nous ne soyons pas les premiers à diminuer notre tir. Et maintenant, ajouta-t-il en lui tendant la main, que Dieu vous garde !

En quittant lord Raglan, Otway trouva dans la cour lord Dover, le vaillant colonel du 38ᵉ, qui restait à cheval tout en causant avec Harry Melton.

— On vient de m'apprendre votre arrivée, dit Dover à Otway en lui serrant la main, et bien que lady Dover m'attende [1] je n'ai point voulu partir sans vous féliciter de votre bon retour. Tous nos camarades, mon ami, s'en réjouiront avec moi, et lady Dover partagera

---

1. Si l'on mettait en doute qu'une femme d'un rang aussi élevé pût habiter alors la Crimée, il suffirait d'en appeler aux souvenirs de ceux qui ont pris part à la guerre. Tous se rappellent encore *lady Paget* et l'impression que sa jeunesse et sa beauté produisaient sur les soldats au milieu de ces terres désolées de la Chersonèse.

leur contentement. Ce matin même, elle me
demandait si nous allions bientôt vous voir. —
Et comme Otway le remerciait du bon souvenir et le priait de présenter ses respectueux
devoirs à lady Dover : — Je ne me charge
point du message, répondit-il. Vous êtes condamné à venir prendre le thé demain soir à
son cottage de Karani. Melton, prévenez Morris
et le docteur, si vous les rencontrez avant moi.

Puis, rendant les rênes à son cheval, il partit
au galop.

— Point d'excuses, dit-il encore, en se retournant sur sa selle, je n'écoute rien, lady
Dover ne me le pardonnerait pas.

— Comment a-t-elle pu s'habituer à cette vie,
mon cher Melton ? demanda Otway en regardant lord Dover s'éloigner.

— Avec un courage et une bonne humeur
sans pareils. Sur ce triste plateau, elle avait une
aimable parole pour chacun de nous, et lorsqu'elle passait, un bon regard pour les soldats.
Pour ces hommes que le danger ennoblit, sa
présence est devenue un gage de victoire. Vous
riez de mon enthousiasme, et peut-être avez-
vous raison, mais je ne suis pas seul à le partager. Interrogez les soldats, surtout ceux de

Dover, vous verrez s'ils ne vous parlent pas de leur belle lady comme les anciens parlaient de la bonne déesse. Est-ce parce que nous sommes près de ces terres qui inspirèrent la mélancolie d'Ovide ? Je ne sais, mais en vérité tous sont convaincus, en la voyant s'avancer sur son cheval favori, un cheval turcoman noir, à tout crin, qui semble en belle humeur de la porter, qu'elle s'en va dans nos rangs semant la bonne chance, et, si elle nous quittait, l'armée croirait avoir perdu son talisman.

— Et comment a-t-on pu parvenir à la loger ?

— Une vieille maison que les matelots du yacht de lord Dover ont réparée lui sert de demeure. Elle vous dira demain qu'elle s'y trouve mieux que dans son palais de Piccadilly, et qu'elle ne songe guère à la saison de Londres qui va commencer.

— A coup sûr, elle doit être fière de son mari.

— C'est un héros de l'antiquité. Croiriez-vous qu'il continue à rester au bivouac, sous la tente, avec son régiment ?

— Il n'a pas tort.

— Peut-être, mais je n'en ferais pas autant.

— J'en suis convaincu, mon ami. A demain donc, mon cher Melton. Nous dînerons ensemble ; je serai bien aise de causer avec vous après avoir terminé l'inspection de nos batteries, et vous me montrerez ensuite la route, car vous devez être un excellent guide, et ne jamais vous égarer en allant à Karani.

III

LE COTTAGE DE KARANI

A mi-chemin de Balaclava et du monastère de Saint-George, au centre de la courbe que décrivaient les collines avant de se redresser dans la direction de la Tchernaïa, se trouvait un petit village, habité par des familles de colons grecs, que les hasards de la guerre avaient respecté. On l'appelait Karani, et c'était dans l'une des vingt maisons de ce village, au milieu des prés et des champs, non loin d'une église grecque, que demeurait lady Dover.

Composée d'un rez-de-chaussée et d'un premier étage, la maison avait un large balcon, abrité par le toit contre les pluies de l'hiver et le soleil ardent de l'été. Du haut de ce balcon

et de la plate-forme qui s'étendait devant le
rez-de-chaussée, la vue était magnifique. Une
pente douce descendait vers le fond de la vallée
inclinée à droite, et, par dessus le contre-fort
qui la fermait du côté de la plaine de Balaclava, on découvrait les escarpements du plateau de Mackensie, les hauteurs du Chouliou,
se perdant vers Simphéropol, dans les brumes
lointaines, les collines boisées d'Aïn-Todor,
les montagnes enfin qui se dressaient comme
un rempart sur la droite de ces lignes im-
menses et silencieuses.

Lorsque lord Raglan autorisa lady Dover à
quitter son yacht et à débarquer en Crimée, il
prit plaisir à lui faire réserver dans ce lieu,
auquel le printemps allait bientôt rendre toute
sa beauté, une des maisons du village. Les
matelots se mirent à l'œuvre. Le mobilier du
yacht fut apporté, une baraque construite
pour les écuries, la cuisine et le logement des
domestiques, et quinze jours après, lady Dover
prenait possession de son cottage. La terre disparaissait alors sous la neige, la maison était
froide et nue, mais la présence de la jeune
femme fut semblable à un rayon de soleil. Elle
la remplit aussitôt d'élégance et de cette grâce

qui lui était particulière. Quelques dessins sus-
pendus à la muraille, des rideaux de mousseline turque, un tapis de Smyrne étendu sur les
planches raboteuses, un châle d'Écosse placé
sur une table, un panier à ouvrage, des livres,
un album, jetés au hasard, avaient animé, dès
les premiers jours, la grande pièce dont les fenêtres s'ouvraient sur le balcon. Peu à peu lady
Dover l'avait ornée au gré de son caprice, et son
salon, comme elle l'appelait en plaisantant,
était arrangé avec cette fantaisie pleine de goût
qui faisait mieux ressortir encore la simplicité
enjouée de ses manières et de son esprit.

D'une humeur toujours égale, affable, obli-
geante, avec une pointe de coquetterie qui
s'appellerait mieux le désir de plaire, lady
Dover cachait aux indifférents les inquiétudes
affreuses qui l'agitaient sans cesse. Plus d'un,
parmi ces jeunes officiers, venait brûler ses
ailes près de cette beauté rieuse qui recevait
tous les hommages, et daignait à peine tourner sa tête charmante. Que lui importait après
tout? La neige avait disparu, et l'on avait pu
tracer l'enceinte d'un jardin, semer les graines
apportées d'Angleterre, et planter les rosiers
et les jasmins venus d'Asie. Dans un mois, le

grand peuplier de Hollande qui se dressait
devant la porte se couvrirait de feuilles, les
gobéas, les clématites et la vigne vierge s'en-
rouleraient le long des colonnes pour se répandre ensuite sur les tuiles de la toiture ; lady
Dover allait enfin retrouver le parfum des
fleurs dans ce cottage où celui qui dominait
toutes ses pensées, le maître de son âme, son
cher et bien-aimé Édouard, venait presque
chaque jour pour lui demander le repos et
l'oubli de ses dures fatigues. Rien en effet
n'existait que pour lui, et sous cette apparence
légère, on aurait trouvé la pensée constante,
l'image que le cœur de lady Dover suivait sans
cesse au milieu des périls, dans ces attaques et
dans ces tranchées qui lui faisaient horreur.
Alors elle cherchait encore à rendre plus
agréable sa retraite, voulant lutter ainsi contre
l'ivresse des émotions glorieuses et cette passion de l'honneur dont elle était si fière, et par
moment si jalouse. Voilà pourquoi lady Dover
se préoccupait tant de la feuille verte et de la
fleur nouvelle, qui devenaient entre ses mains
une arme de tendresse ; voilà pourquoi elle
s'appliquait, avec cette ardeur inquiète du
bonheur que la grandeur même de la joie rend

craintif, à s'entourer de tout ce qui pouvait
plaire, ajouter un charme à son esprit, une
grâce à sa personne, donner à cette petite
maison un attrait si puissant, que le souvenir
toujours conservé ramenât sans cesse le désir
du retour.

Lady Dover était ce soir-là en verve de
beauté et de grâce. Ses cheveux d'un blond
doré, relevés en bandeaux, formaient derrière
la tête deux grosses coques que cachait une
barbe de dentelle blanche. Elle portait une
casaque turque en drap noir soutachée d'or,
une jupe de mousseline, et au poignet un cercle
auquel, selon la grande mode d'alors en Angleterre, était attachée une petite clochette
d'or. La souplesse de sa taille, la courbe gracieuse de son cou, son beau front, ses yeux
bleus au regard droit et franc, les doigts effilés
de sa main étroite et le charme de ses moindres
mouvements, la faisaient apparaître comme
une fée bienfaisante au milieu de ces bruits
lointains du canon, près de ces physionomies
bronzées par la guerre. Assise près de sa table
à ouvrage, dans un fauteuil de jonc aux pieds
recourbés, lady Dover se balançait noncha-
lamment, tout en causant avec le major Morris.

qui avait pris place en face d'elle sur un divan
couvert d'une étoffe d'Asie en laine blanche à
grands dessins rouges. Au-dessus de ce divan,
une chaîne de fer retenait un faisceau formé
de fusils russes, de sabres et d'armes brisées
qui se réfléchissaient dans une glace de Venise.
De chaque côté, sur les panneaux de la muraille, deux gravures d'après les poétiques ta-
bleaux de Landseer rappelaient les chasses, les
brumes et les montagnes de l'Écosse ; des
mantes rouges d'Espagne, rayées de couleurs
éclatantes, pendaient le long des fenêtres, un
épais tapis de l'Asie-Mineure couvrait le plancher, le feu du charbon rougissait les barres
de la grille, et un lustre de cuivre à grandes
branches répandait une lumière égale dans
toute la pièce. On respirait le bien-être en entrant dans ce salon, et l'on eût dit que dans
cette atmosphère heureuse, le courage puisait
une énergie nouvelle.

Quand le colonel Otway arriva avec le capitaine Melton, cette impression le saisit sur-le-
champ, et, au premier coup d'œil, il vit lady
Dover se jouant du major Morris, comme la
chatte satisfaite se joue de la souris, qui ne
servira même point à son repas. A l'angle op-

posé du salon, lord Dover écrivait des notes
que lui dictait le médecin en chef de l'hôpital
de Balaclava, vieil ami de la famille de sa
femme, qui n'était jamais appelé à Karani que
le docteur, et portait légèrement le poids de
ses soixante années. La bougie placée sur le
bureau faisait ressortir, en l'éclairant, l'élégance du visage de lord Dover et la noble fierté
de son port de tête. Chez cette vaillante nature,
l'âme avait empreint le corps de sa vigueur.
Ses cheveux noirs, bouclés naturellement,
laissaient découvert un front large et carré ; ses
sourcils étaient épais, son regard était ferme ;
à la moindre émotion, le nez légèrement aquilin se dilatait et semblait aspirer le danger. Le
tableau, à peine entrevu, s'effaça aussitôt.
Tous s'étaient levés.

— Je désespérais de vous voir, dit lady Dover
au colonel Otway, et je devrais vous gronder
de venir si tard, quand vos amis vous attendent avec tant d'impatience.

L'on apportait en ce moment le thé, et le
petit salon paraissait, lui aussi, vouloir se
mettre en fête pour faire meilleur accueil à ses
hôtes. Un candélabre posé sur la table chassait
les demi-teintes de la pièce. La nappe était

d'une blancheur éclatante. Rien ne manquait
au service que le yacht avait fourni. On y retrouvait ce confort, si simple en Angleterre,
qui paraissait en Crimée un luxe de roi, et la
gaicté de la maîtresse de la maison gagna
bientôt tout le monde. Lord Dover et Otway ne
songèrent plus à la guerre ; Melton et Morris
perdirent la froideur qu'ils éprouvaient depuis
quelque temps quand ils se rencontraient. Il
y a parfois ainsi dans les réunions humaines
des heures de libre expansion où un même
courant traverse les esprits, les disposant à la
joie, calmant les uns, animant les autres,
mais leur donnant à tous un contentement
égal et le seul bonheur auquel on puisse peut-
être prétendre ici-bas, l'oubli de l'heure qui
s'enfuit. Ce rayonnement, Lady Dover venait
de l'éprouver, et tous l'avaient ressenti.
Quand ils s'étaient groupés autour d'elle pour
recevoir de sa main la tasse de thé qu'elle
avait toujours le soin de servir elle-même, la
conversation était devenue enjouée et pleine
d'abandon.

— Mon cher Otway, disait-elle, votre retour me rend grand service. Chaque matin je
n'entendrai plus lord Dover gémir et se plaindre

de votre absence. — Je vais donc enfin ne plus penser à vous.

— Comment vous savoir gré d'une chose qui vous sera si facile, répondit Otway. Toute femme oublie, c'est grâce d'état.

— Et c'est aussi la meilleure preuve de la sottise des hommes, reprit Lady Dover. Pourrions-nous vivre si la miséricorde du ciel ne nous avait point donné ce privilège en naissant, s'il nous fallait retenir toutes les sornettes qu'on débite à nos oreilles. N'ai-je pas raison, major Morris ? Qu'en pensez-vous, Melton ?

Le major Morris rougit légèrement.

— Je ne comprends guère, dit-il, ces subtilités-là. Il me semble pourtant avoir entendu ma grand' mère raconter que les plus jolies femmes surtout étaient portées à croire ce qui est faux et à dédaigner ce qui est vrai.

— La mienne, reprit Melton, prétendait que les femmes ne réfléchissent pas. Elles sentent. Aimez-les, ajoutait-elle, et elles vous aimeront. Quelque ingrate que soit une terre, la chaleur y fait pousser une fleur, quand bien même ce serait une fleur sauvage.

Lady Dover jeta sur les deux officiers un de

ces regards chargés de rire, rapides comme un
éclair, qui partent sans déranger un trait du
visage, et, se tournant vers le docteur : — Et
vous, mon vieil ami, dit-elle, n'auriez-vous
point par hasard une autre grand'mère qui
pourrait mettre ces messieurs d'accord ?

— Non, milady, la chère femme s'est toujours
contentée de me donner des tartines de confi-
ture, sans y joindre le moindre commentaire
philosophique. Maintenant encore, je trouve
qu'elle a eu raison.

— Et moi, mon cher docteur, je comprends très-bien, reprit en riant lord Dover,
que Morris et Melton souhaitent de recevoir,
comme Orlando, une chaîne d'or de la main
de Rosalinde. C'est l'histoire de la jeunesse.
Elle aime à s'entendre dire [1]. « Noble jeune
homme, portez ceci en souvenir de moi, d'une
jeune fille disgraciée de la fortune, et qui vous
donnerait davantage si sa main avait des dons
à offrir. » Toute femme devient à ses yeux
une héroïne de Shakspeare. Pourquoi vous

---

1. . . . . Gentleman
Wear this for me: one out of suits with fortune;
That could give more, but that her hand lacks means.
(SHAKSPEARE: As you like it, acte 1er, scène 2.)

montrer si sceptique, et ne pas croire avec
lui, qu'insaisissables comme l'air qui enveloppe et pénètre toutes choses, les femmes
sont tout, précisément parce qu'elles ne sont
rien.

— L'impertinence est parfaite, mais un peu
de bonne foi, dit lady Dover, vous ferait reconnaître que sans les femmes rien de grand
ne s'accomplit. Elles inspirent, dirigent, et
marchent les premières, montrant la route
aux plus forts, comme cette nuée lumineuse
qui guidait les Hébreux dans le désert.

— Ou comme le feu follet qui égare le
pauvre voyageur, reprit Otway de sa voix
calme.

— Riez tant qu'il vous plaira, leur instinct
qui devine vaut mieux que vos profondes com-
binaisons. Pourquoi n'avez-vous pas encore
pris Sébastopol? Parce qu'il n'y a sur ce plateau que trois femmes. Je ne parle pas de vos
cantinières, ce sont des servantes.

— Un jour de bataille, elles ont leur mérite, reprit le docteur, je ne sais même.....

— Docteur! Docteur! Et lady Dover agitant
son bracelet, la petite clochette se mit à
sonner. Docteur, c'est la cloche du jugement,

prenez garde... Ne croyez-vous donc pas à l'étincelle qui enflamme ?.. César et Alexandre se conduisaient beaucoup mieux que vous, messieurs, ajouta-t-elle. Je ne parle que des anciens, pour ne point trop vous humilier. — Vous êtes dégénérés, vous n'avez plus de cœur, vous n'avez plus la foi, et si la fantaisie me prenait de jeter ce ruban dans Sébastopol, pas un ne daignerait aller le chercher.

— A coup sûr, dit Melton, vous calomniez l'Angleterre.

— Tentez l'épreuve, milady, reprit Morris.

— Vous deux peut-être, répondit-elle avec un sourire moqueur, parce que vous êtes jeunes et pleins d'inexpérience...; mais demandez à lord Raglan, au général Canrobert et à Omer-Pacha, quels ordres ils donneraient. Mon pauvre ruban serait perdu.

— Le général Canrobert passe pour avoir conservé toutes les traditions de la vieille galanterie française.

— A Paris, peut-être ; ici, il ne pense qu'à ses soldats.

— Et lord Raglan, demanda lord Dover.

— Il est mon ami, je l'aime. Je ne puis plus compter sur lui.

— Reste alors Omer-Pacha.

— Ce petit homme maigre, aux favoris blancs, aux yeux larges et brillants, qui tourne une ruse dans chacun des grains du chapelet musulman qu'il roule sans cesse entre ses doigts ; je n'y crois pas... Le diable choisit son fez rouge pour s'asseoir durant les conférences des généraux en chef, et, de là, il s'amuse à troubler leurs idées.

— Ah ! si le courage suffisait, dit le docteur, tout serait terminé depuis longtemps. Les soldats sont l'âme et l'honneur de cette guerre.

Et comme la conversation, prenant un tour plus sérieux, laissait percer les préoccupations de l'armée, lady Dover voyant que d'irritantes comparaisons s'établissaient entre l'Angleterre et la France, se hâta d'écarter ces discussions qu'elle avait toujours le soin d'éviter.

— Docteur, dit-elle, je vous en prie, donnez-moi des nouvelles du grenadier que le colonel Anderson vous a tant recommandé, je m'intéresse à ce pauvre garçon.

— Il va mieux, milady, et les soins de l'une des sœurs de miss Nightingale, arrivée il y a quelques jours, le sauveront, j'espère.

— Cette jeune femme est donc enfin débar-

4

quée ! une lettre de Constantinople m'en parle
comme d'une personne qui mérite grande estime.

— Son dévouement est au-dessus de tout
éloge. Je la respecte et j'ai déjà confiance en
elle.

— Dans votre bouche qui loue si rarement,
c'est beaucoup.

— N'avait-elle pas pris passage en même
temps que vous sur l'*Euphrates* ? demanda le
docteur à Otway.

— Oui, je l'ai vue, et je partage votre opinion. Elle paraît digne du respectueux intérêt
qu'elle inspirait.

— Cette fois au moins, dit lady Dover au
docteur qui s'était levé pour lui faire ses
adieux, vous conviendrez que les femmes sont
bonnes à quelque chose.

L'heure était venue de se séparer. Au point
du jour, les officiers devaient être debout.
Chacun, suivant l'exemple du docteur, vint
serrer la main de lady Dover, et, quelques instants après, le petit salon, jusque-là si animé,
était désert. Pendant que lord Dover reconduisait ses hôtes, lady Dover ouvrit la fenêtre
du balcon. Le vent du nord soufflait ; la nuit
était belle et froide. Au milieu de ces ombres,

une brume légère qui rasait la terre et les
clartés indécises du ciel donnaient à la grande
plaine l'aspect d'un lac. Elle admira un instant
la beauté du paysage ; mais en écoutant les
pas des chevaux qui s'éloignaient, le chagrin
la prit, et rentrant dans cette pièce remplie
d'amis il y avait un instant à peine, maintenant
vide et silencieuse, elle s'assit accablée, se
demandant quelles cruelles douleurs l'attendaient peut-être sur cette terre maudite, où l'on
n'était jamais certain que l'adieu échangé ne
fût pas le dernier de tous. La pensée du danger
que courait son mari, cette crainte qui ne la
quittait pas et la faisait toujours souffrir, se
réveillait plus vive et plus ardente au moment
de la séparation, et lorsque lord Dover rentra
dans le salon, elle essaya de cacher ses larmes.
Lord Dover aimait sa femme plus que lui-
même, et, il n'y avait pas un sacrifice auquel
il ne fût prêt pour la rendre heureuse ; mais il
l'aimait noblement. Son cœur était fier ; il la
traitait toujours comme une de ces âmes
bien trempées qui comprennent et sentent
le respect qu'elles se doivent, et quand la faiblesse de la nature venait, comme en ce moment, imposer sa loi à lady Dover, il avait des

délicatesses infinies pour la consoler. Dans
l'égoïsme involontaire de son affection, il
aimait pourtant ses larmes mêmes, et cette
preuve douloureuse de sa tendresse le touchait
au plus profond de son cœur. Il s'assit près
d'elle, lui prit la main et, l'embrassant doucement :

— Jenny, ma bonne Jenny, lui dit-il, votre
amour, vous le savez bien, est un talisman...
soyez donc sans crainte, comment voulez-vous
qu'il m'arrive quelque malheur, ajouta-t-il,
mon cœur est toujours près de vous ?

— Hélas ! répondit-elle, je voudrais le croire,
et je ne le puis. Vous aimez le péril plus que
vous ne m'aimez. Je vous en supplie... — et son
regard exprimait malgré elle le bonheur et la
fierté qu'elle éprouvait à lui abandonner son
cœur, — je vous en supplie... — Elle se tut.
Reprenant enfin courage : — Mon trouble,
cette nuit, est plus grand encore. Soyez miséricordieux, Édouard, ajouta-t-elle, restez à
Karani.

Lord Dover garda d'abord le silence ; puis sa
voix, en lui répondant, prit un accent plus
ferme, comme s'il eût voulu s'assurer contre
sa propre défaillance.

— Demain, Jenny, vous regretteriez d'avoir exigé ce que je ne dois pas faire.

— Pardonnez-moi, reprit-elle simplement après s'être recueillie un instant ; vous avez raison ; mais je vous en prie, au moins, si demain vous ne pouvez venir déjeuner, écrivez-moi deux mots qui me rassurent.

Quand il partit, lady Dover, la femme enviée dont la beauté et l'enjouement étaient célèbres, que sa légèreté coquette, au dire d'un grand nombre, préservait de tout chagrin, resta appuyée sur la balustrade du balcon et son regard ne pouvait se détacher du chemin suivi par son mari. Lorsque, vaincue par la fatigue, elle se retira dans sa chambre, le sommeil fut bien long à lui donner un peu de repos.

IV

LA NUIT DE VEILLE A LA TRANCHÉE

L'armée qui assiége une place forte s'avance vers son but par des chemins creusés à trois pieds de profondeur qu'un parapet formé avec des gabions [1] abrite du côté de la ville. Des fascines et des sacs, à l'aide desquels on ménage des créneaux, les couronnent. Ces chemins s'appellent des tranchées. Ils sont établis parallèlement au corps de la place, afin de ne pas être enfilés par les projectiles de l'ennemi, s'étendent sur certains points nommés places d'armes, où l'on peut au besoin rassembler des

---

1. Sorte de tonneaux ouverts aux deux extrémités, fabriqués avec des branches d'arbres et remplis de terre.

forces plus nombreuses, et sont reliés entre eux
par des boyaux ou zigzags. Ce terme de guerre
désigne souvent aussi l'ensemble des attaques
qu'un écheveau de fil embrouillé, jeté au
hasard sur une table, représente avec assez de
justesse, quand on les aperçoit d'une hauteur.
L'assiégeant construit en outre des batteries
aux endroits favorables. Les armées alliées les
protégeaient en Crimée avec des murailles de
terre de trente pieds, dans lesquelles étaient
pratiquées des ouvertures dont les *joues*, selon
l'expression consacrée pour nommer les parois, se rétrécissaient jusqu'à l'orifice, et restaient closes tant que l'ordre d'ouvrir le feu
n'avait pas été donné. La batterie demeurait
ainsi masquée. L'ennemi ignorait que derrière
le mince rideau de terre laissé à l'extrémité de
l'embrasure, se trouvait un gros canon solide-
ment établi sur un plancher de lourds madriers, prêt à lancer en pleine charge le
boulet, ou avec moitié moins de poudre le
projectile creux. Cette courte explication
suffira peut-être pour faire comprendre combien sont longs et pénibles les travaux qu'exi-
gent des ouvrages aussi considérables, la mise
en état et surtout l'armement des batteries,

accompli sous le feu continuel de l'ennemi.

L'activité était grande au commencement du mois d'avril 1855 dans les tranchées anglaises, le génie se hâtait de profiter de la beauté du temps pour donner plus d'épaisseur aux épaulements, élargir les places d'armes, pousser les cheminements et préparer des abris pour les troupes qui allaient durant le bombardement se trouver exposées au feu terrible de la place. L'artillerie, de son côté, armait les trois batteries nouvelles que le colonel Otway avait demandées depuis qu'il avait repris son commandement : — une batterie de quatre gros mortiers, dont l'ouverture mesurant trent-deux centimètres lançait des bombes de soixante et douze kilogrammes ; les deux autres devaient recevoir d'énormes canons de soixante-huit et de cent vingt.

Une mâle vertu sortait de ce sol arrosé par le sang des armées. A la vue de ces terres où la Providence change à son gré la destinée des peuples, la pensée quittant les misérables soucis de chaque jour et empruntant son autorité à la mort cède à une attraction mystérieuse. L'écho lointain des heures solennelles arrive jusqu'à vous, les événements

passés se déroulent un à un devant vos yeux ;
mais le regard a une autre portée, le jugement ne se pèse plus dans la même balance, il
semble venir de ces régions inconnues où nos
compagnons nous ont devancés, et lorsque la
nuit ajoute sa sensation étrange, quand ces
champs de carnage n'ont point encore de maîtres et qu'une victime nouvelle rejoint sans
cesse la victime qui la veille encore tombait en ce
lieu, pour la même cause, lorsque la lueur sinistre du canon et le bruit du projectile qui éclate
vous font tressaillir derrière l'abri qui vous pro-
tége à peine, l'âme en vérité, soulevant les entraves de la chair, reprend sa souveraine grandeur.

Le colonel Otway était venu cette nuit-là
surveiller lui-même l'armement de la batterie
de grosses pièces de cent vingt. De pâles étoiles
brillaient dans un ciel sans nuages terni par
une brume légère, la lune semblait n'envoyer
que des feux amortis sur ces étroits espaces, et
dans une heure environ, dès qu'elle aurait disparu, les équipages de siége devaient amener
les grosses pièces. — Debout sur la banquette
établie le long du parapet, le colonel regardait
ces terres éclairées par des reflets changeants,
qui disparaissaient dans une vapeur obscure et

noire aux endroits laissés dans l'ombre, brillantes ailleurs comme un tapis d'argent. Les lignes indécises des défenses russes ressortaient à peine, et le Grand-Redan demeurait silencieux. Sur la gauche, dans la direction où se trouvaient le port, la ville et les casernes, on distinguait pourtant un murmure confus. Le vent du nord apportait par moment d'étranges rumeurs, et du côté opposé un œil exercé reconnaissait à l'arête plus sombre les pentes du ravin de Karabelnaïa, qui séparaient le Grand-Redan de la Tour Malakoff et du Mamelon-Vert. De temps à autre une lueur rougeâtre apparaissait une seconde et s'évanouissait aussitôt, une détonation se faisait entendre, puis le silence retombait sur ces étendues. Pas une voix humaine, pas un cri, le fer et le feu répondaient seuls aux crépitements de la poudre. Le colonel avait essayé d'abord de mettre à profit le clair de la lune, qui laissait dans l'ombre le point où il se trouvait, pour reconnaître si les Russes n'élevaient pas de nouvelles défenses; mais bientôt, sous cette impression singulière que tous, le fort comme le faible, subissaient à leur insu, les souvenirs montèrent peu à peu, et son âme se retira

tout entière dans le passé. Ces lieux voués au
meurtre, la nuit profonde, ces ombres et ce
silence interrompus par une flamme soudaine,
la détonation d'une pièce d'artillerie où le
petillement sec des coups de fusil, le plon-
gèrent dans une sombre extase. Son corps
demeurait immobile, et sa pensée entraînait
dans un même tourbillon et les jours pai-
sibles de son enfance,et sa jeunesse austère, et
ces mois de bonheur et d'abandon disparus si
rapidement, secouant le linceul dont son cœur
était couvert, ébranlant cette âme qui, seule,
veillait encore pour souffrir. Seize longues années s'étaient écoulées depuis lors. Il avait pris
part aux expéditions des Indes, poursuivi les
Cafres en Afrique, et il n'avait pu oublier ces
heures terribles qui décidèrent de sa vie.

Le capitaine Otway était si gai et si heureux
quand, à l'automne de 1839, il revenait se
reposer à Medlow-Castle dans le Yorkshire,
des fatigues de ses premières campagnes! La
jeunesse et la fortune lui souriaient, son nom
avait fixé l'attention. Les hommes d'expérience
le désignaient comme un officier destiné à une
brillante carrière, et la curiosité du monde s'était
éveillée. Il était devenu, durant la saison de

Londres, la grande *attraction* des salons. Son succès ne fut pas moins grand dans la brillante réunion qui s'était rassemblée à Medlow-Castle, et sa cousine s'aperçut un jour que tous et toutes le remarquaient. Jeune, élégante, coquette, elle se dit que son cousin William lui plaisait. Deux mois plus tard, elle était toute la pensée du cousin William et il ne pouvait en être autrement. Miss Harriett Temple avait dix-huit ans, les yeux bleus, les cheveux blonds, une transparence de peau remarquable, et, chose rare, la taille ronde et des épaules charmantes. Il y avait à la fois en sa personne la grâce et la force. Dans une ville elle serait restée sans doute étiolée et délicate, mais le grand air et les champs lui avaient apporté la vigueur et la santé, tout en lui laissant cette ténuité dans les formes et une élégance dont l'attrait était irrésistible. Comme la Diana Vernon de Walter Scott, elle se jouait des ardeurs de son beau cheval bai quand elle passait à travers la campagne, franchissan tles haies et les fossés, s'abandonnant avec délice à la fièvre que donne la course rapide et l'entraînement de la chasse. Otway était heureux de la suivre, de partager ses plaisirs, de veiller sur elle, attentif

au moindre danger, prêt à s'élancer pour éloigner le péril. Au retour de ces longues courses,
comme il aimait à la retrouver dans ce grand
salon de Medlow-Castle qu'elle lui semblait
remplir tout entier ! Parcelle de la puissance
divine jetée dans l'espace depuis le commencement du monde, l'esprit féminin,—force venant,
de la faiblesse même, tout et rien, attrait d'un
regard, d'un geste, du son de la voix, qui
apporte le trouble, et brisant la résistance
donne l'émotion suprême, — rayonnait dans
la jeune fille. Près d'elle une joie inconnue
faisait tressaillir Otway ; il sentait toujours
l'espérance d'une joie nouvelle.

Les salons des châteaux portent en Angleterre la marque de cette indépendance si chère
à la nation, et le libre arbitre des hôtes y est
toujours respecté. Tables, siéges, lumières, sont
placés de telle sorte, que l'on peut à sa guise
former des groupes séparés, céder à l'affinité
secrète, se réunir à ceux que l'on préfère, et
c'est ainsi que presque chaque soir ils se
retrouvaient l'un près de l'autre. Lorsque la
cousine Harriett se fut dit que William Otway
deviendrait son plus fidèle serviteur, obéissant
à cet instinct qui ne trompe jamais une femme,

et qu'une petite fille de six ans possède déjà,
elle eut pour lui la plus simple, mais la plus
infaillible de toutes les flatteries, en paraissant
prendre grand plaisir à sa présence. Le rôle
était facile. Ce jeune officier avait un charme
austère dont elle ne tarda point à sentir l'influence. Pour l'amusement de ses heures dé-
sœuvrées, elle lui avait demandé de lui raconter
quelques-unes des aventures de sa vie, et il
avait toujours décliné cet honneur, par une
plaisanterie, lorsqu'un soir, pendant qu'elle
copiait un paysage des Indes, la conversation
tomba sur ce pays et sur la guerre, et Harriett
se trouva comme Desdémone attendrie aux récits d'Othello. L'hommage qu'elle avait recher-
ché ne lui suffit plus ; elle voulut être aimée.

Otway lui-même fut le complice de son succès. Il avait à peine connu sa mère. L'impression laissée par son souvenir était pourtant
profonde, et, comme il arrive aux enfants, ce
souvenir se rattachait pour lui à un moment
précis, insignifiant en apparence, mais qui
résumait toutes ses impressions. Il la voyait
toujours pâle et grande, debout contre une
porte entr'ouverte, se retournant à demi pour
lui envoyer un baiser avec la main pendant

qu'il s'agitait dans les bras de sa bonne, puis,
il ne se rappelait plus rien. Plus tard on lui
dit qu'elle était morte presque subitement pendant un voyage en France, mais, quand sa
pensée lui retraçait l'image de sa mère, elle
apparaissait toujours dans cette attitude qui
l'avait frappé. En revenant après plusieurs
années d'éloignement, la cousine qu'il quittait
à son départ avec les formes indécises de
l'enfance, avait franchi cette crise de jeunesse
qui transforme les jeunes filles et leur fait,
comme les beaux papillons aux ailes brillantes,
jeter au loin leur enveloppe. La fleur avait
brisé son calice, et la grâce, ce parfum de la
femme, pris possession de sa conquête nouvelle. Proche parente de la mère d'Otway, le
sang qui coulait dans les veines d'Harriett était
presque le même. Elle avait les mêmes cheveux blonds, les mêmes yeux bleus, enfin cet
air que donne la race. Évocation d'un souvenir
chéri, Harriett se présenta d'abord à lui comme
le portrait vivant de celle dont les caresses
avaient manqué à son enfance. Ce sentiment
l'attira vers sa cousine et lui fit perdre la réserve hautaine qu'il gardait presque toujours.

Son caractère présentait, en effet, de sin-

guliers contrastes que son éducation première
et l'existence qu'il avait menée depuis lors
expliquaient facilement. Membre du Parlement et activement mêlé à toutes les intrigues
des partis, son père, absorbé par le tourbillon
des affaires publiques, lui témoigna toujours
peu d'affection. Otway grandit seul, son enfance fut sérieuse, sa jeunesse sévère ; son
cœur était ardent, sa sensibilité profonde et ses
premiers pas dans la vie furent sevrés de toute
tendresse. Que de fois le pauvre enfant s'était
approché timidement de son père pour lui apporter une caresse qui n'était pas même
remarquée ! Bien des gens se croient fort
graves et traitent avec dédain ces témoignages
d'une sensibilité qui s'ignore, sans se préoccuper de la semence d'aigreur que le froissement dépose dans cette jeune âme. Ce fut là
son histoire. Sa mère lui avait donné la délicatesse des sentiments, et son père un impla-
cable orgueil ; aussi, quand l'indifférence
accueillit ses premiers élans, il se replia sur
lui-même, sans se plaindre et sans pardonner.
L'enfant ne raisonnait point encore, mais son
instinct le portait à l'étude. Il travaillait parce
qu'il voulait un jour commander, et souhaitait

d'être le premier afin de dominer. Bien souvent
ses maitres, tout en se félicitant d'avoir un
aussi bon élève, lui reprochèrent sa hauteur,
et lorsqu'il connut ces rêveries qui sont pour
les jeunes gens comme les feux précurseurs
de l'aurore empourprant l'horizon et annon-
çant que le roi de lumière va prendre possession de ses domaines, les ardeurs qui couraient dans ses veines, les élans qui partaient
de son cœur et s'élançaient en bouffées vers
son cerveau le jetaient dans un trouble inexpri-
mable. La blessure de ses jeunes années
n'était pas fermée. Son cœur était plein de tendresse et la raillerie sortait de sa bouche. La
timidité, la crainte de souffrir le poussaient en
des excès opposés. Le sang l'entrainait. Il eut
des emportements sauvages et pas une affection. Sa chair cria parfois ; il céda à sa chair,
et l'âme restait silencieuse. Confiant dans
sa force, oublieux de sa jeunesse, il vivait
dédaigneux, tout entier au but ambitieux et
aux sévères travaux qu'il s'était imposés pour
l'atteindre. Ce mélange d'orgueil, de sang-
froid, d'emportement et de fermeté hautaine
avait une puissance singulière qui se retrouvait dans l'audace de ses entreprises ; mais

quand vient le printemps, l'homme ne peut
empêcher la séve de quitter la terre et de s'é-
lancer du pied des racines jusqu'à la branche
élevée où l'oiseau prendra plaisir à reposer son
vol. L'écorce est rude, elle est noire, on la dirait
inanimée, et pourtant sous cette rugueuse enveloppe la vie s'avance victorieuse, et, bientôt,
le drapeau de triomphe, la petite feuille verte
brille aux rayons du soleil et proclame sa puissance. Cette histoire fut celle d'un grand
nombre, ce fut aussi l'histoire d'Otway.

Un souvenir l'avait d'abord rapproché
d'Harriett. Bientôt auprès d'elle ses sentiments
ne connurent plus l'amertume, et en perdant
cette agitation inquiète qui lui était habituelle,
il vivait déjà sans penser qu'il pût s'en séparer
jamais. Gardant au milieu de la passion même
cette action qui était l'un des caractères de sa
nature, il pénétrait peu à peu dans l'imagination
de la jeune fille, pendant qu'Harriett s'emparait
de son cœur. Tous deux souhaitaient en même
temps, par des voies bien différentes, de se rapprocher et de s'unir. Otway, avec ses ardeurs
contenues, parait Harriett de toutes les qualités
et, s'enivrant de l'éclat dont il la couvrait, se
captivait au mirage de sa propre flamme. Les

dignités et les honneurs devenaient maintenant
à ses yeux une de ces riches parures que, perle
par perle et diamants par diamants, il devait
conquérir pour sa bien-aimée, qui, seule, lui
donnerait toutes les joies. Harriett, à ce
contact magnétique, avait pris l'apparence de
la vie ; mais, tout en subissant l'ascendant
d'Otway, elle se plaisait surtout dans un
triomphe où les plus belles et les plus habiles
avaient échoué jusque-là. Elle trouvait charmant de soumettre à ses caprices cette vaillante
nature, et se disait qu'en vérité, il serait glorieux
d'arriver à Londres pour la saison prochaine,
suivie du *Lion* musclé. Les deux familles, au
reste désiraient depuis longtemps qu'une al-
liance nouvelle resserrât les liens qui les unis-
saient déjà. Tout les encourageait, et la joie
fut grande parmi les vieux serviteurs des deux
nobles maisons, et dans tout le pays d'alentour,
en apprenant qu'avant la Noël le capitaine
William Otway, *royal artillery,* fils unique
du très-honorable Richard Otway, membre du
Parlement, serait marié à Harriett, seconde
fille de Lord Temple de Drummond-Castle.

Ces temps étaient bien loin déjà. Quand le
ministre eut béni leur mariage, Otway ressem-

blait au voyageur qui au sortir du désert ne
peut se rassasier de l'eau vive, et, s'abreuvant
avec délices à ces joies inconnues, il se livrait
au bonheur d'abandonner sa volonté à une
affection souveraine. Ce caractère jusque-là
rebelle, ce cœur plein de défiance pliait sous
le charme. Il aimait comme aiment ceux qui
se rendent après une longue lutte, et sa fai-
blesse·fut égale à la fermeté stoïque dont il
avait été longtemps si fier. Les froissements
de sa jeunesse avaient conservé ses qualités
généreuses. La neige garde ainsi la chaleur
féconde de la terre, et l'idole, parée chaque jour
d'une qualité nouvelle avait pénétré dans la
moëlle de ses os. Les gens du sud parlent avec
admiration des soins et du dévouement que le
lion témoigne à sa compagne. Devenu alors
son serviteur et son esclave, il prévient ses
désirs, obéit à ses moindres volontés, et son
regard ne la quitte pas. Sa passion est pourtant jalouse, car si le lion aperçoit un rival, sa
fureur éclate, et une lutte terrible s'engage
sous les yeux de la lionne, qui contemple ces
déchirements. Otway aimait ainsi. Harriett
donnait à toutes choses son prestige, et ce
soldat trouvait de poétiques paroles pour

5.

rendre ses sentiments. Ils étaient restés pendant l'hiver à Medlow-Castle. Quand vint le
printemps, la nature lui apparut avec une
splendeur qu'il ne lui connaissait pas. Il avait
trouvé jusque-là dans la campagne la satisfaction des exercices violents que réclamait
son corps et le robuste bien-être apporté par
la santé, — et maintenant elle avait des har-
monies inconnues ; son âme les entendait.
Chaque brin d'herbe, quand il passait, saluait
son bonheur. Il trouvait à la verdure un éclat,
à l'air une transparence, aux chants des
oiseaux une pureté qui répondaient à toutes les
ivresses de son cœur. Le bon ange lui envoyait
alors les heures clémentes que sa sollicitude
obtient parfois, mais la douleur, cet aiguillon
terrible de tout ce qui a reçu l'ordre de vivre
ici-bas, reparut bien vite et, au milieu de sa
joie, une dépêche du commandant de l'artillerie invita Otway à se rendre sur-le-champ à
Londres, où l'attendait une mission de confiance qu'il devait remplir sans délai.

Chaque année, dans les premiers jours du
mois d'avril, l'aristocratie anglaise quitte ses
châteaux et se réunit pendant trois mois à
Londres. Cette époque privilégiée de la *saison,*

qui rassemble tous les élégants du Royaume-Uni, allait s'ouvrir dans quelques jours, et Otway en ressentait un ennui véritable, presque du chagrin, mais lady Harriett [1] au contraire trouvait plaisir à songer qu'elle allait enfin pouvoir montrer ses brillantes toilettes et son mari à ses amies intimes, qui certainement en éprouveraient un profond dépit. Elle se promettait bien aussi de faire tourner toutes les têtes, et plus d'une fois elle sourit en se regardant dans la glace et se trouva charmante.

Les instructions données au capitaine Otway lui prescrivaient de partir sans délai pour Malte, afin d'inspecter l'arsenal et d'y faire une enquête sur divers abus qui venaient d'être signalés. Son absence devait durer un mois. A l'annonce de ce prochain départ, lady Harriett éprouva d'abord une très-vive contrariété. Elle aimait son mari ou du moins en avait la conviction, ce qui à certains moments est presque la même chose,

1. On sait que d'après la coutume anglaise, toute fille de comte, marquis ou duc, a le droit d'être appelée lady, même quand elle est mariée à un homme qui n'est pas lord ; mais la dénomination doit alors précéder son nom de baptême.

aussi son premier mouvement fut de renoncer aux fêtes de la saison et de le suivre, mais quand sa mère lui eut fait observer que, pour une si courte absence, elle ferait mieux de rester auprès d'elle et de ne pas s'exposer à des fatigues que sa santé délicate ne pourrait supporter, lady Harriett ne tarda pas à se convaincre que sa mère avait raison. Elle se résigna bien vite à attendre durant quelques semaines l'entier accomplissement de ses projets et les joies de sa vanité satisfaite. Sans lui, pour elle point de triomphe complet. Il fallait que le monde fût témoin de sa puissance.

En quittant Londres, Otway ne songeait guère au monde et à ses plaisirs. Peu lui importait. L'image d'Harriett le remplissait. Il ne songeait qu'à elle. Il partait seul, et le déchirement était affreux. — De nouvelles tristesses l'attendaient. Cette absence qui devait être d'abord de si courte durée se prolongeait et de nouveaux ordres l'obligèrent à se rendre à Corfou et à Gibraltar. Les lettres d'Harriett, tristes d'abord et caressantes, peu à peu ne furent plus remplies que par les bavardages de la ville et de la cour. — L'aristocratie anglaise, élite d'une nation qui

passe pour la plus silencieuse de la terre, est
de toutes les sociétés celle où s'échangent le
plus de commérages. Une sorte de franc-
maçonnerie centralise, en Angleterre, les nouvelles à la main du monde entier. Quelques-
uns attribuent ce fait au grand nombre de
filles que produit la race anglo-saxonne, et à
leur impatience fébrile, qui se dédommage
ainsi ; toujours est-il que dans aucun pays du
monde il ne s'envoie autant de lettres renfermant plus de paroles inutiles et de phrases
verbeuses. Pendant neuf mois de l'année, de
châteaux en châteaux, elles s'en vont portant
les grandes nouvelles et durant ce temps, toute
miss, jeune ou vieille, courant le monde, se
croit obligée d'adresser à ses bonnes amies un
récit détaillé des mille niaiseries qui s'accom-
plissent dans les villes où elles séjournent. La
saison rassemble à Londres cette foire aux
vanités. Les commentaires, les médisances,
les calomnies volent de bouche en bouche ; les
correspondances redoublent d'activité ; de
Londres à l'extrémité de l'univers, comme de
l'extrémité de l'univers à Londres, de graves
sornettes et d'abominables méchancetés cir-
culent avec une rapidité et une roideur toutes

britanniques. Otway cherchait en vain une
bonne parole dans les longues pages que lui
écrivait Harriett; il retrouvait toujours la
mésaventure de Cecilia L... qui n'avait pu
séduire le cœur de lord A... ou bien la sensation profonde produite par l'agréable tournure
de quelque ténor, ou bien encore la forme
d'un nouveau vêtement, que le *lion* de la
mode imposait à tous ceux qui se piquaient
d'élégance. Ces lettres lui firent mal et, pour la
première fois depuis son mariage, un sentiment de défiance jalouse, aussitôt repoussé,
traversa son cœur comme un trait aigu. —
Otway avait raison de craindre ; Harriett
aimait le plaisir, les flatteries l'enivraient et le
regret qui avait suivi les premiers jours de la
séparation s'effaçait peu à peu. L'éclat des
bals, le tourbillon du monde l'entraînaient
maintenant tout entière et elle se plaisait à
jouer avec sa grâce et sa beauté. Cette saison
fut pour lady Harriett ce que la campagne
d'Italie avait été pour le général Bonaparte.
Elle gagna en ces mois de fête sa journée de
Marengo, et passa dès la première heure au
rang des *étoiles*. Sa plus belle conquête fut
celle de lord Morton. Lord Morton était *beau*

comme on est militaire ou diplomate. Ce bel
oiseau élevé en cage pour l'ornement des
salons avait le don de donner un air de finesse
aux banalités les plus plates, et, convaincu
que tous lui rendaient une admiration égale à
celle qu'il se portait, pénétré de la sottise
confiante du succès, il permettait qu'on l'a-
dorât, et ne souffrait point que l'on fit languir
un amour-propre qui ne reculait jamais. Faire
la cour à toute femme en vue, ne rien épargner
pour qu'on le crût un héros heureux et glorieux, tel était le premier soin de ce bellâtre,
qui exerçait, au moment où lady Harriett fit
grande sensation, son commandement souve-
rain sur la mode, avec ce despotisme dans les
futilités que la robuste indépendance anglaise
est seule capable de supporter. L'astre de lady
Arabella allait être éclipsé : lady Arabella et
lady Harriett, pour employer le langage du
Turf dont il avait coutume de se servir,
étaient en *pleine course* : plusieurs affirmaient
qu'elles arriveraient *tête-à-tête*, mais un
connaisseur, et Morton se piquait de l'être,
devait regarder comme assuré le triomphe de
lady Harriett. Elle avait devant elle une longue
carrière de succès et régnerait à coup sûr

durant plusieurs saisons. Il entra donc aussitôt
en campagne et, passé maître dans la stratégie
des salons, mit à profit la jalousie d'amour-
propre si fréquente chez les femmes. Lord
Morton appartenait à lady Arabella; le lui
enlever, tenir captif ce brillant *dandy*, c'était
pour lady Harriett établir sa suzeraineté d'une
façon incontestable. Lord Morton eut l'art
d'engager l'amour-propre de lady Harriett,
dans un combat de coquetterie, sut se faire
désirer, céda comme fasciné par sa grâce, et
manœuvra si bien, que tous les salons racon-
taient bientôt que la *belle des belles* l'avait
distingué. Les *clubs* ne parlaient pas d'autre
chose, c'était un événement. Alors sans ménagement, avec une brusquerie pleine d'audace,
lord Morton abandonna solennellement le
camp de lady Arabella et se rangea parmi les
attentifs les plus fidèles de lady Harriett. La
défection fit du bruit; on s'en entretint à mots
couverts; on demanda quel en était le prix; il
y eut des sourires équivoques. Avec une légèreté qu'elle devait cruellement expier, lady
Harriett ne pensait qu'à l'amusement, tombait
chaque jour dans un nouveau piége, et sa
vanité tissait la toile qui devait la retenir pri-

sonnière. Sans qu'elle y songeât, lord Morton obtenait d'elle une démarche, un geste, un propos qui, aux yeux du monde, établissait d'une façon incontestable ce crédit que les médisants appelaient sa faveur. Il se chargea lui-même de faire sentir la faute lorsque, mettant à ses pieds son amour et son dévouement dans un langage d'une forme irréprochable et d'une impertinence sans égale, il demanda si le moment ne semblait pas venu à lady Harriett de « combler tous les vœux de son serviteur en rendant plus intimes des liens auxquels tous les salons ajoutaient foi, opinion qui lui faisait trop d'honneur pour qu'il eût essayé de la démentir. » Les fats ont ainsi par moment des maladresses qui ruinent toute leur habileté. Lord Morton pensait qu'il était adoré, et, en démasquant ses batteries, il se croyait victorieux.

Il se trompait. La légèreté seule avait entraîné lady Harriett. Une réaction soudaine se fit en elle, et la pensée de William, qui s'effaçait au milieu de l'agitation de sa vie, la reprit tout entière. Le lendemain elle partait pour Gibraltar.

Quelques semaines après ce brusque départ, vers la mi-septembre, Otway, que sa femme

avait rejoint huit jours avant qu'il reçût son
ordre de rappel, revenait avec lady Harriett à
Meddlow-Castle. Durant ces longs mois d'éloignement, en proie à toutes les inquiétudes de
la jalousie, il avait vu presque avec étonnement l'arrivée soudaine de sa femme. Elle lui
semblait d'abord se fuir elle-même, mais le
premier élan de lady Harriett fut si sincère, sa
présence lui causa une joie si grande qu'Otway
n'eut pas la force de résister au bonheur qui
revenait à lui. L'imprudence de la jeune
femme ramena bien vite le doute et la défiance.

En le trouvant dévoué et plein de tendresse,
elle oublia ses torts, et se croyant désormais
assurée de son influence, elle laissa parler sa
vanité, raconta ses triomphes, et ne s'aperçut
pas du trouble qu'Otway, en écoutant ces récits,
cachait sous un sang-froid toujours égal. Aucune plainte ne sortit de sa bouche, jamais il
ne prononça une parole amère ; son langage
était encore affectueux et pourtant il ne confiait
déjà plus ses émotions. Mais comme, sous la
salutaire influence de la campagne, lady Harriett redevenait la femme dont le charme et la
grâce l'avaient séduit, il sentit lui-même ses
craintes s'apaiser, et de douces heures lui ren-

daient par moment l'espérance. Meddlow-
Castle était une résidence hospitalière où chaque
année, à l'époque des chasses, il y avait une
réunion nombreuse. Le dernier jour du mois
d'octobre, tous les hôtes du château étaient
partis pour une grande battue, et dans l'après-
midi, à l'heure du *luncheon*, les femmes
avaient rejoint les chasseurs. Otway seul était
resté : il attendait de Londres une dépêche
importante qui exigeait une réponse immé-
diate. Quand le domestique lui apporta les
lettres, rompant au hasard une enveloppe, il
la jeta sans voir l'adresse. Dès les premières
lignes, le sang monta à ses yeux, il trembla...
il parvint enfin à lire. C'était bien pour elle :
*lady Harriett Otway, Meddlow-Castle,
Yorkschire.* Le doute n'était pas possible. Son
cœur, saisi par un tourbillon de feu, étouffait.
Incapable de penser, il s'élança vers la campagne, comme l'asphyxié cherche l'air qui lui
rendra le sentiment, et, par un suprême effort,
maîtrisant ses émotions, il descendit avec l'apparence du calme : mais dès que le tournant
de l'allée l'eut dérobé à la vue du château,
rendant les rênes à son cheval, l'excitant de la
voix et de l'éperon, frappant le pauvre animal,

il semblait, dans cette course effrénée, trouver
un soulagement à la fureur qui le transportait.
Lorsque le cheval essouflé s'arrêta, Otway
passa la main sur son front brûlant, comme
s'il sortait d'un songe. La lettre, qu'il tenait
encore lui montrait la terrible réalité, et, il
essaya de lire jusqu'au bout ces lignes qui le
brisaient, de comprendre enfin l'étendue de
son malheur. Avec le langage d'un amant
heureux ou sûr de l'être un jour, lord Morton,
annonçait à lady Harriett son arrivée prochaine
dans une terre voisine de Meddlow-Castle.
Otway ne savait pas que la sottise d'un fat
abusait d'une légèreté imprudente ; sa colère
accabla Harriett. Il aimait ; son amour trahi
ne songeait qu'à elle seule, et, dans les transports de sa passion, dans les déchirements qui
troublaient son âme, n'étant plus maître de sa
raison, tout entier au vertige de la douleur, il
résolut de quitter Meddlow-Castle sans la
revoir et de fuir à jamais celle qui l'avait
trompé. En vain les tendresses refoulées essayè-
rent de faire entendre leur voix, les violences
de son âme n'avaient point eu le temps de s'a-
paiser, et il s'éloigna en maudissant ces lieux
où il avait cru trouver le bonheur.

Quelques jours après, la *Gazette* de Londres
annonçait la promotion du capitaine Otway au
grade de chef de bataillon et sa nomination à
un poste important dans l'armée du Bengale.
Durant quinze années, exilé volontaire, Otway
refusa de quitter les Indes; prières et suppli-
cations n'avaient pu changer sa résolution.
L'orgueil que l'amour avait un instant chassé
était rentré dans ses domaines. Revenu plus
puissant, il commandait maintenant en maître.
Harriett avait forfait à sa confiance, le mépris
les séparait. La place de sa compagne était à
ses côtés et non au-dessous de lui. Un homme
devait savoir souffrir, et, à mesure que son
orgueil l'emportait, Otway jetait dans la tombe
de celle qu'il regardait comme morte, les affections et les joies du cœur; mais Dieu et sa
mère lui avaient donné une nature élevée, et
si le chagrin sous les hâles de ces climats brûlants marqua son front du signe de la souffrance toujours contenue, l'égoïsme ne put
l'emporter. Lorsqu'il se releva de l'anéantissement plein de désespoir des premiers mois,
exposant son corps au danger comme un vêtement auquel on ne tient plus, n'épanchant
jamais sa peine que le temps semblait aviver

chaque jour, indifférent à l'éloge, dédaigneux
de la reconnaissance, il demeura cependant
indulgent pour les autres, et l'austérité de sa
vie commanda à tous la déférence et le respect...

Appuyé contre le parapet de cette tranchée
solitaire, le colonel Otway venait de vivre dans
le passé, et ces lieux voués au meurtre, la
nuit profonde, ces ombres et ce silence interrompus par une flamme soudaine, la détonation d'une pièce d'artillerie ou le petillement
sec des coups de fusil, le plongeaient dans une
sombre extase. En face de ces champs de mort,
devant l'inconnu et si près des violences du
destin, il ressentait l'émotion d'un homme qui,
penché sur le bord d'un abîme, entend de
sourds mugissements au fond d'un gouffre
dont le regard ne peut mesurer la profondeur,
et comprend alors la faiblesse et l'impuissance
de la créature que l'orgueil veut élever si haut.
Pour la première fois le soldat qui n'avait
jamais courbé la tête s'inclinait en se demandant
s'il avait bien agi, et, par un rapprochement
étrange, au milieu de ses défaillances et de
son trouble, son esprit évoquait l'image de la
jeune femme rencontrée à bord du navire
l'*Euphrates*. Il voyait son regard doux, triste

et ferme, où se réfléchissait la conscience qui ne doute pas de la route suivie. Le colonel Otway l'avait déjà rencontrée. Elle n'était pas pour lui une étrangère. Le souvenir réveillé par cette longue halte dans le passé retrouva peu à peu les traces disparues. Elle lui était apparue enfant, devant la porte d'un *cottage.* Avec son tablier relevé, sa courte jupe de laine rouge, le fichu de couleur croisé sur la poitrine, un chapeau de paille d'où s'échappait une touffe de cheveux bruns, elle avait dans toute sa petite personne un air de franchise et de décision joyeuse. Quel joli sourire et quelle bonne humeur dans ces deux grands yeux bleus qui disparaissaient presque sous de longs cils noirs quand elle avait prié Otway et lady Harriett de se rafraîchir ! Puis l'enfant était allée cueillir pour la belle dame une branche de chèvrefeuille et une rose. Ce tableau plein de fraîcheur, cette heure si lointaine de l'une de ses joies se présentait à Otway avec une netteté singulière.

Depuis lors l'enfant avait grandi et, devenue l'appui des affligés, soutenue par un souvenir brillant et pur, comme une étoile du ciel que l'on peut contempler toujours, elle veillait au

chevet des malades, puisant encore dans sa
douleur un soulagement suprême, — et lui,
malheureux et misérable, quand il descendait
en son cœur, trouvait le mépris qui lui enlevait
jusqu'à la consolation du regret. Par moment
aussi un doute affreux l'accablait et lui apportait de terribles angoisses. Il se demandait
alors quel était le vrai coupable et si le souve-
rain maître ne se montrerait pas impitoyable
pour celui dont la force orgueilleuse avait
refusé la miséricorde. Les instants de défaillance furent courts. Se reprochant aussitôt sa
faiblesse, s'accusant de vaines complaisances,
il rentra dans sa volonté, et, se repliant, comme
le lutteur, prêt à soutenir l'assaut, Otway re-
poussa ces fantômes. « — Le devoir ne trompe
pas, disait-il; l'honneur a dirigé ma conduite:
je devais agir ainsi, j'ai bien fait. » — Malgré
lui pourtant, la journée heureuse qui avait eu
l'enfant pour témoin s'imposait à son souvenir,
et, sans jamais faire une allusion qui pût rappeler cette rencontre, il se promit de veiller sur
Madgy.

V

LA RECONNAISSANCE

Pendant que le colonel Otway s'absorbait dans ses pensées, sans même remarquer les boulets qui, par moments, passaient près de l'épaulement contre lequel il se tenait, des sifflements d'obus, à une quarantaine de mètres sur la droite, lui firent tout à coup lever la tête. L'instinct de l'homme de guerre et cette longue habitude permettant de discerner au milieu des préoccupations les plus graves tout ce qui intéresse les devoirs accoutumés, l'avertissaient qu'il était survenu quelque chose d'insolite. La redoute russe du Mamelon-Vert venait en effet de démasquer une batterie nouvelle. Le feu des attaques françaises de la droite, vers le ravin du Carénage, prenait

6

presqu'en même temps une grande vivacité.
Otway était brusquement ramené à la terrible
réalité, et il écoutait avec attention la fusillade, qui se mêlait au bruit du canon et annonçait une sortie de la redoute, quand il
entendit la voix du major Morris le demandant à l'officier de garde.

— Je viens d'apercevoir le colonel, répondit l'officier, et je ne pense pas qu'il doive
être éloigné. Nous apportez-vous, monsieur [1],
l'ordre de faire feu?

— Non, demeurez tranquilles. Les boulets
russes, en vous répondant, pourraient atteindre la batterie que nous allons armer.

— Par ici, Morris, dit alors Otway en
élevant la voix. Quoi de nouveau?

— Nous recevons du quartier général l'ordre de tirer à outrance avec les mortiers sur le
Mamelon-Vert. Avez-vous quelques instructions
à me donner?

— Venez avec moi aux batteries, Morris,
répondit Otway; je veux juger le tir des
nôtres, et au besoin le rectifier.

---

1. Le mot *monsieur* (sir) est ainsi employé dans l'armée
anglaise où l'on n'a pas coutume de désigner les officiers
par le grade.

Les deux officiers, suivis par les sergents d'artillerie chargés de porter leurs ordres, s'éloignèrent et disparurent bientôt dans le dédale des tranchées. La nuit donnait à ces lieux un aspect étrange. Cette partie des ouvrages semblait abandonnée. On n'apercevait d'abord aucun soldat; de temps à autre apparaissait seulement une sentinelle appuyée sur son fusil, et pour s'avancer dans ces excavations de trois pieds de large, il fallait enjamber les hommes étendus contre les murailles de terre, le corps enveloppé d'une peau de mouton et la casquette de loutre rabattue sur les oreilles.

Un seul factionnaire veillait dans la batterie de mortiers. L'officier et les artilleurs de service dormaient entre les traverses; mais après l'arrivée du colonel, la solitude sembla se peupler de fantômes et une activité silencieuse régna tout à coup. Les batteries de mortiers n'ont pas d'embrasure. On les creuse profondément dans le sol; d'épais remparts de terre les protègent de trois côtés, et des traverses abritent les servants contre les éclats des projectiles. Chacune des pièces repose sur une plate-forme de madriers assez épais pour

supporter leur poids énorme et l'ébranlement
produit par la commotion de la charge,
lorsque ces vastes entonnoirs en fonte ou en
bronze, maintenus sur leurs affûts massifs,
dans un angle plus ou moins ouvert, par un
coin de bois mobile, lancent des projectiles
creux remplis de poudre qui décrivent une
parabole de feu, et, tombant au point même
désigné par le calcul de la science, répandent
dans un rayon de cinq cents mètres leurs
éclats terribles.

Destinée à commander le ravin de Karabelnaïa, la redoute Malakof et le Mamelon-Vert,
la batterie où le colonel Otway et le major
Morris venaient de se rendre avait été construite avec de grandes difficultés. L'artillerie
avait dû choisir pour emplacement une pente
rocheuse, et il avait fallu niveler le sol avec le
pic et la mine, se servir de sacs remplis de
terre pour élever les épaulements, les traverses et les magasins à poudre. Ces sacs qui
ressemblent à ceux employés à Paris pour
transporter le plâtre, avaient été remplis au
loin et amenés à dos d'homme. Étendus sur
une largeur de près de trente pieds et une
longueur de cent cinquante, ils formaient une

défense très-sûre. Le magasin à poudre avait
été ouvert, et le chargeur à son poste intro-
duisait la poudre dans les bombes, dont il
fermait l'orifice avec un tampon de bois renfermant la mêche imbibée de pulvérin et de
salpêtre, que la charge placée dans le mortier
devait enflammer en prenant feu elle-même[1].
Pendant que ces préparatifs s'achevaient, le
colonel Otway et le major Morris, avaient
gagné une banquette établie vers la droite,
d'où l'on pouvait juger la portée des coups.

— Le tir est bon, dit le major Morris, qui

1. Pour transporter ces projectiles du magasin à poudre
à la pièce, deux artilleurs passent dans des anneaux placés
des deux côtés de l'orifice de la bombe des crochets sus-
pendus par une petite tringle en fer à une barre de bois,
qu'ils soulèvent ensemble avec l'avant bras, et la déposent
ainsi dans l'intérieur du mortier qui a déjà reçu la poudre.
Comme de la plate-forme de la pièce on n'aperçoit pas le
but, pour la maintenir dans la direction voulue, on en-
fonce au sommet du parapet deux baguettes de fer placées
l'une devant l'autre, et à l'aide d'un fil enduit de craie, on
tire une ligne blanche qui partage le mortier dans toute
sa longueur en deux parties égales. — Quand cette ligne
se trouve dans la direction précise des deux baguettes de
fer qui se confondent ensemble, il n'y a plus qu'à vérifier
l'angle d'inclinaison de la pièce et le rectifier au besoin
avec le coin mobile. Le projectile décrira alors la parabole nécessaire pour aller éclater dans le point des attaques ennemies, désigné d'avance.

6.

regardait la bombe s'élever lentement, en
tournant sur elle-même dans un cercle de feu,
avec le bruissement d'une robe de soie, rester
un instant comme indécise dans les airs, puis
descendre par une courbe pleine de grâce et
toucher le mamelon au point même désigné
d'avance. Familiers avec ce spectacle, les
deux officiers remarquaient seulement la direction des projectiles, sans faire attention aux
contrastes de la lumière, à la beauté de
paysage, que la lune, à demi cachée par les
nuages éclairait de ses reflets changeants, et à
l'aspect effrayant qu'offrait la batterie lorsque
la flamme rougeâtre, s'échappant des mortiers,
embrasait durant une seconde, comme la fournaise ardente d'une forge, les artilleurs et ces
engins de guerre qui rentraient aussitôt dans
les ténèbres.

— Rien ne nous retient plus ici, reprit
Otway après que la quatrième bombe eut été
lancée, vous ferez mes compliments, Morris, à
M. Cregg ; son pointage est excellent. Lui avez-
vous indiqué la durée du feu ?

— Il devra se régler sur les Français, le
modérer et le cesser en même temps.

— A les entendre, ce ne sera pas de sitôt.

L'horizon de ce côté est en flammes, et l'odeur de leur poudre se mêle en vérité à celle de nos mortiers. Le bon parfum! Il rend des forces.

— Quand j'étais jeune et amoureux, répondit le major Morris, je préférais les senteurs des foins coupés, maintenant je trouve aussi que ce parfum réveille et chasse les tourments dont nous n'avons que faire ici, ajouta-t-il avec une mauvaise humeur qui fit sourire Otway.

Depuis deux mois, le major Morris avait perdu cette égalité de caractère qui ne s'était jamais démentie durant l'hiver, au milieu des fatigues, des misères, des privations et des dangers de cette rude campagne, et ses camarades avaient peine à reconnaître le compagnon dont la gaieté les avait si souvent soutenus durant les heures d'épreuves. Quand il s'abandonnait à ses tristesses, le métier de soldat, qu'il aimait pourtant avec passion, n'était pas à l'abri de ses dédains, et le major Morris trouvait absurde, au lieu de jouir tranquillement de la vie, de passer les nuits à la belle étoile en admiration devant la poudre brûlée, usant sa jeunesse, gagnant des rhumatismes, pour acquérir cette gloire qui vous donne, disait-il, pour bâton de maréchal une canne à bec de

corbin sur laquelle s'appuie péniblement un
corps meurtri par la fatigue.

— Lorsque je viens dans cette batterie,
reprit-il, je pense toujours à la jolie maison
que l'on aurait achetée à Richemond avec l'argent dépensé sur ce rocher. Chacun des sacs
qui forment ces parapets a coûté un schelling, et
il en a fallu cent quarante mille pour que dans
cet espace de cent cinquante pieds de long et
de trente pieds de large, nous puissions sans
trop de danger donner la mort à nos semblables. Mieux vaudrait cette nuit dormir dans
un cottage au bord de la Tamise.

— Votre maison de Richemond ne vous
donnerait pas, lui répondit Otway, ces joies de
l'honneur dont la puissance écrase toutes les
douleurs. Tenez, Morris, vous m'avez l'air d'un
homme désappointé qui accuse le ciel et la
terre, le monde et surtout les étoiles, quand il
devrait s'accuser lui-même.

Le major Morris demeurait silencieux et
paraissait réfléchir. — Que votre amitié se ras-
sure, dit-il enfin ; vous vous trompez.

— Mon ami, ne vous abandonnez pas
aux rêveries, ne cherchez point ce qu'il n'est
pas donné à l'homme de rencontrer ici-bas.

Vous êtes, je le crains, dans une de ces dispositions redoutables où la faiblesse du caractère et une vaine complaisance entraînent souvent à de grandes lâchetés. Restez vous-même, Morris, je vous en conjure, gardez le cœur d'un soldat. J'ai surpris l'autre soir certains regards qui m'ont fait de la peine et deviné votre éloignement pour un ami commun.

— Ce sont des fantômes, Otway, je vous l'affirme, répondit le major Morris ; les ombres ont le droit de paraître la nuit, le jour, vous le savez, les fait fuir.

— Prenez la main d'un misanthrope, reprit le colonel, après un moment de silence, et ne lui en veuillez pas de vous avoir parlé ainsi, car il vous est sincèrement attaché. — Allons, venez il est, temps de nous rendre à la nouvelle batterie, la lune se couche, et les pièces vont arriver.

Derrière le rideau de collines qui séparaient les camps des attaques du siége, des chariots d'artillerie, construits pour porter ces énormes canons dont le poids s'élevait jusqu'à six et huit mille livres, attendaient que l'ombre permit de leur faire descendre les pentes et de passer à travers les ouvertures pratiquées dans les pa-

rapets des tranchées, sans être aperçus de
l'ennemi. Dès que la lune disparut, les vingt
chevaux qui les traînaient s'ébranlèrent en
même temps, et les conducteurs pressèrent
leurs attelages afin d'éviter le feu de la place,
qui, souvent avertie par le bruit des chaînes de
fer, envoyait au hasard des volées de boulets.
Arrivés sur le terre-plein de la batterie, pendant que les chevaux soufflaient et qu'on leur
maintenait la tête haute, afin de les empêcher
de hennir, les artilleurs, à l'aide d'une chèvre
et de poulies, soulevaient ces masses gigantesques et les amenaient en face de l'embrasure
sur le plancher de madriers où reposait l'affût.

Le travail avançait rapidement, tout était
prévu, prescrit, surveillé. On ne perdait ni une
minute ni l'emploi d'un homme, et, grâce au
silence des batteries russes, les soldats, que les
obus et les bombes ne venaient point troubler,
mettant à profit ces heures favorables, se hâ-
taient de terminer l'armement.

Deux heures avant le point du jour, le colonel Otway était assuré que la batterie serait
prête à la fin de la nuit, et se sentant pris par
la fatigue et le froid, il se disposait à gagner
l'abri préparé avec des madriers et des sacs à

terre, pour l'officier supérieur d'artillerie de service aux tranchées. — Je vous emprunte votre palais, Morris, lui dit-il ; avant de retourner au quartier général, je veux, au point du jour, reconnaître le nouvel ouvrage que les Russes ont démasqué cette nuit. Allez, je vous en prie, jusqu'à la batterie du ravin, et, ajouta-t-il en montant sur la banquette et en dépassant de tout le milieu du corps la hauteur du parapet, essayez de vous rendre compte si, de ce côté, dans ce bas-fond, derrière le gonflement de terrain qui nous le cache, l'ennemi n'a pas établi quelque nouvelle embuscade. Je vous attends à l'aube. Adieu, et bonne chance.

— Ne me la souhaitez-vous pas aussi, Otway ? dit Harry Melton en se plaçant auprès d'eux sur la banquette. Quel vent glacé ! Avez-vous au moins par ici quelque chose d'intéressant ?

— Vous arrivez comme une apparition, mon cher, répondit Otway. D'où diable sortez-vous donc ?

— De cette tranchée noire, et il y a quelques heures, de Karani, d'où lady Dover vous envoie ses compliments. Le général m'a fait chercher pour remplacer Barnett, qui vient d'être grièvement blessé, et reconnaître le terrain en

avant de notre dernière parallèle de gauche.
Les Russes, je crois, n'ont pas tiré de ce côté.

— Je suppose que les Russes travaillent en
avant de leurs retranchements, et qu'ils évitent
d'attirer notre feu dans cette direction. Soyez
donc prudent.

— Bah ! il ne m'arrivera rien dans cette
reconnaissance.

— J'envie votre confiance, dit alors le major
Morris. Lady Dover vous a sans doute donné
quelque talisman.

— Une poignée de main et un de ces regards
qui portent bonheur, voilà tout, répondit Melton
en riant. Allons, adieu, Otway, ajouta-t-il, le
chemin est encore long, et je n'ai pas de temps
à perdre.

Le nom de lady Dover et les paroles
du capitaine Melton avaient réveillé toutes
les violences du major Morris. Sa nature,
facile à émouvoir, bien qu'elle sût habituellement dérober sous une apparente froideur la vivacité de ses impressions, avait
ressenti, sans oser l'avouer, l'ascendant de cette
grâce victorieuse, et avec l'égoïsme d'un cœur
absorbé, la jalousie lui avait rendu odieux le
compagnon de ses fatigues, l'ami qui, durant

un hiver, avait partagé ses dangers. Poussé par cette curiosité de la passion, dont l'amertume est presque un plaisir, il voulait avoir la certitude de sa peine et entendre de sa bouche les encouragements et les bonnes paroles qu'il avait dû recevoir pour être si satisfait. La présence de Melton augmentait sa colère, Morris pourtant ne voulait pas le quitter. La haine, par moment, lui donnait le vertige ; Melton était un rival heureux, un ennemi, et mille projets de vengeance se succédaient dans son esprit.

Les deux officiers descendirent la pente du ravin de Laboratornaya. Melton ne croyait point exciter une colère aussi grande ; son imagination, plus encore que son cœur, avait été captivée par le charme de la *fée de Karani*, et il conservait toute sa liberté d'esprit, toute sa joyeuse humeur. Ce souvenir le berçait comme un rêve, et si parfois il avait ressenti contre Morris une irritation passagère, en ce moment du moins il n'en gardait aucune trace. Pour gravir la berge opposée, la petite troupe remonta l'escalier taillé dans les blocs de silice et de pierre, et, s'engageant de nouveau dans les tranchées, arriva bientôt au point le

7

plus avancé des attaques, gardé par un gros
détachement d'infanterie. Des tirailleurs éche-
lonnés dans cette direction, de dix pas en dix
pas, veillaient aux créneaux. De temps à autre
des coups de feu s'échangeaient avec des embuscades russes établies à six cents mètres vers
la gauche, dans un petit cimetière, sur un
mamelon isolé, et chaque soldat gardait à
portée de la main sa carabine, la baïonnette
au canon, prêt à la saisir à la moindre alerte.

Une colère froide avait succédé chez le major Morris au premier emportement. Sa résolution nouvelle plaisait à son audace ; dans
l'impuissance de lutter face à face, il voulait
remettre sa vengeance au danger inconnu, et
mener Melton si loin et si près du péril, que la
mort pût choisir librement entre eux. Dans ce
duel, dont sa passion jalouse aurait seule le
secret, les Russes devaient tenir les armes.

Au moment où Melton se préparait à franchir le parapet : — Vous n'irez pas seul, lui
dit-il. Otway m'a prié de voir ce que fait l'ennemi, et d'ici je ne puis rien distinguer. Il faut
que je me porte en avant.

— A quoi bon, répondit Melton, s'exposer
inutilement ? Je vous en rendrai compte à

mon retour, et, si je ne reviens pas, vous aurez tout le temps d'y aller ; divisons les chances, cela vaut mieux, je crois.

L'officier qui commandait le détachement avait joint ses instances à celles de Melton ; mais tous leurs efforts furent inutiles. — J'y tiens, répondit le major Morris, cela est nécessaire, je vous assure ; très-nécessaire, ajouta-t-il d'un ton dédaigneux. Regardez-moi comme un des sergents qui vous accompagnent, et si ensuite il me faut faire quelques pas dans une autre direction, vous ne me refuserez pas assistance, je suppose.

Pendant que les officiers s'entretenaient à l'écart, un piquet de cinquante hommes avait pris les armes.

— Que Dieu vous garde ! dit alors l'officier d'infanterie. Je vais faire coucher ces hommes à plat ventre en avant du parapet afin de rendre plus facile votre retraite et vous appuyer en cas de poursuite. Nous serons attentifs, et le temps me paraîtra long.

Le terrain sur lequel étaient établis la seconde parallèle anglaise des attaques de gauche, et quelques ouvrages avancés, terminés à cette époque du siége, formait un plateau de terre

rocheuse bordé par des berges abruptes. Il
s'avançait en pente régulière, et se rétrécissait
dans la direction du fond du port de Sébastopol,
ayant à sa droite le profond ravin de Laboratornaya [1] qui le contournait jusqu'à son
extrémité nord, à gauche des escarpements du
ravin des Anglais, dont les deux branches, la
Vallée des ombres de la Mort [2] et celle qui
remontait jusqu'au quartier général de lord
Raglan, se réunissaient pour rejoindre au fond
du port le débouché du ravin de Laboratornaya. De larges assises de roches, des couches
de pierres grises mêlées de fissures et de cre-
vasses, s'élevaient presque perpendiculaire-
ment le long de ce ravin. Elles ne s'abaissaient
qu'en deux endroits sur les flancs d'un mamelon où se trouvait un cimetière occupé par

1 Le ravin de Laboratornaya ou du Laboratoire donnait passage à la route Woronzof, qui, après avoir passé
entre le Grand-Redan et les attaques anglaises, pénétrait
dans Sébastopol au point où, se réunissant au ravin des
Anglais, il prenait en se confondant le nom du ravin
du fond du Port.

2. La vallée des Ombres de la Mort se séparait du ravin des Anglais et longeait les attaques de gauche anglaises. Très-accidentée et d'un aspect sauvage, elle devait au nombre prodigieux des projectiles qui venaient y
tomber ce surnom, emprunté par l'armée anglaise à la
Bible.

les postes avancés des Russes, qui de là ti-
raillaient avec les tranchées anglaises, et sur
le revers opposé du grand ravin avec les tranchées françaises de la gauche ouvertes en
avant du bastion du Mât. Cette attaque, se
reliant avec tous les travaux exécutés à la
gauche par l'armée française, depuis ce ravin
jusqu'à la mer, combattait donc la ligne russe
qui formait un petit cercle à partir du Grand-
Redan jusqu'au bastion du Mât : — à droite,
les batteries russes du Grand-Redan et des
casernes ; au centre, celle du fond du port ; sur
la gauche, plusieurs batteries, dont la princi-
pale était connue sous le nom de batterie des
Jardins, et les batteries de l'un des flancs du
bastion du Mât. En avant des ouvrages anglais
qui ne s'étendaient que sur une partie du plateau, il restait encore un vaste espace entièrement commandé par les batteries russes. Le
capitaine Melton avait reçu mission de reconnaitre le côté gauche, de chercher surtout les
passages qui présentaient le plus de facilité
pour descendre dans le ravin. Quatre sous-
officiers des sapeurs du génie l'accompagnaient.
Ces hommes, trempés par les épreuves, ne
redoutaient aucun péril. Leur courage était

aussi ferme durant la nuit, qui donne au
moindre objet des proportions effrayantes et
cache si souvent un moment de faiblesse, que
sous le regard de leurs camarades quand l'éclat
du jour enlevait au danger sa redoutable incertitude.

— Je suis à vos ordres, Morris, puisque vous
le voulez absolument, dit Melton.

Le petit détachement auquel s'était joint le
sergent d'artillerie de service auprès du major,
se glissa de l'autre côté du parapet. Passant à travers les soldats d'infanterie, immobiles contre
terre, il disparut dans les ténèbres. Presque aussitôt, sur un signe de Melton, ils se couchèrent,
et plaçant à chaque pas leur carabine en avant
d'eux, ils avancèrent en rampant sur les
mains ; puis, arrivés à cent cinquante mètres
des tranchées, presque à hauteur de la naissance
du mamelon du petit cimetière, ils s'arrêtèrent
pour écouter les mille bruits qui venaient de ces
ombres épaisses d'où pouvait sortir à tout moment un ennemi. Vers la droite, de temps à
autre, les batteries du Grand-Redan envoyaient
un boulet ; les batteries anglaises en envoyaient
un autre, puis tout se taisait. Du côté opposé,
les tirailleurs échangeaient de rares coups de

fusil ; mais le vent du nord apportait les rumeurs de la ville, et bientôt l'oreille des soldats appuyée contre le sol reconnut le son de
la pioche qui creuse la terre durcie. Ils avancèrent encore, et le bruit devint de plus en
plus distinct. Cette chasse au péril inconnu
leur donnait l'émotion du braconnier en quête,
durant la nuit, du gibier défendu. Le sang
courait dans leurs veines, ils retenaient leur
souffle. Morris lui-même oubliait tout ; l'instinct du soldat l'emportait sur les haines
jalouses. Melton ne parvenait pas à percer
l'obscurité, et ils allaient descendre vers le
ravin, en suivant une pente qui paraissait d'un
accès facile, quand le sous-officier placé à la
droite de Melton lui fit toucher un tube de fer-
blanc se prolongeant sous une légère enveloppe de terre, de façon à couper obliquement
le chemin. C'était évidemment un appareil qui
devait se rompre sous la pression du pied et
mettre le feu à une machine infernale.

— Ce tube communique avec une caisse
remplie de poudre, dit à voix basse le major
Morris, qui avait rejoint Melton.

— Aidez-moi, lui répondit celui-ci.

Et sans ajouter une parole, les deux officiers

creusèrent la terre avec leur sabre, en prenant
les plus grandes précautions. Quelques minutes après, le tube était découvert. La machine redoutée, d'où la mort pouvait jaillir à
chaque seconde, rendue inoffensive, fut confiée
à deux sergents qui devaient la porter sur-le-
champ dans les tranchées. Melton et Morris
avaient reconnu que les assises de roches permettaient de ce côté une descente facile, et que
le bruit des pioches venait du cimetière même :
mais, avant de s'éloigner, ils attendirent que le
silence du plateau les eût assurés de la rentrée
des sous-officiers dans les lignes anglaises.
Faisant ensuite un grand détour pour éviter
un petit poste russe, ils atteignirent l'évasement formé par le flanc droit du même mamelon, au point où il se rattachait au plateau
principal. L'ennemi travaillait dans le fond du
ravin et comme Melton avait parcouru la partie
du terrain désignée, jugeant prudent de ne pas
prolonger cette course pleine de fatigues et de
dangers, il donna le signal de la retraite.

— J'ai besoin de voir ce qui se fait vers le
ravin du Laboratoire. Pouvez-vous venir jusqu'à cette pointe, à deux cents mètres d'ici ?
lui demanda Morris.

— Bien, répondit Melton. Et il suivit Morris.

Au moment de s'éloigner, la passion, un instant dominée, avait reparu. Morris voulait ramener sa vengeance dans un danger nouveau.

— Ces hommes, ajouta-t-il, nous sont maintenant inutiles : renvoyez-les. L'ennemi est proche, et seuls nous avons plus de chances favorables.

— Comme vous voudrez. Melton ordonna aux sous-officiers de partir vers les tranchées.

— Ne l'exigez pas, monsieur, murmura l'un des sergents ; jusqu'à présent nous avons évité les Russes, qui pourtant ont des rôdeurs sur le plateau. Que répondre à nos camarades s'il vous arrivait malheur ? On dirait que nous vous avons abandonnés et nous serions déshonorés.

— Il a raison, Morris, reprit Melton. D'ailleurs cinq hommes déterminés passent où deux succombent.

— Laissez-les donc venir, puisqu'ils le veulent, dit Morris, et il s'allongea sur la terre avançant rapidement vers la pointe. Le terrain s'affaissait avant d'arriver à la berge même du ravin du Laboratoire, en face de la

7.

batterie des casernes, au-dessus des maisons et
des jardins qui se trouvaient dans le fond. Au
moment d'atteindre la petite crête, Melton
arrêta Morris. A vingt pas sur la droite, se
dessinait la silhouette d'un homme qui se sou-
levait à demi comme si son attention eût été
éveillée. Le major Morris franchit les quelques
mètres qui les séparaient du rebord. Melton le
suivit, et les sous-officiers restèrent étendus
contre le sol, de façon à ne donner aucune
prise au regard. Une compagnie d'infanterie
russe était assise dans la partie basse du terrain ; des travailleurs préparaient des abris, et,
en arrière, un sentier qui devait les relier avec
les maisons du fond du ravin. Un coup-d'œil
avait suffi à Melton pour tout comprendre. Sans
perdre un instant, il fallait se glisser par le
chemin que l'on venait de suivre, le seul sans
doute où les Russes n'eussent pas placé des
éclaireurs. Appuyant la main sur le bras de
Morris pour attirer son attention, il se recula
lentement et donna aussitôt le signal de la
retraite.

Devant l'ennemi, au milieu des appels de sa
haine, Morris entendait la voix du devoir et
de l'honneur. Le moindre mouvement eût

averti les Russes, et, précipitant le danger, les
eût offerts tous deux aux chances de la mort.
Une force invincible le maintenait. Chaque
seconde, dans de pareils moments, semble
avoir la durée de la vie entière. Une sueur
froide couvrait son front. La main de Melton,
en se posant sur son bras, amena un nuage de
sang sur ses yeux, et ses doigts crispés firent
rouler une pierre. Les soldats russes saisirent
leurs armes. Melton et les deux sergents du
génie, avertis par le bruit et se fiant, pour
éviter les décharges, à l'obscurité profonde,
coururent vers les tranchées. Le petillement de
la fusillade brilla comme des étincelles, et ces
espaces silencieux retentirent tout à coup des
décharges des Russes, que la crainte d'un
piége empêchait de se porter en avant. La voix
de la conscience coupable écrasa alors Morris;
ralentissant sa marche, il eût voulu couvrir
ses compagnons, quand il vit le sergent d'artillerie régler tous ses mouvements sur les siens.

— Qu'attendez-vous, Green ? hâtez-vous
donc ! lui cria-t-il.

— Je vous attends, monsieur, et me tiens à
vos ordres, répondit le sergent avec le plus
parfait sang-froid.

Une nouvelle décharge des Russes fit voler
les pierres autour d'eux, et le sous-officier
porta la main droite à son bras gauche.

— Vous êtes blessé ; appuyez-vous sur moi.

— Non, monsieur, je puis marcher seul.
J'entends les nôtres qui arrivent.

Les soldats anglais, placés en avant des
tranchées, s'étaient élancés à la baïonnette, et
ils rencontrèrent presque aussitôt le capitaine
Melton avec les deux sergents, et un peu plus
loin, le major Morris. Sur l'ordre des officiers,
la troupe se replia sans perdre un instant.
Une fusillade assez vive s'engagea du haut du
parapet. Les batteries du Grand-Redan tirèrent
quelques boulets ; les canons anglais ripos-
tèrent et durant un quart d'heure on aurait
pu croire à un combat sérieux ; puis les canons
se turent, les coups de fusil cessèrent, le jour
allait paraître, et peu à peu tout rentra dans le
repos.

En regagnant la tranchée, le major Morris
ressentait une agitation profonde, et la colère,
le remords, la jalousie jetaient le trouble dans
son esprit. Admirant le courage de Melton et
la simplicité avec laquelle il entretenait les
officiers de garde des accidents de la nuit, sa

haine se ranimait, et au lieu de lui tendre une main amie, il ne trouva que des allusions moqueuses, où le nom de lady Dover revint plusieurs fois, quand ils se rendirent auprès du colonel Otway, si bien qu'en arrivant à la cabane de garde, Melton, impatienté, lui dit enfin :

— Je suis ordinairement très-gai, Morris, et souvent même je le suis trop. Je ne sais si je dois cette nuit mon humeur sérieuse au long tête-à-tête que nous venons d'avoir avec le danger ; mais il y a des sujets dont il vaut mieux ne pas parler, des personnes dont il ne faut prononcer le nom qu'avec respect et sans le mêler à nos conversations de bivouac. Lady Dover est du nombre. Pour vous, comme pour moi, c'est un cœur d'or dévoué à son mari, ne s'occupant guère de nous deux, je vous le jure. Un peu de réflexion doit vous en convaincre, et à ma voix vous avez déjà compris que ma parole n'est pas une parole de convention.

Le regard de Melton, son accent ne permettaient pas le doute et le major Morris, troublé à son tour, hésitait quand l'arrivée du colonel Otway lui permit de ne pas répondre.

Tout en écoutant le récit des événements de

la nuit, le colonel examinait la machine infernale dont les soldats avaient placé les diverses
parties sur la banquette, près du parapet[1].
Le jour était venu et le soleil caché par des
nuages n'envoyait que de pâles lueurs sur ces
paysages désolés.

— Les Russes sont de rudes joûteurs, et
voilà qui est vraiment ingénieux, dit Otway,
après un moment de silence. Allons, Melton,
reprit-il aussitôt, je vais retourner au camp,
venez avec moi, et vous, Morris, ajouta le
colonel, quand vous quitterez le service, passez
je vous prie au *Parc*.

Avant de se séparer, les trois officiers vou-
lurent reconnaître la batterie démasquée par
les Russes durant la nuit. Mais bientôt, pour
mieux se rendre compte, quittant la meur-

---

1. Ces machines infernales se composaient d'un tube en
fer-blanc qui renfermait un autre tube de verre, contenant
de l'acide nitrique ou de l'acide sulfurique. Le tube de fer-
blanc placé à ras du sol pénétrait par deux coudes dans
des caisses de poudre, entourées de bitume, enfouies dans
la terre, et, comme au point de jonction il y avait du
chlorate de potasse, lorsque l'acide, s'échappant du tube
de verre brisé par la torsion de l'enveloppe de fer-blanc,
sous la pression du pied, rencontrait le chlorate de potasse,
la poudre faisait explosion et lançait au loin la terre et
le bitume enflammés.

trière, ils montèrent sur la banquette, et leur
tête dépassa la ligne du parapet. Bien qu'ordinairement une trêve tacite fit cesser des deux
côtés le feu à cette heure, des balles venues des
embuscades passèrent en sifflant, et, pendant
qu'ils redescendaient dans les tranchées, un
obus bondit par-dessus les sacs à terre, heurta
une traverse, fut renvoyé contre le talus et
tourna sur lui-même en gémissant. Tout le
monde se jeta contre terre. Un déchirement se
fit entendre. L'obus avait éclaté, et, aussitôt,
levant la tête, chacun regarda avec inquiétude
autour de lui. Melton était étendu sans mouvement; le sang s'échappait de sa poitrine,
coupée par un fragment du projectile.

On accourut. Otway et Morris le soulevèrent.
Melton était presque évanoui, et sa tête roulait inerte sur leurs bras, pendant que deux
soldats le prenaient par les jambes pour le
transporter dans une batterie voisine jusqu'à
l'arrivée d'un brancard. Sa casquette d'uniforme était tombée ; ses beaux cheveux blonds
couvraient les mains du major Morris. Quand
on lui eut fait boire un peu d'eau, ses yeux se
rouvrirent, et son regard eut une lueur ; puis
sa paupière se referma et sa respiration s'é-

chappa en sifflant de sa poitrine. Le regard de
Melton, que le major Morris comprit seul, ré-
veilla sa douleur, et un serrement de main,
auquel l'officier mourant répondit par une
faible étreinte, lui demanda de pardonner.
Pour diminuer l'étouffement, le colonel Otway
avait appuyé le blessé contre le talus et cherchait à le ranimer ; mais sa peau prenait déjà
la blancheur mate de la cire et ses traits commençaient à se tirer, quand le chirurgien
arriva. La blessure laissait peu d'espoir. Après
avoir posé un premier appareil, le chirurgien
plaça Melton avec de grandes précautions sur
la civière, et le triste cortége prit aussitôt le
chemin de l'ambulance. Les officiers qui restaient s'entretinrent un instant avec le chirurgien de la gravité de l'accident, les soldats
parlèrent de Melton, puis cet événement si
commun dans l'existence du siége, fut bien
vite oublié, et chacun retourna à ses occupa-
tions ou reprit son sommeil interrompu.

A la sortie des tranchées, les soldats qui
portaient le mourant s'arrêtèrent pour reprendre haleine.

— Il me semble bien mal, Morris, dit
Otway, en essayant de faire pénétrer quelques

gouttes d'eau entre les dents qui se serraient.

— Pauvre garçon ! murmura Morris, et, tremblant encore au souvenir des pensées de violence et de colère de la nuit, il bénissait maintenant Dieu de n'avoir pas à se reprocher sa mort.

— Vous ne pouvez aller plus loin, le service vous retient ici. Je vous enverrai des nouvelles, ajouta Otway.

Ils avaient déjà disparu dans la gorge de Karabelnaïa, et Morris les suivait encore du regard.

Le chirurgien en chef de la grande ambulance avait été prévenu, et les attendait ; mais à peine le brancard eut-il été posé à terre, que Melton éprouva un tressaillement convulsif, puis deux hoquets, et au troisième le bras qu'il avait soulevé retomba sur la civière. Melton venait de mourir.

Les sapeurs du génie qui l'avaient porté s'étaient retirés à l'écart. Le chirurgien et son aide se tenaient avec Otway auprès du mourant, et lorsqu'ils virent le médecin secouer tristement la tête et le colonel Otway se relever, obéissant à un élan involontaire, ces hommes se rapprochèrent, et, prenant la

main encore chaude de l'officier qu'ils aimaient, ils la portèrent respectueusement à
leurs lèvres. Otway ne pouvait parler, il fit
signe aux soldats de reprendre le triste fardeau et de le suivre. Après avoir placé Melton
sous sa tente, songeant à la douleur de la
pauvre mère, il coupa pieusement ses beaux
cheveux blonds. La mort avait rendu le calme
à sa jeunesse. Melton semblait maintenant
reposer d'un sommeil paisible. Otway le contempla une dernière fois, puis il dut partir
pour le quartier général et s'entretenir d'affaires. En Crimée, ceux qui survivaient ne
pouvaient s'arrêter : on ne comptait pas avec
la mort; elle était l'hôte familier de chaque
heure.

VI

L'HÔPITAL

Pendant que l'on achevait dans l'armée anglaise les préparatifs de l'ouverture du feu, les quais de Balaklava, grâce à la sollicitude attentive du Parlement, s'encombraient, de ballots et de caisses destinés aux ambulances et aux hôpitaux. Linges, médicaments, couvertures, conserves, provisions, étaient sans cesse débarqués, et les charpentiers de la marine et les soldats du génie élevaient de nouvelles baraques autour de l'hôpital général où Madgy prodiguait ses soins aux malades.

— Ménagez vos forces, je vous en prie, lui dit un jour le docteur en remarquant l'éclat fébrile de son visage. Ne vous fatiguez pas

inutilement, vous succomberiez à la tâche, et
nos pauvres soldats ne guériraient plus.
Promettez-moi, ajouta-t-il avec bonté, de vous
reposer aujourd'hui.

— Soyez sans crainte, répondit Madgy, en
levant sur lui ses yeux pleins de douceur,
Dieu sera compatissant pour moi. Mes forces
dureront autant qu'il lui plaira. Je suis sou-
mise à sa volonté, reprit-elle en souriant, et,
puisque votre bonté l'exige, je resterai dans
ma chambre cette après-midi.

Les craintes du docteur n'étaient que trop
fondées. Madgy souffrait cruellement, mais
les secours humains étaient impuissants contre
son mal. Sa croyance lui enseignait que les
larmes d'un cœur resté fidèle ne changent pas
l'impassible équité du jugement prononcé par
la justice souveraine au sortir de la vie [1]. Se
réfugiant dans le dévouement extérieur, la
violence de sa passion empruntait les élans de
la charité pour se fuir elle-même et se résigner
à attendre la mort qui la rapprocherait enfin
de l'âme pour laquelle sa religion ne lui per-

---

1. On sait que dans la religion anglicane, la prière pour
les morts n'est pas admise.

mettait pas de prier. La lutte alors entre ces entraînements généreux et le vide de sa foi était terrible, mais c'est en vain que Madgy demandait aux souvenirs de la terre un soulagement pour les ardeurs qui la dévoraient ; c'est en vain que cherchant le ciel et l'espérance, elle poursuivait l'oubli, la terre s'imposait toujours à son âme inquiète, et, ce mal inconnu, ces tendresses refoulées, la remplissaient parfois d'un accablement indicible. — Plus réservée alors, plus silencieuse encore, jamais une plainte ne sortait de sa bouche ; le recueillement et la prière lui servaient de refuge ; elle se retrempait dans la lecture de la Bible qui souvent avait ranimé son courage, et durant des journées entières, sa voix ne s'entendait plus qu'aux chevets des malades et tous disaient que sa voix les fortifiait comme les eût fortifiés la voix de leur mère.

Pour obéir au docteur, Madgy s'était retirée dans sa chambre et elle venait de céder à la fatigue et de s'assoupir, lorsque le bruit d'une discussion qui avait lieu dans la cour, devant l'entrée du couloir, l'éveilla.

— Voyons, Smith, disait une voix de femme, soyez donc raisonnable. Vous pensez bien que je ne suis pas venue avec Tobby du camp de la Hauteur [1] pour m'en retourner sans avoir vu la jeune dame. Je vous dis que j'ai à lui parler.

— Mère Cath, répondait le soldat, ma consigne me défend de vous laisser entrer.

Smith allait sans doute s'attirer une verte apostrophe quand Madgy ouvrit la porte.

— Qu'y a-t-il, ma bonne femme, demanda-t-elle, et que souhaitez-vous ? N'en veuillez pas à la sentinelle, personne ne doit ordinairement passer par ici.

— Ma respectable dame, nous autres d'Irlande, nous avons la parole un peu vive, mais si la tête est prompte, le cœur est bon, et Smith le sait bien. Que le Seigneur soit béni pour la grâce qu'il me fait de vous avoir rencontrée.

— En quoi puis-je vous servir ? répondit simplement Madgy. Entrez ici, vous serez mieux.

— Me servir ; ah, c'est bien le mot, car vous allez bien me soulager. Venez vite, Tobby,

---

1. On appelait ainsi un bivouac établi sur les pentes qui dominaient la droite du port de Balaklava.

dit-elle, en appelant du côté de la grande porte. — Et mistress Cath O'Brien ayant suivi Madgy dans la chambre, celle-ci fut très-surprise, lorsqu'elle se retourna, de voir la vieille femme la regarder avec une expression de joie, et, respectueusement arrêté, sur le seuil, un jeune garçon portant l'uniforme des tambours des grenadiers gardes.

— Que votre honneur me pardonne, lui dit alors mistress Cath, mais mon mari qui est du pays du jeune monsieur, a reçu une lettre où il est écrit que vous étiez partie pour soigner les soldats. En apprenant que votre nom était pareil à celui de la lettre et que vous veniez du Yorkschire, j'ai compris que c'était bien vous, et alors j'ai dit à Tobby, mon enfant, qui est tambour, car, pour moi, je suis cantinière, Tobby, il faut aller voir la dame. M. Godfrey a toujours été bien bon pour toi, il t'aimait et te gardait souvent près de lui. — Tu dois aller porter ton respect ; — alors, j'ai amené Tobby. — Ah ! Seigneur mon Dieu, qu'ai-je fait, vous vous trouvez mal.

Madgy était devenue très-pâle, mais se dominant aussitôt :

— Ce n'est rien, dit-elle, et je vous re-

mercie de votre bon sentiment. Vous avez
bien fait de venir. — Approchez, Tobby,
ajouta-t-elle, je veux vous embrasser. — Et
attirant vers elle la tête de l'enfant, Madgy
leva les yeux vers le ciel avec une expression
indicible, et une larme tomba sur le front de
Tobby quand ses lèvres le touchèrent.

La vue de cet enfant l'avait profondément
émue et ses yeux depuis longtemps desséchés
avaient enfin laissé passage aux pleurs, la résignation descendait en elle, comme si Dieu la
prenant en pitié eût voulu adoucir sa peine,
jusqu'au moment où il lui serait permis de
retrouver dans sa joie glorieuse celui qu'elle
aimait. — C'était la goutte d'eau tombant sur
la plante que brûle un soleil ardent. L'herbe
n'a point retrouvé sa verdure, la plante n'est
point sauvée et, pourtant, la petite feuille se
relève et se ranime.

Chaque nuit, à une heure toujours différente,
Madgy visitait l'hôpital et s'assurait que les
personnes chargées de veiller les malades
s'acquittaient exactement de leurs devoirs.
L'aspect de ces salles éclairées par un falot de
marine dont la lumière tremblante tombait
sur ces figures amaigries et ces corps tour-

mentés par la souffrance, était d'une grande
tristesse, et il fallait l'énergie de la charité
pour surmonter les répugnances que l'on ressentait en pénétrant dans les pièces d'inégale
grandeur de la maison de pierre où les étroites
couchettes se serraient les unes contre les
autres et dans les baraques de bois dont
les lits de camp recevaient ceux qui étaient
atteints moins grièvement. — Un brusque
changement survenu ce soir-là dans le
temps, l'approche d'une tempête, avait
aggravé l'état de plusieurs blessés, et le
gardien de veille avertit Madgy que, dans la
salle du fond, le numéro dix-sept avait eu
plusieurs accès de délire qui s'étaient calmés
depuis une heure environ.

— Le voilà qui recommence, dit-il en entendant des sifflements, il appelle tous les
oiseaux et les prie de l'emmener loin d'ici, en
Angleterre.

Madgy se rendit aussitôt dans cette salle.
Un homme de moyenne taille, assis sur son
petit lit, avait relevé jusqu'aux épaules les
manches de sa chemise, et rejeté la couverture. Ses jambes décharnées s'étendaient sur
le drap : à chaque instant ce malheureux avait

8

l'air de saisir un objet depuis longtemps
guetté, puis le cachait dans sa poitrine et sif-
flait de nouveau. Son regard était fixe, le teint
hâve, la peau collée sur les os du visage. Madgy
s'approcha de lui, et, prenant ses mains, le
regarda.

— Je vous en prie, dit-elle, faites silence.

Il tourna la tête, puis ne bougea plus, mais
tout à coup se mit à rire. Elle avait ramené la
couverture et l'obligeait à se tenir couché malgré les soubresauts violents qui l'agitaient,
essuyant la sueur qui couvrait son front et
achevant de le calmer.

Entouré par ces soins affectueux dont le
besoin le troublait à son insu, le malade devenu
docile et obéissant parut bientôt s'assoupir ; et
Madgy allait se retirer, quand, se relevant, le
soldat tourna ses yeux vers elle, laissa retomber avec une expression de tristesse indéfinis-
sable sa tête sur le traversin, puis, sans faire
un mouvement, sans bouger, il se mit à chanter d'une voix basse et lente que l'on pouvait
d'abord à peine entendre, mais qui devint peu
à peu nette et distincte.

Les efforts de Madgy furent inutiles ; le
pauvre homme poursuivait sa chimère, et l'ar-

deur fébrile qui le dévorait se traduisait dans ce chant bizarre :

« Mes amis les oiseaux sont là, je n'ai plus peur.

» Ils sont venus les grands et les petits.

» Le Milan et le Faucon m'attendent. Le Goëland nous fera passer la mer.

» Le Rouge-Gorge les a prévenus. Hurrah, je suis sauvé.

» Alerte, amis, prenez-moi, fuyons vite la méchante.

» Le soir venu, elle s'avance entre les deux armées.

» C'est l'heure de ses grands festins, la nuit se passera dans la fête.

» Écoutez. La terre tremble. L'éclair court sur les parapets.

» La voyez-vous, son regard est plein de joie.

» Elle a replié ses ailes, à quoi bon se fatiguer.

» Chaque seconde lui jette un homme, un homme au sang jeune et frais,

» Qui rafraîchit sa vieillesse, et gonfle sa peau séchée.

» Là-bas la Mort est grasse et belle, elle est forte et bien nourrie.

» Ne dites rien, je l'ai vue, elle allait me prendre, je l'ai trompée.

» Elle est si belle que tous les jeunes gens sont séduits.

» Elle est si belle qu'ils vont de son côté, oubliant le danger.

» La nuit ses dents brillent, c'est un feu trompeur, tous y courent.

» Elle est plus fraîche qu'une fille de la vieille Angleterre.

» Là-bas, son repas est toujours prêt, là-bas, la viande est saignante.

» Ne dites rien, je l'ai vue ; elle allait me prendre, mais je l'ai trompée.

» Ne dites rien, et je vous le raconterai, vous la verrez, vous aussi.

» Alerte, amis, prenez-moi, fuyons bien vite, elle me regarde. »

Il se mit à rire, puis, se retournant brusquement, poussa un soupir et retomba épuisé. Il était temps que cette scène douloureuse se terminât, car les forces de Madgy commençaient à l'abandonner. Elle eut pourtant le courage de rester encore près du malade, qui inspirait une terreur superstitieuse à l'infirmier, et, avant de s'éloigner, lui fit prendre

une potion calmante. Continuant son inspection, Madgy quitta le bâtiment de pierre pour
accomplir le même devoir dans chacune des
quatorze baraques établies aux alentours, sans
se préoccuper de l'air froid et humide qui la
saisissait au sortir de cette atmosphère étouffée.
Élevées sur un terrain en pente, ces baraques,
dont les toits descendaient jusqu'à terre,
étaient creusées dans l'intérieur à trois pieds
de profondeur. Un passage, séparant les deux
lits de camp sur lesquels on étendait la pail-
lasse et des couvertures, les traversait dans
toute leur étendue. Une planche posée au
chevet recevait les médicaments; deux ouvertures, au-dessus des portes, laissaient s'é-
chapper les vapeurs impures, et, sur ces gra-
bats, les hommes blessés légèrement et ceux
qui attendaient leur évacuation sur Constantinople étaient couchés à l'abri de la pluie et des
rafales du vent. La maladie, malgré les
craintes que lui avait données la lourdeur du
temps, se montrait cette nuit-là miséricordieuse : aucun soldat n'était en danger, et
lorsque Madgy se retrouva, après une marche
pénible dans ces terrains glissants, à la porte
du Grand Hôpital, elle renvoya le soldat qui

8.

l'accompagnait, et, s'arrêtant sur la petite
plate-forme qui dominait la ville de Balaklava,
le port encombré de navires et ces espaces où
l'activité un instant suspendue d'une grande
nation semblait reposer, elle remercia humblement Dieu d'avoir permis que sa douleur ne
fût pas stérile. Après avoir écouté encore les
bruits lointains du siége, elle regagna sa chambre et s'endormit jusqu'au point du jour, qui
allait bientôt ramener de nouveaux devoirs.

Les batteries des armées alliées ouvrirent le
feu la semaine suivante. Les Russes répon-
dirent avec leur énergie accoutumée. Chaque
jour un convoi de blessés arrivait du camp
et Madgy poursuivait sa pieuse mission. —
Dominant les répugnances de la nature, elle
se tenait durant le jour dans la salle affectée
aux blessures les plus graves afin de surveiller, tout en se reposant, plusieurs soldats dont
l'état dangereux réclamait des soins particu-
liers, et le dimanche elle avait coutume de
s'asseoir auprès de la fenêtre pour relire les
psaumes de David. La conversation de deux
blessés, un canonnier amputé depuis trois jours
et un *rifle* malade déjà depuis un mois vint la
distraire, une après-midi, de sa pieuse lecture.

Ces récits du siége l'intéressaient toujours et le nom du colonel Otway, mêlé à leurs paroles, l'avait fait écouter malgré elle.

— La canonnade, disait le *rifle* à l'artilleur, a donc été chaude?

— Magnifique, répondait le canonnier. A quatre heures et demie du matin, il y avait branle-bas général; tout le monde était à son poste; le colonel Otway passait dans les batteries. Et quand après cinq heures le premier coup de canon est parti, voyez-vous, mon camarade, de la gauche à la droite, c'était à qui tirerait le plus vite : le feu de l'enfer. Nos boulets arrivaient dans les embrasures, les bombes tombaient dans le mamelon et dans Malakoff. Malheureusement depuis neuf heures la pluie et le brouillard ont si bien fait que l'on n'y voyait goutte, et cela jusqu'au soir.

— Il y avait de quoi s'impatienter.

— D'autant plus que chaque boulet en arrivant nous couvrait de boue et que l'on ne pouvait faire un pas sans enfoncer dans la terre détrempée. Pendant la nuit, presque rien. Les Russes seuls envoyaient des volées de deux cents coups de canon à la fois. Par exemple des bombes tant qu'on en pouvait

désirer. Le matin, ils nous ont fait de suite
deux coups d'embrasure, de jolis coups.

— Ceux-là prennent du monde.

— Deux pointeurs y sont restés. Alors le
colonel Otway, qui se trouvait de ce côté, a
dit : « Il faut donc que je m'en mêle ? » Il avait
l'œil colère et la lèvre blanche. Il a pointé
lui-même la pièce : un beau coup aussi ma foi,
car leur pièce a été bousculée, et comme
coupée au couteau. Une demie-heure après,
j'avais mon compte, je n'en sais pas davantage. — Par Dieu ! voici le colonel.

— John vous avez plus de chance que moi,
reprit le *rifle* après avoir réfléchi un instant,
je serai estropié, je n'ai rien vu, et notre colonel ne viendra pas me serrer la main.

— Que voulez-vous, camarade, répondit l'artilleur : au petit bonheur, il ne faut pas être en-
vieux. — Et cette réflexion pleine de philosophie
ayant mis fin à la conversation, John attendit
avec une impatience visible l'arrivée du colonel
Otway qui s'était arrêté près d'un autre blessé.

Otway, depuis son retour, venait souvent à
l'hôpital de Balaklava. Quand les pensées
amères le troublaient, s'il avait quelques
heures de libre, un attrait irrésistible l'en-

traînait vers ce lieu de souffrance, où près des
soldats que sa présence rendait heureux, il
était sûr de rencontrer Madgy. L'énergique
douceur de la jeune femme, ses paroles qui
semblaient deviner la peine, calmaient son
agitation inquiète, apaisaient son angoisse et
il retournait au camp plus courageux. Comme
ces églantiers d'Écosse dont la feuille même
est remplie d'un parfum pénétrant, Madgy répandait autour d'elle une impression fortifiante et la vue seule de celle que les malades
appelaient leur bon ange, ranimait les plus
accablés et leur rendait l'espérance. — Plus
que tout autre, Otway devait éprouver cette
influence bienfaisante. Madgy ne l'abordait pas
comme un indifférent. Elle devinait les souffrances de ce cœur qui paraissait insensible à
toutes les émotions et, durant ses longues
heures de veille au chevet des malades, souvent aussi l'image d'Otway se présentait à sa
pensée. Sa prière montait alors vive et ardente
vers le ciel, demandant à Dieu de lui venir en
aide, non pas cette fois pour soulager les maux
du corps, mais pour guérir une âme blessée, et
consoler celui qui le premier lui avait montré
ces terres de Crimée devenues son refuge.

Au moment où Madgy rejoignait le colonel
Otway, le chirurgien en chef qui, depuis l'ouverture du feu, se rendait chaque jour à l'hôpital, à l'heure ou le convoi de l'ambulance
arrivait habituellement, la fit demander à la
salle de garde. — L'armée anglaise avait
alors reçu les voitures d'ambulance et les
équipages de mulets qui lui avaient si cruellement fait défaut durant l'hiver. D'une grande
légèreté, traînées par un seul cheval placé
dans un brancard, ces voitures basses avaient
la forme d'un lit, et, sous le baldaquin
fermé par des rideaux, deux soldats grième-
ment blessés pouvaient rester étendus. — Les
mulets étaient harnachés comme les mulets de
l'armée française. De petits siéges nommés
cacolets se suspendaient à leurs flancs, et
les plus vigoureux portaient de chaque côté de
grandes litières aux armatures en fer destinées
aux amputés. Tous les matins les longues files
de transport s'arrêtaient devant les ambulances
des camps pour prendre leur chargement de
malades et de blessés dirigés ensuite sur l'hôpital de Balaklava ou mis à bord des bâtiments
à vapeur pour être transportés à Constantinople. L'arrivée des convois était vraiment

pénible. La plupart de ces hommes ne présentaient plus qu'une masse inerte, un poids
humain presque privé de sentiment. Lorsque
les soldats qui les soutenaient par les épaules
et par les pieds passaient avec ces corps qui se
pliaient en deux et dont la tête pendait sans
force sur la poitrine, leurs yeux demi-ouverts,
et ce teint d'où la fièvre et l'épuisement a déjà
presque chassé le sang, les plus endurcis se
sentaient émus.

Presque tous les blessés appartenaient ce
jour-là au même régiment, et Madgy reconnut
sur la petite calotte de laine qui tient lieu de
bonnet de police dans l'armée anglaise, le
signe distinctif des grenadiers. Depuis trois
jours, le régiment avait quitté le bivouac de la
hauteur pour retourner au siége, et, pendant
leur service aux tranchées avancées, ils
avaient eu un grand nombre d'hommes hors
de combat. Un enfant blessé au bras et à la
tête fut amené le dernier de tous. Les linges
ensanglantés qui entouraient son visage faisaient ressortir sa pâleur transparente. Ce
pauvre petit, si jeune et si dangereusement
atteint, remplit le docteur de compassion ; il
l'examina longtemps et parut enfin rassuré.

Habituée à lire sur les traits du docteur, Madgy, en voyant l'impression favorable, fut heureuse, car elle avait reconnu le petit tambour venu avec sa mère quelques jours auparavant. Comme toujours elle garda le silence, mais l'enfant fut entouré de soins si empressés que, dès le soir, il eut un sourire et commençait déjà à espérer. Pauvre petit ! Élevé durement, habitué à toutes les misères, il avait conservé une nature délicate, et ce don de la grâce, privilége des premières années de la vie, lui était resté tout entier avec l'abandon de l'enfance, et aussi parfois les terreurs sans raison, quand la frayeur le prenait en se voyant à l'hôpital. Accoutumé à la mort soudaine qui rompait en plein air, et dans la lutte même, l'élan de la vie, il avait peur de ces agonies voisines, de ces frissonnements qui entraînent déjà la victime désignée. Lorsque Madgy se trouvait près de son lit, et elle y venait souvent, le regard de l'enfant était si suppliant qu'elle s'approchait toujours. Le beau et compatissant visage de la jeune femme le rassurait. Saisissant les vêtements de Madgy, avec la seule main dont sa blessure lui laissait l'usage, l'enfant s'attachait à elle comme à une sauve-

garde qui le protégeait contre les spectres
terribles qui l'entouraient. Une fois entre
autres, à sa droite et tout près de lui, car
l'espace réservé entre chaque couchette était
bien étroit, était étendu un soldat miné par la
fièvre. La vie s'était usée peu à peu dans ce
feu dévorant, ces frissons glacés et ces sueurs
qui la chassent sourdement. Ce grand corps
était devenu diaphane, sa tête jaunie ressemblait à une tête de squelette, sa bouche restait
entr'ouverte, et de temps à autre il se relevait
un peu et essayait de regarder, fixant sans voir,
puis retombait lourdement en arrière sur le
traversin et alors ses deux mains osseuses,
par un mouvement machinal cherchaient son
front ; mais il ne pouvait y parvenir. Il n'était
pas encore mort et il ne vivait déjà plus. Le
cœur battait pourtant et le sentiment survivait
aux forces mêmes, car, pendant que l'enfant
avait peur, Madgy entra avec un soldat du
même régiment, et, s'approchant du lit du
moribond, ramena sa main amaigrie déjà
humide par les froides moiteurs de la mort, et
lui parla doucement, mais avec force.

— Votre frère a reçu une lettre de la famille
pour vous, disait-elle.

9

Madgy se tut. Le mourant n'entendait pas.
Le frère se mit à genoux au pied du lit, et,
prenant la lettre, Madgy parla sans se lasser.
Le moribond parut enfin écouter. Ces noms de
mère et de sœur, sans cesse répétés, allèrent
chercher les derniers restes de son intelligence, et son regard moins indécis, une pression presque insensible de la main, firent comprendre qu'il avait entendu. Madgy lui donna
lentement, avec une douceur extrême, des
nouvelles des siens, redisant leurs paroles
d'affection, et peu à peu, comme s'il eût retrouvé une lueur d'énergie pour sentir une
dernière joie en ne se croyant plus seul, les
traits du malade se détendirent et marquèrent
un peu de repos. D'une voix à peine intelli-
gible, plutôt un murmure qu'un son, il dit : —
Ma sœur, ma mère, je les aime ; mon frère
aussi. — Puis il demeura absorbé, immobile, et, la mort revenant sur lui, il
éprouva un mouvement convulsif, une con-
traction de la gorge, un soupir, et ce fut tout.
Le pauvre soldat avait cessé de souffrir ; mais
la dernière pensée heureuse se montrait sur
ses traits apaisés. Madgy ramena le drap sur
la tête, et comme le frère pleurait : — Écrivez

à votre mère, dit-elle, qu'il est mort consolé.

En s'éloignant pour aller soulager une autre souffrance, elle eut une bonne parole pour l'enfant. — Courage, Toby, vous m'avez promis de prier Dieu et d'avoir la force d'un homme. Le docteur m'a dit ce matin qu'avant huit jours il vous renverrait au bon air, sur la hauteur. Et l'enfant tout joyeux de l'espoir que miss Madgy lui donnait, avait déjà oublié ses craintes.

Les soins de Madgy guérirent Toby, qui éprouvait pour elle une vénération exaltée. Quand le docteur déclara qu'on pouvait l'envoyer sans crainte au dépôt de son régiment, sur la hauteur, où il se rétablirait complètement, il regretta la bonne dame, si douce pendant qu'il souffrait, et qui savait si bien ôter le chagrin. Madgy, elle aussi, s'était attachée à cet enfant, et le vit partir avec émotion lorsqu'avec son petit bras en écharpe et une large cicatrice au front, il vint pour lui faire ses adieux. C'était un brave cœur, un garçon actif, intelligent, qui avait traversé bien des misères, et mêlait à une énergie au-dessus de son âge la naïveté que l'adolescence fait perdre si vite.

— Madame, disait-il, vous avez été secourable au pauvre Toby. Quand j'étais triste, vous ne m'avez pas traité durement; vous m'avez dit des paroles qui m'ont donné courage. Ne me croyez pas lâche. Ils savent bien tous dans la compagnie que Toby ne recule pas devant un danger ; mais, madame, on a peur tout seul, et la mort dans un lit est si méchante! Ce n'est pas comme l'autre qui ne fait pas mal : la poudre aussi emmène sans que l'on y pense.

— Tu aimes donc bien te battre, mon enfant? Tu aimes donc bien la guerre? lui répondit Madgy. — Et sa voix était sérieuse et grave.

L'enfant, avec un admirable instinct, sentit qu'il avait fait de la peine à la dame. Les soldats l'appelaient ainsi, comme ils auraient dit la sainte.

— Nous autres, pauvres gens, reprit-il aussitôt, qu'avons-nous à perdre? Nous n'avons pas le choix, et nous devons aimer ce qui nous est donné.

— Tu as raison d'aimer ton métier, dit-elle. Il est noble. Il est grand. Depuis quand es-tu avec le régiment?

— Je suis enfant de troupe, madame, et je ne l'ai jamais quitté.

— Tu t'es battu ici depuis le commencement?

— Oui, madame, mon tambour a fait du bruit à l'Alma, et le colonel m'a complimenté, ajouta Toby avec un mouvement de fierté.

— Et plus tard... — Madgy n'acheva pas; — mon enfant, reprit-elle en revenant sur sa pensée, tant sa préoccupation l'absorbait, qui te fait donc aimer la guerre?

Mais cette fois son accent était sans tristesse, et Toby répondit :

— Je ne sais, madame; mais, après les premiers coups de fusil, je me sens si fort et si grand... Je ne crois plus que ce soit moi qui soit là. Les anciens racontent le soir que j'ai été brave; ils me donnent une poignée de main, et j'aime cela. Les officiers me traitent bien, et le colonel a toujours une bonne parole à me dire. Sans la guerre, je n'aurais pas cela, et je l'aime, madame.

— Oui, je comprends, reprit-elle avec un sourire plein de mélancolie. Tu fais bien, Toby; il faut toujours désirer l'estime et s'efforcer de la mériter honnêtement.—Pendant ce temps, Madgy se disait que le raisonnement du petit tambour était aussi le raisonnement des puissants d'ici-bas. Partout le souhait de la parole du colonel sans s'inquiéter de ce qu'elle coûte, du deuil et des larmes dont elle est la cause. Pour les grands de cette terre, le colonel se nomme l'Opinion, et pour obtenir l'éloge et arriver aux lointains échos de la gloire, peu importe si ceux que l'on ne voit pas, pleurent et souffrent! Comme elle se sentait devenir triste et ne se tolérait aucune faiblesse, la jeune femme se leva, embrassa l'enfant, et, le remettant à sa mère qui arrivait, lui souhaita heureuse chance.

— Madame, dit celle-ci, Catherine O'Brien n'a qu'un seul cœur qu'elle a donné à son enfant. Permettez-moi d'y mettre votre image avec celle du cher petit que vous avez sauvé. — Elle se baissait en même temps pour embrasser le bas de sa robe. La jeune femme fit un mouvement pour se reculer : — Ne dites pas non, reprit Catherine, l'enfant n'aurait pas parlé que j'aurais tout deviné. Vous remplaciez la pauvre mère absente. — Madgy ne l'entendait plus, elle était déjà rentrée dans les salles.

Jamais une plainte ne sortait de sa bouche, et son attitude ne laissait pas voir la souffrance.

Toujours aussi patiente et aussi attentive, elle
semblait, comme la Providence, avoir le don
d'arriver au moment où sa présence pouvait
faire le bien. Ses traits amaigris disaient pourtant assez que son énergie usait peu à peu un
corps trop faible pour suffire aux ardeurs que
trompait sa charité, et résister aux surcroîts
de fatigues amenées depuis l'ouverture du feu
par l'encombrement des blessés. Le docteur
lui demandait en vain de prendre quelque
ménagement, et son inquiétude, qu'il ne dis-
simulait pas, s'était répandue dans l'hôpital.
Quand les soldats apprirent que la dame était
souffrante, elle ne pouvait s'arrêter au chevet
d'un lit sans entendre le malade la supplier de
se soigner. Un matin, la force nerveuse qui la
soutenait lui fit tout à coup défaut, et un accès
de fièvre pernicieuse menaça ses jours. De
prompts secours coupèrent le mal ; mais elle
resta pendant quelque temps si faible qu'elle
fut obligée d'obéir au médecin, qui lui ordon-
nait le repos et le soleil. Au souffle du printemps, elle sembla bientôt renaître. Tout le
monde se réjouissait ; le docteur seul fut
inquiet quand il la vit, fuyant le souvenir et ce
besoin d'affection dont elle était dévorée, se

réfugier de nouveau dans cette activité qui la dérobait à elle-même et retourner à son œuvre de miséricorde.

VII

PRIMAVERA

L'officier que le soin de sa santé ou les né-
cessités du service auraient appelé à Constantinople au commencement d'avril 1855, et qui
serait revenu en Crimée vers le milieu du mois
de mai, aurait eu peine à reconnaître le plateau de Chersonnèse. Le printemps et l'herbe
verte le soleil et l'espérance avaient remplacé
la neige, et les brumes glacées, la pluie et la
lassitude. L'hiver était vaincu. Les armées
alliées saluaient la renaissance de la terre qui
semblait leur annoncer la fin de leurs maux.
Une vie nouvelle circulait partout. Les brises
tièdes ramenaient la gaieté, et les plus épuisés
par cette longue lutte de la souffrance et du

9.

danger, étendaient leurs membres fatigués, et retrempaient leurs forces dans ce bien-être venu du ciel. — Les boues rougeâtres s'étaient couvertes d'une immense nappe de verdure, et, sur ces belles routes qui conduisaient de Kamiesch au sommet du plateau ou de Balaklava aux quartiers anglais, l'on entendait les chansons que la bonne humeur des soldats leur faisait répéter le long du chemin. Les animaux eux-mêmes paraissaient partager ce contentement de tous. Chevaux et mulets s'avançaient d'un pas plus ferme, fêtant par un hennissement joyeux le soleil qui leur ramenait l'abondance et la diminution de leurs fatigues. Sous la surveillance d'un corps spécial organisé par le commissariat, passaient et repassaient toutes les races et tout les modes de transport employés dans le bassin de la Méditerranée. Les guinées anglaises semblaient avoir mis la tour de Babel au service de l'armée. Sur ce coin de terre où Russes, Polonais, Finois, Cosaques du Don, de la mer Noire et de la mer Caspienne, Caucasiens, Géorgiens, Egyptiens, Tunisiens, Turcs, Arabes, Tartars, Suisses, Corses, Maltais, Grecs, Ioniens, Allemands et Sardes, Anglais

et Français, se battaient chaque jour, le lourd
chariot d'artillerie, la petite voiture maltaise
avec ses deux grandes roues et son court
brancard, les charrettes de l'armée Sarde
peintes en bleu, se croisaient avec les chevaux
de bât de l'Asie-Mineure et les mules d'Espagne.
La *Capitana*, une vraie mule d'Andalousie,
qu'un bateau à vapeur anglais avait amenée à
prix d'or il y avait un mois à peine de Cadix,
avec ses camarades et leurs muletiers accoutumés, s'avançait gravement, secouant sa clochette et ses houppes rouges. Rien ne manquait à ce convoi qui paraissait descendu d'une
sierra de la Vieille Castille, ni l'*arriero* grave-
assis sur l'une des charges, ni la guitare qu'il
râclait avec fureur en chantant une chanson à
sa belle absente, et plus d'un officier se rappelait en les voyant ces vers de Lord Byron:

> How Carols now the lusty muleteer?
> Of love romance, dévotion in his lay.
> As willhome he was, wont the leagues to cheer
> His quick bells widly jingling on the way.

Balaklava lui-même avait changé d'aspect,
et dans une partie réservée du port, contre
les quais où venaient aboutir les rails du chemin de fer, *La Cérès* et *l'Abondance*, deux

grands navires aménagés en meunerie et boulangerie à vapeur, fabriquaient les rations de pain que les wagons transportaient dans les camps.

En même temps, les bataillons s'étaient reformés, les pertes avaient été réparées. Le long cri de douleur de la mère-patrie, en apprenant le désastre qui frappait ses enfants, retentissait encore dans l'Univers, que déjà l'Angleterre prouvait ce que peuvent ses puissantes ressources, quand sa persévérante énergie les tourne vers le but qu'elle a fixé. Ses vaisseaux avaient versé sur la Crimée une armée nouvelle; Malte, Gibraltar et les Iles envoyé leurs régiments, et les cavaliers des Indes traversé l'Égypte. Ces hommes gigantesques et leurs beaux chevaux venus de Perse et d'Arabie étaient maintenant au bivouac près du village de *Kadi-Koi*, et le 24 mai, anniversaire de la naissance de la reine, lord Raglan, voulant célébrer cette journée que tout loyal anglais tient à fêter dignement, avait convié les généraux ou chefs des armées alliées, à une grande revue. Dragons, scotch-grey, hussards et lanciers énormes à la grande barbe, les lanciers des Indes, rangés

en lignes sur la pelouse des hauteurs qui
longent la vallée de Karani, se tenaient derrière les régiments d'infanterie brillants et ma-
gnifiques. Gardes, écossais, rifles, fusiliers,
formaient leurs rangs pressés et jamais l'on
n'aurait cru que, sur ces trente mille hommes,
six mille à peine se trouvaient au mois de
mars auprès du drapeau. L'artillerie n'était ni
moins nombreuse, ni moins brillante. Les attelages superbes, les hommes de toute beauté,
les pièces au grand complet, et dans leur nombre ces nouveaux canons de position du calibre de trente, traînés par douze chevaux
attelés, comme dans les chars antiques, quatre
de front. De toutes ces mâles poitrines, le cri
de : *Vive la Reine !* sortit comme un cri de
délivrance, le témoignage de la reconnaissance rendu à la souveraine, noble mandataire
de la volonté de la patrie.

Pendant ces quarante jours de graves événements s'étaient accomplis. Les Piémontais,
impatients de conquérir en Crimée la liberté
de l'Italie, avaient rejoint les armées alliées, et
le général Canrobert, descendant par l'abnégation de sa volonté du commandement en
chef de l'armée française, avait remis au gé-

néral Pélissier cent trente mille hommes de troupes aguerries, qui maintenant allaient attaquer de front la ville que le nouveau général en chef et lord Raglan renonçaient à prendre par une campagne. Les travaux du siége, ralentis un instant, malgré le brillant fait d'armes du 2 mai, recommencèrent aussitôt, avec une activité nouvelle, et l'ardeur qui remplissait ces armées, leur besoin d'agir, la certitude où tous se croyaient du succès ne peuvent se rendre. Délivrés des entraves de l'hiver, les soldats voulaient combattre. Les passions des peuples entiers semblaient s'être incarnées en eux pour jouer, au bruit des foudres humaines, cette partie redoutable dont Sébastopol était l'enjeu. Les armées attendaient frémissantes, et durant cette période du siége, il y eut, sur le plateau, un moment d'expansion et de gaieté singulières. Les jeunes officiers de l'armée anglaise s'échappaient du bivouac et se répandaient de tous côtés, comme ces oiseaux vagabonds qui, aux premiers beaux jours, quittent en hâte leur nid, et prennent le vol des écoliers, s'arrêtant où leur caprice et la joie du plein air les appelle. Réclamés seulement par les tranchées, exempts au camp des

détails du service qui retombaient sur les
sous-officiers, vêtus de leur petite jaquette
rouge que croisait un bissac de toile dans
lequel on renfermait l'album et le plus souvent
une gourde et un morceau de pain, ils ga-
lopaient du matin au soir, avec leurs poneys
d'Asie, sur les hauteurs qui longeaient l'admirable vallée de la Tchernaïa, couverte en partie
maintenant, sur la rive gauche de la rivière,
par les tentes des divisions françaises, de l'armée sarde et des Turcs ; et se précipitant, se
heurtant, se poussant les uns les autres avec
des hourrahs joyeux, on les voyait souvent
poursuivre de malheureux chiens qui rem-
plaçaient le renard anglais dans ces chasses
improvisées.

Fort indifférents aux soucis des généraux
en chef et prêts à donner, quand on le deman-
derait, une vie dont ils n'avaient pas l'ennui
d'être responsables, tous se sentaient heureux
et aimaient à le montrer. Le temps était admirable, la campagne étincelante. Point de chaleur, mais un air plein de douceur qui fortifiait.
On était content de vivre, et de vivre en bonne
santé. La mort, qui, dans quelques semaines,
ne trouvant pas sans doute que les obus, les

bombes, les boulets et les balles fussent des
serviteurs assez diligents, devait appeler à son
aide le choléra, se montrait alors clémente.
Chacun donc, plein d'activité et de force, en
attendant qu'il lui fût permis de donner libre
cours à son élan dans les grandes joies du
combat, cherchait la distraction et l'amusement. Anglais et Français, les meilleurs amis
du monde, partageaient fraternellement les
délassements favoris de chaque pays. Le vau-
deville eut son théâtre, à Inkermann, et, pendant le mois de mai, les courses de chevaux
furent nombreuses et dignes, en vérité, des
Races d'*Epsom* et d'*Ascott*.

Le vingt-sept, le rendez-vous était à *Karani*.
Tout ce qui possédait un cheval, un poney,
une monture quelconque, était venu dans le
vallon, où les courses devaient avoir lieu.
L'herbe était verte et épaisse, le terrain à
souhait, le temps admirable, et la bonne humeur réclamait, comme le soleil, sa part de la
fête. Du balcon de son *cottage*, lady Dover
découvrait dans ce vallon qu'elle dominait,
l'espace réservé pour la lutte. Le printemps,
là aussi, avait apporté sa fraîcheur ; le village
ressemblait à un hameau de la Suisse et la

petite maison de lady Dover se reconnaissait
entre toutes à sa parure de feuillage. Des
volubilis aux mille clochettes entouraient les
colonnes de bois, couraient le long du balcon,
et de grandes feuilles de gobéas couvraient la
façade. Ce large balcon où l'on se réunissait
maintenant pour prendre l'air, était devenu un
abri charmant. Le long de la balustrade, lady
Dover cachait au milieu des rosiers la nourriture que les oiseaux des champs venaient y
chercher librement. Une natte en jonc des Iles
couvrait le plancher. Les divans placés aux
angles, une petite table en laque de Chine
rouge, où elle avait coutume de poser son
panier à ouvrage, deux fauteuils de jonc à
bascule, quelques tabourets en bambou, formaient l'ameublement de cette retraite, que
deux *buls-buls* de Syrie, ces oiseaux familiers,
dont la cage presque toujours ouverte était
suspendue au plafond, égayaient par leurs
chants et par leurs jeux. La vue était délicieuse ; une belle prairie en pente douce conduisait au vallon creusé comme une coupe
évasée qui se reliait sur la droite par une large
coupure avec la plaine de Balaklava. Dans le
lointain l'on apercevait les montagnes aux

vapeurs bleuâtres, où la lumière se jouait comme dans un prisme. Le paysage ordinairement si calme présentait, ce jour-là, l'animation d'une fête de village. Par moment le vent apportait les sons bruyants d'une musique militaire, l'on voyait, pareils aux mailles d'un filet, aux mille couleurs, les uniformes se croiser le long de la piste indiquée aux coureurs par des poteaux chargés de banderolles ; la charrette, tribune des membres émérites, juges sans appel, qui allaient trancher ces grandes questions de vitesse et décider du sort de nombreuses guinées à l'effigie de la reine Victoria, car, suivant le vieil usage, de nombreux paris accompagnaient ces joûtes équestres.

Lady Dover tenait son ouvrage d'une main distraite. Elle écoutait, en laissant son regard errer par moment sur le spectacle, les gazouillements des oiseaux, qui berçaient sa pensée. Lord Dover, mandé au quartier général, ne devait pas tarder à revenir, et elle attendait aussi ses hôtes habituels, ses *bons amis les soldats*, comme elle les nommait en ses heures de gaieté. Depuis la mort du capitaine Melton, qui l'avait vivement affectée, tous étaient restés jusqu'alors sains et saufs et, si le major Morris

mettait maintenant de longs intervalles dans
ses visites, le colonel Otway, le docteur et
quelques officiers, venaient, comme par le
passé, se retremper dans cette atmosphère,
heureux près de cette jeune femme, toujours
attentive à la grâce de sa personne. On eût dit,
en effet, qu'elle avait plaisir à réaliser la fable
du bel oiseau couleur du temps, en voyant le
soin qu'elle prenait à se conformer dans sa
mise aux caprices de la saison. Ce jour-là, elle
ressemblait à ces belles *demoiselles* parées
d'azur qui s'en vont voltigeant de fleur en
fleur. Le printemps passait en ranimant ses
forces ébranlées par la rude température des
derniers jours de l'hiver, et avait rendu à ses
traits mobiles leur éclat pénétrant que tempérait parfois une douce gravité. Tout en gardant
le vif enjouement et un peu de la légèreté tendre
et capricieuse qui lui était particulière, lady
Dover avait éprouvé le contre-coup de ces
grands spectacles et des anxiétés dans lesquelles
se passait sa vie, mais toujours femme, si une
larme tombait de ses yeux, presque aussitôt
elle disparaissait dans un sourire. Lady Dover
aimait à plaire, se réjouissait d'être aimée et,
comme par le passé, tremblait en se sentant

aussi heureuse. La présence de lord Dover à
Karani pouvait seule la rassurer. Au milieu de
sa rêverie, on annonça le major Morris.

Depuis le jour où il avait vu tomber sous ses
yeux l'ami que, dans sa colère jalouse, lui-
même avait voulu livrer à la mort, Morris,
ramené tout à coup par cette secousse terrible
à la possession de lui-même, — il le croyait
du moins, — évitait Karani et ne quittait
presque jamais le parc d'artillerie de siége et
les tranchées ; mais en ce moment, bien qu'il
essayât de donner à la conversation un tour
frivole, lady Dover, obéissant à un de ces
mouvements de simplicité spontanée qui la
rendaient irrésistible, apportait de nouveau,
par ses questions et les reproches qu'elle lui
faisait sur son éloignement, le trouble dans sa
pensée.

— Voyez, ajoutait-elle, vous avez voulu
savoir pourquoi j'étais si rêveuse, et au risque
de m'attirer vos plaisanteries, je vous ai dit
que je prenais plaisir au soleil et à l'air que
l'on respire, au chant de ces oiseaux et à la
vue de l'herbe verte et du printemps, qui
change ces espaces désolés en un ravissant
paysage.... Je ne vous ai pas même fait grâce

de ma philosophie, et voilà que vous refusez
de répondre quand je vous interroge.

Lady Dover aurait pu parler longtemps
encore; ce fluide mystérieux que la nature a
caché dans la femme, et qui rend sa faiblesse
si redoutable, venait de faire sentir sa présence.
Un regard, le son de la voix, un geste, une
parole, mettent souvent en mouvement l'âme
entière, et l'esprit le plus calme devient tout à
coup aussi agité que ces petites buttes de terre
hantées par les fourmis, lorsque le bâton d'un
promeneur renverse leur abri. Le major Morris
avait ressenti de nouveau cette commotion
soudaine, et comme il essayait une réponse
embarrassée, où les mots de vertige, de sang-
froid à recouvrer, et d'éloignement se mêlaient
d'une façon singulière.

— Le pauvre cottage de Karani aurait-il
donc eu, reprit-elle, une aussi mauvaise
influence? A coup sûr il ne l'aurait pas
souhaitée et son regret en eût été grand.

Morris voulut l'interrompre.

— Laissez-moi achever, lui dit-elle. Vous
ne pouvez, vous n'avez jamais pu avoir un
doute. Ne vous plaignez donc pas d'un sourire
dont vous auriez dû être reconnaissant, car

soupçonner sa pureté était impossible. — Une
légère rougeur avait paru sur les joues de
lady Dover, bien que le timbre de sa voix n'eût
pas changé ; et l'animation de son regard était
si vive, que le major Morris la contemplait
sans répondre. Le silence allait devenir embar-
rassant, lorsque le docteur entra.

La musique au même instant cessait de se
faire entendre, et l'on voyait les chevaux
prendre place, et se ranger sur la piste. Lady
Dover se leva, dit bonjour au docteur, toujours
le bien accueilli au cottage, et, se rapprochant
de la balustrade, regarda la course.

Du haut de ce balcon, on se serait cru dans
une bonne loge, placée à souhait comme à
l'Opéra, pour que la perspective fît ressortir
la beauté du spectacle. La nuée de prome-
neurs accourus de toutes les parties du camp
s'était étendue le long du terrain réservé pour
la course. Aux brillants cavaliers, aux beaux
chevaux Persans et Arabes des régiments des
Indes, aux vigoureuses montures de l'état-
major, se mêlaient les petits chevaux turcs des
officiers d'infanterie. Le modeste soldat qui
s'en venait à pied, l'artilleur, le cavalier et le
fantassin, prenaient aussi leur part de ces

plaisirs, et les campements voisins avaient
envoyé de nombreux spectateurs. Le fez
rouge des Turcs et des Égyptiens amaigris par
les privations et les fatigues, ressortait au
milieu de cette foule où les Tartars eux-
mêmes, avec le gros bonnet en forme de
tonneau, et le Bulgare aux larges épaules se
retrouvaient, suivant la course de ces chevaux
rapides, dignes émules de leurs rivaux d'Angleterre. Pouvaient-ils d'ailleurs se plaindre,
ces nobles animaux ? — Toutes les règles
prescrites par les lois du *turf* avaient été
respectées ; pas un détail n'avait été omis et la
botte à revers sauvée du naufrage de l'hiver,
la culotte de peau de daim, apportée en hâte
par un paquebot, la casaque de soie aux vives
couleurs, désignaient au loin les *gentlemen
riders* qui portaient en croupe les espérances
et les enjeux de nombreux parieurs. Après la
première manche, les fanfares de la musique
des Gardes se firent de nouveau entendre. La
foule couvrit la prairie, et l'on se dirigea vers
des buffets en plein vent, où des industriels de
Kadi Koi, le village anglais, vendaient les
viandes froides, les pâtisseries, l'ale pétillante,
le soda-water et le vin de Champagne dont les

bouchons en s'échappant retentissaient comme des coups de pistolet, — échos cette fois des plaisirs d'une armée fêtant le soleil, le printemps et l'espérance de nouveaux combats.

— Il me semble que là-bas on nous donne un très-bon exemple. Ne vous sentez-vous pas en appétit, ma chère, dit lord Dover qui arrivait.

Et pendant que lady Dover frappait dans ses mains selon l'usage turc et donnait l'ordre au domestique venu à son appel de préparer le *luncheon* sur le balcon, lord Dover racontait au major Morris et au docteur les importantes nouvelles qu'il rapportait du quartier général.

— La ville de Kertch avait été prise sans coup férir, le détroit forcé. Les bâtiments de guerre parcouraient maintenant la mer d'Azoff, et les communications de l'armée russe étaient coupées de ce côté.

— Notre tour viendra, ajouta-t-il, lorsqu'ils eurent bu un verre de Porto pour fêter ces nouveaux succès ; avant peu, nos lignes seront portées jusqu'à ces carrières que les Russes ont transformées en ouvrage avancé.

Et comme le major Morris, au moment où il se retirait, lui faisait observer que l'armée française devait s'emparer d'abord de la redoute du Mamelon vert, qui commandait ces positions :

— Peut-être attaqueront-ils bientôt, répondit lord Dover en le reconduisant. Mais rappelez-vous, Morris, que ce jour-là, si vous n'êtes pas de service, je vous demanderai de venir avec nous.

— Je priais Morris de nous accompagner une de ces après-midi, dit lord Dover en remontant. — Puisque vous êtes venue partager nos épreuves de Crimée, Jenny, nous vous devons bien une de ces émotions dont le souvenir se garde toujours. Avant peu, je ne sais pas encore le jour, — car les Français doivent construire de nouvelles batteries, — nous attaquerons l'ouvrage russe des carrières, pendant que le corps d'armée français du général Bosquet enlèvera la redoute établie sur le Mamelon-Vert, ainsi que tous les retranchements qui se trouvent au-delà du ravin du Carnage. De la redoute Victoria, je vous ai fait voir le contrefort et ces redoutes que l'on nomme le Mont Sapoun, et les ouvrages blancs. Le départ des troupes, l'assaut de ces grandes étendues, formeront un beau tableau, digne de vous, je pense.

10

— Nous le verrons ensemble, n'est-ce pas ? demanda avec une certaine crainte lady Dover.

— Je serai avec vous, ma chère, ne vous tourmentez pas. Mon régiment reçoit l'ordre de s'établir sur les hauteurs de Balaklava. Le quartier-maître général trouve que ses hommes très-éprouvés ont besoin de repos. Me voilà commandant la garnison de Balaklava. Êtes-vous contente, Jenny ?

Lady Dover éprouvait une de ces joies que la parole ne peut rendre. Sa belle et gracieuse tête s'appuya sur l'épaule de son mari. Elle se serra contre son cœur et ne put retenir des larmes heureuses.

— Enfin, dit-elle, chaque nuit je ne tremblerai pas. — Puis, relevant tout-à-coup ses beaux yeux encore humides de pleurs : — Cela est bien sûr, Édouard, dit-elle, n'est-ce pas ?

— Trop sûr malheureusement, ma bonne Jenny. J'en ai d'abord ressenti une vive peine. Dieu m'est témoin qu'aussitôt j'ai pensé que peut-être vous en auriez quelque tranquillité et j'ai été consolé. Vous savez, ajouta-t-il aussitôt, comme pour rompre une émotion qui lui était pénible, que le général en chef se plaint beaucoup de vous. Lord Raglan prétend que vous lui tenez rancune, et que vous ne venez plus le voir.

— J'irai le remercier, soyez-en sûr. J'aurais souffert bien longtemps sans lui demander, ajouta-t-elle en lui prenant la main avec un geste rempli d'une noble tendresse, — car vous me connaissez bien, Édouard, et vous savez que votre honneur est plus cher à celle qui est si fière d'être votre femme que son propre repos. Mais, puisque l'ordre est donné, il peut bien connaître ma joie. — Et quand ce changement doit-il avoir lieu ?

— Demain, reprit lord Dover, je prends possession de mon nouveau royaume, — je peux l'appeler ainsi, car j'ai droit de haute et basse justice sur tout ce qui se trouve en terre ferme à Balaklava.

— Je ne les plains pas. Vous serez bon, Édouard.

À l'accent de lady Dover, on sentait la joie déborder de son cœur. Comme une plante courbée par un vent violent, qui se redresse à la chaleur d'un beau jour, elle se relevait sous une brise plus clémente, et heureuse de ne plus trembler sans cesse pour celui auquel son cœur avait donné sa vie. L'inquiétude que as volonté cachait à tous les regards disparaissait enfin.

— J'ai appris aujourd'hui, reprit-il, une touchante histoire. Cette jeune femme dont le docteur nous avait parlé, l'une de celles que la charité de miss Nightingale nous a envoyées.

— Lui serait-il arrivé quelque malheur ?

— Non, heureusement ; elle est même guérie d'une grave indisposition, mais il paraît que son angélique douceur et les soins qu'elle a de nos pauvres malades obtiennent des résultats merveilleux. Tous nos soldats en parlent comme d'une sainte et déjà la légende s'en est emparée. Il prétendent que sa vue seule guérit.

— En allant visiter nos blessés — vos blessés, reprit-elle en souriant, puisqu'ils sont maintenant sous votre garde, — je veux aller la voir.

— Vous ferez très-bien. Pauvres soldats ! on a raison de leur préparer de nouveaux secours. Nous allons attaquer et la rencontre sera terrible, car les Russes sont de rudes joûteurs. Me voici encore vous parlant bataille. Pardonnez-moi, cela ne me convient plus guère, puisque l'on me met aux Invalides.

— Hélas ! je le crains bien, ils ne vous laisseront pas longtemps à Balaklava !

Sa voix en prononçant ces paroles était comme l'écho de son âme qui semblait aller au devant de nouvelles douleurs.

Lord Dover s'en aperçut, et, s'approchant de sa femme, il lui prit la main :

— Voulez-vous me donner aujourd'hui l'hospitalité ? lui dit-il. Rien ne me rappelle au camp, et si cela ne vous effraie pas trop, nous passerons la soirée en tête à tête. Maintenant, allons voir vos travaux et les embellissements de vos domaines ; puis, je dois un morceau de sucre à votre poney. Je le lui ai promis l'autre jour, et je n'aime pas à manquer à ma parole.

Il y avait dans toutes les manières de lord Dover une douceur qui, sans tomber dans l'afféterie, conservait toujours la force, et montrait son ardente tendresse pour cette femme charmante, si heureuse de se sentir protégée par ce vaillant cœur. Au milieu des scènes de lutte et de violence remplissant ce plateau, ils s'aimaient et leur tendresse ressemblait à ces petites fleurs que l'on trouve pleines de vie et de fraîcheur, parmi des débris du combat.

10.

VIII

LE MAMELON VERT

Le six juin, à trois heures de l'après-midi, la terre tremblait sur le plateau de Chersonèse, et l'écho de la vallée de la Tchernaïa renvoyait au loin les mugissements de l'artillerie. Cent huit pièces de canon françaises balayaient le Mamelon Vert, ouvrage élevé par les Russes, sur le sommet d'une petite hauteur à cinq cent cinquante mètres en avant de Malakoff, et les redoutes construites sur les collines, qui formaient la droite du ravin du Carénage. — Cent cinquante pièces de gros calibre, canons, obusiers ou mortiers, envoyaient en même temps des attaques anglaises leurs terribles bordées. Le Grand-Redan qui se trouvait en

face et, sur la droite, le Mamelon Vert, leur servaient de but. — Cette tourmente de fer précédait l'ouragan humain qui devait le lendemain
être déchainé par les généraux en chef. Ils
avaient décidé que les armées anglaises pren-
draient possession, en avant du Grand-Redan,
de l'ouvrage russe appelé l'ouvrage des Carrières et que les divisions françaises enlève-
raient le Mamelon-Vert. Ce feu terrible continua toute la nuit, traçant dans les airs des
sillons enflammés. Des bombes lumineuses
s'élevaient des attaques anglaises pour tomber
avec une régularité, un calme et un flegme
tout britanniques, tantôt sur le Grand-Redan,
tantôt sur le Mamelon, sans que jamais la
mesure promise à chaque ennemi fît défaut;
les bombes françaises tombaient toutes sur le
Mamelon, car il fallait se hâter d'engorger les
embrasures et démonter sur la gauche de la
redoute russe une batterie de quatre pièces qui
commandait le terrain jusqu'aux lignes françaises. Quand l'artillerie eut tenu ses pro-
messes, le sept juin, vers midi, les armées
apprirent que deux heures avant la fin du jour
elles seraient enfin appelées à combattre. Les
chefs reçurent les instructions dernières, la

place de bataille de chaque régiment fut désignée. Quatre divisions pour les Français prenaient part à la lutte. — Les divisions
Dulac et Mayran devaient gagner les tranchées
avancées par le ravin du Carénage. Le Mont-
Sapoun et les ouvrages blancs leur étaient ré-
servés. — Les généraux Camou et Brunet passaient par le ravin de Karabelnaïa, pour courir
ensuite vers le Mamelon. Toutes, au signal
marqué par le sifflement de cinq fusées incen-
diaires parties de la redoute Victoria que l'on
apercevait de toutes ces attaques, devaient
s'élancer contre l'obstacle, et quand le drapeau
français flotterait sur le Mamelon, la colonne
anglaise du colonel Shirley se précipiterait à
son tour. L'ouvrage des Carrières, pris
d'écharpe par les feux Russes du Mamelon,
pouvait seulement alors être conservé.

Ces grandes voix du canon avaient rempli les
armées et un souffle guerrier courait dans tous
les camps. Le regard de chaque soldat brillait
de joie et de fierté ; les armes étaient prépa-
rées avec passion, et vers quatre heures le frémissement de tous ces enthousiasmes con-
tenus rayonnait dans les rangs.

Lady Dover était montée à cheval ; lord

Dover et le major Morris l'accompagnaient.

La petite cavalcade fut bientôt grossie par plusieurs officiers qui voulaient conserver le souvenir de ces glorieuses scènes. — Devant le grand quartier général anglais, les chevaux sellés et l'escorte sous les armes attendaient le général en chef. — L'action guerrière qui remplissait les camps les pénétrait. L'air semblait imprégné d'espérance, on sentait la victoire prochaine. Lady Dover prit le galop, elle avait hâte de contempler ces hommes prêts à se livrer aux hasards de la mort pour l'honneur du drapeau. Ce n'était pas une vaine curiosité, mais un sentiment d'exaltation, qui enlevait son cœur. Les troupes françaises se rassemblaient devant leur campement, en arrière du rideau de collines qui les séparait des attaques. Cette partie du plateau était d'une extrême tristesse. Le sol pierreux foulé sans cesse par cette multitude de soldats, était desséché et de grandes places dénudées s'étendaient en avant des camps, à l'ouverture des ravins de Karabelnaïa et du Carénage ; mais en ce moment, on ne voyait que le ciel sans nuages, le soleil étincelant dont les rayons, couvrant la monotonie du paysage, se bri-

saient sur les tentes blanches. On oubliait ce
sol misérable. La pensée s'élevait avec ces im-
menses clameurs de l'armée. — A l'entrée du
ravin du Carénage, une division française était
massée. Les rangs serraient les rangs, les
regards des soldats étincelaient et un officier
général d'une physionomie douce et ferme, les
cheveux déjà blanchis, et le corps énergique,
écoutait l'épée nue les paroles du général
Bosquet.

La haute stature du général Bosquet debout
sur ses étriers, apparaissait tout entière, et sa
tête pleine d'intelligence et ses yeux animés
par le frémissement de la guerre, planaient
sur ces soldats, avec la puissance de l'aigle.
Aussi quand sa voix cessa de se faire entendre,
toutes les poitrines se soulevèrent au cri for-
midable de *Vive l'Empereur!* La colonne
s'ébranla et aussitôt, saluant de l'épée, le général Dulac partit à leur tête pour rejoindre la
division du général Mayran. Sa grande taille
que lui auraient enviée les chevaliers des âges
héroïques, s'apercevait encore. Le général Bosquet avait déjà parlé à la division du général
Brunet, dédaigneux comme le général Mayran
de la mort qui devait dans dix jours les frapper

tous deux. Le vaillant général Camou, glorieux soldat des guerres d'Algérie, ce cœur d'or, qui ranimait les plus accablés et dont la taille semblait aussi appartenir à un autre siècle, attendait encore, et ce fut avec le langage de l'Afrique, que les tirailleurs algériens furent encouragés à bien faire, puis le général en chef du deuxième corps laissa passer ces divisions qui par de rapides assauts allaient conquérir deux lieues de terrain. Une force surhumaine les entourait. La victoire s'avançait au devant d'eux.

Lord Dover et les officiers anglais s'inclinèrent devant le drapeau français, et lady Dover, dont le regard ne pouvait se détacher de ces braves gens, tremblait devant ce tumulte guerrier et priait Dieu d'adoucir la rudesse de la tâche et de *leur ménager la mort*. Détournant son cheval, elle fit signe à lord Dover, et tous se hâtèrent de gagner la *Maison du Piquet* [1], d'où l'on découvrait l'ensemble de l'action. Cette maison était bâtie au sommet de la colline, à droite de la route

---

1. C'est de la Maison du Piquet, que Mistress K. B., auteur d'*Une Relation de la guerre de Crimée*, contempla la prise du Mamelon-Vert.

Woronzoff, à l'endroit où elle commence à
descendre pour s'engager dans le ravin de
Loboratornaya qui séparait les attaques anglaises en deux parties. Sur le revers opposé,
li avait fallu mettre pied à terre et l'on devait,
malgré l'éloignement, pour se protéger des
boulets perdus, s'abriter derrière les murailles
à hauteur d'appui, couvertes de terre. De ce
point du reste l'on découvrait tout le théâtre
de la lutte. Une brise légère entraînait du côté
de la mer la fumée de la poudre, et le soleil,
qui baissait déjà sur l'horizon, permettait de
reconnaître les moindres détails du paysage.

. La mer se confondait au loin avec le ciel ; on
distinguait même les vaisseaux des flottes
alliées au mouillage et les frégates qui croisaient devant la rade. À droite, la redoute
Malakoff et le Mamelon-Vert se découvraient
avec une grande netteté. Du Mamelon-Vert aux
tranchées françaises le terrain paraissait d'un
accès facile, mais la distance que les troupes
devaient franchir à découvert était considé-
rable. La redoute *Victoria*, d'où le signal de
l'attaque devait partir, se trouvait au sommet
opposé sur la ligne des collines qui séparaient
les tranchées des camps, et en suivant la courbe

11

du sol, on pouvait distinguer une partie des versants du ravin du Carénage ; plus loin les derniers contre-forts du plateau d'Inkermann, la batterie du phare, et au dernier plan le soulèvement de terrain occupé par l'armée russe d'observation. L'aspect de ces étendues était morne et triste ; la terre brûlée par le soleil et déchirée de tous côtés par les boulets semblait couverte de blessures. Le feu continuait avec un redoublement de violence. Les projectiles inondaient le Mamelon et l'on voyait les tranchées françaises se remplir d'un flot humain, qui s'avançait comme la crue d'un orage dans le lit desséché d'un torrent.

Lady Dover suivait à l'aide d'une lorgnette tous ces mouvements, lorsque tout à coup, cinq sifflements aigus se firent entendre. Le signal était donné.

Bondissant par-dessus le parapet, les soldats français s'étaient élancés, et, sur la terre grise, ils se détachaient comme des points noirs. L'un d'entre eux marchait audacieusement à vingt pas en avant, et l'on put se rendre compte alors de l'énorme espace qu'ils devaient parcourir. L'ennemi heureusement ne s'attendait pas à cette brusque attaque, et les

embrasures qui commandaient le talus étaient
bouleversées. — Les voilà déjà aux embuscades de contre-approche. Des soldats russes
en sortent et s'enfuient. Les batteries du petit
redan, celles du côté nord de la rade et d'Inkermann ont vu, le danger et leur feu vient
prendre en flanc les Français. Sur la crête du
Mont-Sapoun, à la berge droite du Carénage, ils
luttent aussi glorieusement, mais la vue, arrêtée par le mamelon, et fascinée par ce combat, que semble rapprocher la transparence de
l'air, ne peut les suivre.

— Ils se divisent! disait le major Morris.
Les zouaves prennent à gauche. — Au milieu,
un régiment de ligne... c'est le 50e. — En
voici d'autres, vers la droite. Ce sont les
Arabes. Ils marchent vers la batterie des
quatre pièces.

Parmi ces officiers dont le nombre s'était
accru, il y eut, tout à coup, un élan d'enthousiasme.

— Le drapeau, Milady, le drapeau flotte
sur le parapet! s'écria le colonel Otway.

Il arrivait les vêtements souillés de la poussière des tranchées, le corps plein de cette vigueur nerveuse d'un homme qui depuis vingt-

quatre heures remplissait les batteries anglaises de sa volonté et dirigeait ce duel. Son regard avait le calme ardent du défi, ses narines respiraient la poudre et un fier sourire avait remplacé sur sa mâle physionomie cette froide résignation qui lui était habituelle.

— Il tombe. — Le malheureux est frappé ! Et Lady Dover détourna un instant la tête, mais aussitôt, obéissant à cette force étrange qui commande à nos craintes mêmes, et nous condamne à regarder en face ce qui nous donne le vertige, elle regarda de nouveau. Le drapeau est relevé, il flotte. Les hourrahs se mêlent à la mousqueterie, les Russes s'enfuient vers Malakoff, qui s'embrase à son tour, et vomit la flamme et le fer. Sur cette crête étroite, entre la courbe du terrain, on les voit se dessiner sur le ciel, mais ils sont poursuivis.

Les Français prennent Malakoff. — Les voilà contre la redoute, s'écrie-t-on à la fois — Et toutes les poitrines sont haletantes.

— Les braves gens vont tous périr !

La voix du colonel avait un accent déchirant.

La mousqueterie de l'ouvrage russe les renverse. Leur petit nombre est impuissant à sur-

monter l'obstacle. La mitraille continue à
mugir.

Les réserves russes accourent. Le peu qui
survit de la petite troupe française se replie en
désordre. Deux officiers à cheval sont à la tête
des Russes et le soleil, en les éclairant de ses
feux obliques, leur donne l'apparence de
géants. Ils avancent toujours. Le bruit sourd
d'une explosion arrive au milieu des clameurs,
et une gerbe de terre et de fumée s'élève du
mamelon. Les Français se retirent et rega-
gnent en courant la parallèle. Toutes les gorges
étaient contractées par l'émotion. Lord Dover
et Otway serraient par un mouvement convulsif la poignée de leur sabre, lady Dover
était pâle, tous attendaient. — L'angoisse fut
courte ; de la tranchée française sort une nouvelle armée. Le général Camou, facile à reconnaître à sa grande taille, est auprès des
soldats, et, malgré les projectiles qui se croi-
sent de tous les points différents de l'horizon, et
se heurtent au milieu des rangs, malgré le feu
énergique des vapeurs russes embossés à l'extrémité du ravin du Carénage, le général
maintient sa troupe en colonne, comme à la
parade, puis soudain, à un signe de son épée,

tous s'avancent, l'arme au bras. Du haut de la
redoute, les Russes essaient de les ébranler,
mais la *marée* de fer, maîtrisant le danger
par sa fermeté stoïque, monte toujours sans
ralentir sa marche, le flot se divise pour tourner
l'obstacle et tout-à-coup, ces hommes, pareils
au lion saisissant sa proie, s'élancent, et, le
drapeau de la France arboré sur la redoute,
n'en descendra plus que pour aller couvrir le
huit septembre, de son ombre glorieuse, les
colonnes d'assaut de Malakoff.

— Le ciel envoie sa couronne! dit tout-à-
coup lady Dover, montrant le sommet du mamelon.

Une bombe avait laissé dans l'air sa fumée
blanche qui, s'étendant sur l'azur du ciel, s'é-
tait rejointe et formait une couronne tressée
par la brise de Dieu. Elle flottait doucement
au-dessus des vainqueurs et, un instant immobile, on eût dit qu'elle se refusait à les quitter,
puis le souffle léger la saisit de nouveau. Le
présage du glorieux triomphe s'éloigna lentement vers Sébastopol.

Au milieu de ces péripéties ardentes, l'attaque anglaise avait disparu. Le terrain la cachait en partie et l'on voyait seulement les

nuages formés par la poudre se colorer des flammes du combat. Aussitôt après la prise du mamelon, les vaillants soldats de la division légère et de la seconde division s'emparaient de l'ouvrage des carrières, dont huit cents travailleurs retournaient aussitôt les parapets.

Le crépuscule tombait lentement. A peine distinguait-on à mi-chemin de la colline Colchart et des batteries, lord Raglan, se promenant de long en large sans se préoccuper des boulets et des obus qui arrivaient jusqu'à lui. Le vent poussait la fumée vers Sébastopol, éclairé par un dernier reflet du soleil venu du fond des eaux et, sur ces ombres de plus en plus épaises, se détachait chaque lueur du combat, pendant que les êtres humains se mouvaient comme des fantômes dans cette atmosphère embrasée. Au pied même de la colline, on entendait, dans ces profondeurs que le terrain cachait en partie, le petillement de la mousqueterie, et les éclairs des carabines, semblables aux étincelles d'une forge, lorsqu'un bras vigoureux frappe le fer rougi, brillaient rapides et nombreuses. Le grand redan vomissait des torrents de feu sur les batteries anglaises qui répondaient coups pour coups.

Les traces lumineuses des batteries d'Inkerman et de l'autre côté de la rade éclairaient
l'horison, mais la ceinture de flammes de Malakoff dominait cet effrayant ensemble. On eût dit
le cratère d'un volcan. En vain, les batteries de
mortiers redoublaient d'efforts, en vain les
bombes montaient dans les airs, se perdaient
avec les étoiles pour retomber dans cette fournaise ; en vain des embrasures françaises, tous
les coups étaient-ils dirigés vers la tour maudite. Les canons et les mortiers de Malakoff se
joignaient au petit redan pour accabler le Mamelon-Vert au pouvoir des Français, et devant
la redoute russe en flamme, il restait sombre
et noir, impuissant à se défendre, éclairé seulement par les gerbes des bombes et des obus
dont les éclats décimaient les travailleurs qui
levaient à la hâte des abris, et les deux divisions répandues dans les moindres plis du terrain, prêtes à repousser les attaques de l'ennemi.

Toutes les destructions se rassemblaient
dans cet étroit espace, et les plus mâles courages se sentaient pris d'effroi, en voyant la
rage d'habileté déployée des deux parts ; la
flamme bleuâtre des bombes, les obus bondis-

sant rouges et alertes, comme des panthè-
res altérées de sang, rasant le sol, puis
plus loin éclatant avec un bruit rauque, un
sourd grognement, précurseur d'un nouveau
danger, quand elles renfermaient des balles
rayonnant de tous côtés. Ces brisements de
lumière, ces feux, ces flammes, ces éblouis-
sements et ces traces ardentes, ne pouvaient
pourtant égaler l'horreur de ces bruits qui
retentissaient comme une ronde de l'enfer, les
gémissements, les hurlements prolongés, les
cris stridents se perdant dans le lointain suivant l'écho, la ligne de rochers ou le sillon
plus ou moins oblique que le boulet trace dans
sa course. Les vieux soldats du siége les recon-
naissaient ; chaque batterie avait pour eux une
voix qu'ils savaient discerner entre toutes,
mais celui qui pour la première fois voyait ce
volcan lancer tour à tour sa lave humaine,
puis ses feux et son fer avec ses sourds grondements, était frappé de stupeur, et, fascination étrange, les yeux et les oreilles ne
pouvaient se détacher de ce spectacle.

Lady Dover avait d'abord cédé à l'entraînement de ces scènes terribles, mais lorsque la
nuit couvrit la terre et laissa le bruit du canon

11.

maitre de ces espaces, il se fit en elle une réaction soudaine. Celui qui était la force, la consolation, l'espoir de toutes ses heures, pouvait chaque jour être exposé à ces dangers. Son cœur prit peur. Accablée par ce fracas des hommes, elle courbait la tête, s'abandonnait à la tristesse quand le colonel Otway s'approcha.

— Permettez-moi, lui dit-il, milady, de vous offrir, en souvenir de cette journée, une médaille frappée par la guerre. Deux balles aujourd'hui se sont rencontrées dans l'espace [1], on dirait une dentelle. Peut-être, ajouta-t-il, mon offrande me fera-t-elle pardonner de vous enlever le major Morris, mais j'ai besoin de lui.

— Ne pouvez-vous achever la soirée à Karani, lui répondit lady Dover. Là seulement j'aurais plaisir à vous remercier.

— Il faut que je regagne la tranchée, milady, et, au retour, pardonnez-moi si je vais prendre un peu de repos. Dover plaidera ma cause. Il sait ce que vaut le sommeil, après la fatigue de pareilles journées.

1. Deux balles ainsi aplaties par la rencontre furent trouvées le 16 juin par le commandant de Narbonne, qui les envoya au général Bosquet... Ce dernier les donna le lendemain au général Mayran tué le 18.

— A revoir, lui dit-elle, mais demain, je n'accepte pas d'excuse. Je veux que vous veniez. Ne refusez pas, je suis superstitieuse, et si je ne m'en vais pas avec votre promesse, je serai inquiète.

Le colonel Otway et le major Morris accompagnèrent lord et lady Dover jusqu'à leurs chevaux et, lorsqu'ils eurent disparu dans la nuit, ils entendaient encore le bruit des fers, sur la route de Woronzoff.

— Allons, Morris, lui dit le colonel, quand le son se fut perdu dans le lointain, pensons au devoir.

Et les deux officiers prirent un sentier qui conduisait à la tranchée.

IX

LES BIVOUACS

Le lendemain, à l'heure où lady Dover réunissait ses amis, elle reçut un mot du colonel Otway, qui la priait de lui pardonner de ne point venir prendre le thé à Karani, et lui annonçait que, fatigué et souffrant, il allait demander aux brises fortifiantes de la mer la force et l'énergie dont il avait besoin et passer quarante-huit heures à bord de la *Médina*. C'était alors le grand remède employé par les officiers de l'armée anglaise pour combattre les influences délétères qui commençaient à se répandre sur le plateau de Chersonnèse.

Malheureusement pour le colonel Otway, l'esprit était plus malade que le corps. Jusqu'à ces derniers mois, il avait supporté toutes les fatigues sans que sa santé se fût jamais altérée. Quelques heures de sommeil suffisaient pour lui rendre tonte sa vigueur et les longues veilles et les travaux les plus pénibles ne le trouvaient jamais en défaut, mais, depuis la nuit où le souvenir de Madgy avait réveillé le passé et jeté le trouble dans sa conscience, le doute pour la première fois, le poursuivait, et la pensée de lady Harriett qu'il s'efforçait de chasser, revenait sans cesse avec l'image de la jeune fille. Lorsque ces inquiétudes sourdes envahissent des natures de cette trempe, elles les font souffrir, en raison même de leur énergie, et les rongent comme la rouille ronge le fer. Otway voulait se soustraire à ses préoccupations nouvelles par le changement de vie, et il recherchait tout ce qui pouvait l'arracher aux obsessions dont il était poursuivi.

Aussi, quand, le soir même de son arrivée, le commandant de la frégate lui demanda s'il voulait l'accompagner dans une reconnaissance que l'amiral lui avait donné l'ordre de tenter dans la rade de Sébastopol et jusque sous les murailles de mer de la ville, fatigué de lui-même, et souhaitant un danger nouveau qui devait pendant quelques heures absorber toute son attention, quand bien même la curiosité du soldat ne se serait pas éveillée, — Otway aurait accueilli avec plaisir la proposition qui lui était faite.

Vers les onze heures, la yole du commandant se rangeait le long de l'escalier de la frégate. La petite embarcation à la forme élancée, allait raser l'eau comme une hirondelle, sous l'effort de huit matelots vigoureux, maniant les longs avirons, enveloppés de linge pour amortir le bruit. Ces hommes portaient un pistolet à la ceinture, et le sabre d'abordage au côté. Sur les bancs, à portée de la main, ils avaient un fusil chargé, armé de sa baïonnette. Peut-être allait-on rencontrer un canot de l'ennemi ? — Il fallait au besoin résister ; tout au moins vendre sa vie, à coup sûr se donner les chances favorables. — Aussi la yole était peinte en noir, les matelots comme les officiers étaient vêtus pour cette expédition avec des vêtements de couleur sombre, qui permettaient, en se confondant avec le reflet des eaux, de s'approcher des endroits dangereux sans attirer l'attention. — Les deux officiers descendirent dans l'embarcation ; le commandant

prit les tire-veilles du gouvernail ; l'homme placé à l'avant poussa au large, et la *yole*, s'éloignant du navire, se perdit aussitôt dans la nuit.

La houle du large gonflait la mer, et la
petite embarcation où régnait un profond silence
s'élevait par moments pour disparaître l'instant
d'après dans les ondulations du flot. Ce mouvement monotone durait depuis environ une
demi-heure, quand le commandant indiqua
du doigt au colonel Otway un point noir sur
la droite. La yole avait franchi l'espace qui
séparait la frégate anglaise de la ligne des
vaisseaux russes, coulés entre les forts, à
l'entrée de la rade. Quelques secondes après,
la yole passait contre l'un des mâts qui sortait
de l'eau. Ramant avec une précaution plus
grande encore, les matelots jetèrent un coup
d'œil rapide pour s'assurer que les canots de
garde des Russes ne les avaient pas aperçus.
L'on entrait dans le danger.

Le courage, les plus intrépides vous le
diront, n'a pas seulement le péril pour mesure,
et, l'heure, le lieu, l'obscurité augmentent ou
diminuent ces appréhensions, triste partage de
la faiblesse humaine. Qu'un bon repas ait fait
circuler le sang et ranimé les forces, que le

soleil brille à l'horizon, sa lumière donnera
mille témoins à vos actions, et l'on verra les
plus indécis peut-être, alertes et dispos, mais
quand la pluie et la brume attristent l'âme et
affaissent le corps, lorsque la nuit surtout
apporte une forme incertaine à chaque objet,
devant cet inconnu dont un si petit nombre est
capable de supporter le poids, beaucoup hési-
tent, et, ceux qui le matin même se seraient
montrés les plus hardis se contentent de ne
pas reculer. Cette impression est plus vive
encore à la mer. Les mirages de la brume sont
redoutables. Le corps immobile, vous avan-
cez vers le danger dans une frêle embarcation, et le flot, pour le marin, l'ennemi qui
veille toujours, semble alors guetter le moment
favorable afin de profiter de cet aide inespéré,
et atteindre plus sûrement sa proie. Le commandant et le colonel Otway avaient bien
souvent donné la preuve de leur sang-froid ;
les matelots qui montaient la *yole* étaient des
hommes choisis dans tout l'équipage de la
frégate : pourtant, lorsqu'ils s'approchèrent
des murailles de la forteresse, et, remontant
ensuite vers le centre de la rade, tentèrent de
reconnaître les navires russes qui s'y trou-

vaient mouillés, il n'y eut pas un de ces hommes dont le cœur n'éprouvât cette commotion singulière qui semble suspendre la vie. La *yole* s'était brusquement arrêtée dans son élan. Un bruit de rames se faisait entendre; un canot de ronde des Russes passait tout auprès. Dès qu'il eut disparu, obéissant au gouvernail, la yole tourna sa proue vers la haute mer, et déjà on arrivait à l'estacade, quand ils furent hélés par une autre embarcation. Des pots à feu allumés à l'avant du canot ennemi avaient répandu un large cercle de lumières; des biscaïens partirent aussitôt. Les balles brisèrent quelques planches du bordage, le biscaïen pénétra au-dessous de la ligne de flottaison, un matelot fut frappé à la poitrine; les uns se hâtèrent d'aveugler la voie d'eau, les autres redoublèrent d'efforts, on retrouvait les ombres épaisses, et tandis que les signaux d'alarmes se répétaient sur les deux rives de la rade, la petite embarcation qui venait d'accomplir heureusement cette audacieuse entreprise, accostait la frégate.

Otway ne devait pas jouir longtemps de son repos. Les généraux en chef avaient décidé qu'une attaque nouvelle serait prochai-

nement tentée contre Sébastopol, et, le lendemain, une dépêche du grand quartier général
le rappelait au parc de siége. Le soir même, il
reprenait ses devoirs accoutumés et redoublait
d'activité pour que tous les préparatifs fussent
terminés au moment nécessaire.

Un peu de poudre, des fusils, des balles et
des soldats ne suffisent pas, en effet, pour
livrer bataille, et, pour construire une batterie,
il ne faut pas seulement des canons. La surprise est grande quand on découvre les soins
incessants qui doivent assurer le bon état d'une
troupe et l'amener forte et vaillante au combat ; la quantité de pièces de bois, de branches
d'arbres, de sacs de toile que nécessite une
batterie de siége, le nombre de pelles et de
pioches brisées en l'élevant, les forges indis-
pensables pour réparer ce matériel immense,
et le détail infini des munitions depuis la
bombe de cent cinquante livres jusqu'à l'enveloppe de cuivre renfermant le grain de poudre
fulminante, d'où jaillira l'étincelle sans laquelle
l'arme resterait muette ; l'ordre nécessaire
pour maintenir le service, le contrôle qui
prouve que toutes les ressources parviennent à
leur destination et les rouages infinis d'une

administration qui ne peut créer un homme, mais dont l'incurie aurait la puissance de détruire une armée et de paralyser les desseins les mieux conçus; le devoir de veiller à tous les besoins des soldats, devoir qui se concentre avec la puissance suprême dans le général en chef, se subdivise selon le rang et le grade, et fait de chaque officier non-seulement l'homme de la lutte, mais encore l'administrateur qui prépare le succès.

Quand le colonel revenait de la tranchée, il devait pendant de longues heures s'asseoir devant sa table, mettre à jour une volumineuse correspondance, signer des états, régler un ensemble d'affaires considérables, et bien souvent les campements français entourant le grand parc d'artillerie anglaise apercevaient dans sa baraque la lumière qui indiquait la veillée du travail.

Connu et aimé de tous dans ces bivouacs où les histoires racontées par les artilleurs anglais, en trinquant dans les cantines avec les français, avaient fait bon chemin, Otway était presque aussi populaire que *Monsieur Péters*. On appelait ainsi une corneille effrontée qui n'avait jamais voulu quitter la baraque du colonel, et

de là s'en allait sautillant, criant, volant dans
les tentes des soldats qu'elle égayait par ses
colères et ses insolences, et quand il traversait
ces bivouacs, tous le saluaient avec une déférence respectueuse. Pour lui, admirant l'entrain
et l'activité industrieuse des soldats français,
habiles à tirer parti de la moindre chose, il
s'étonnait toujours de la rapidité avec laquelle
des enfants, à peine sortis de la charrue, se
façonnaient à cette vie nouvelle. Cette bonho-
mie insouciante et narquoise particulière à la
France, comme le bouquet que la terre donne
à ses vins, lui plaisait, et parfois il était surpris
de ce besoin d'échanger leurs idées sous une
forme toujours vivante, de l'intelligence de la
finesse de leurs réparties, de l'originalité de
leur jugement. Quand il entendait traduire en
un seul mot les lenteurs qu'entraînait le double
commandement en chef et les conseils sans
fin — Conférence — Circonférence, ou le récit
d'un *Tibulle* inconnu parlant des hirondelles,
ces oiseaux riches qui voyagent pour leur santé,
et décrivant la mort d'une de ces *engagées
volontaires* frappée par une balle russe, avec
un attendrissement et une grâce naïve dignes
du poëte du Moineau de Lesbie.

Otway partageait l'opinion des soldats et les embarras et les difficultés provenant de la composition même des armées alliées lui paraissaient la plus grande des chances d'insuccès, une bonne fortune pour les Russes. Ce partage de la responsabilité expliquait à ses yeux bien des fautes des armées alliées et lui aurait donné de graves inquiétudes pour l'avenir, sans son inébranlable confiance dans la force de l'Angleterre et dans ses soldats. Les Français pouvaient l'occuper un instant, mais rien à ses yeux ne devait être comparé à la solidité de ses hommes. Il préférait jusqu'à leurs jeux où la force physique et les exercices du corps tenaient toujours la première place. « C'est un volcan au repos, disait-il ; » point de fumée, nulle étincelle, mais s'il remue, la terre tremble, le monde est ébranlé. Et c'est ainsi que plus froide en apparence, la race saxonne cherche toujours à passionner ses émotions. Elle aime à créer l'antagonisme qui les concentre sous une forme précise, facile à suivre, et par les paris a su trouver la mesure qui les divise, la balance qui les pèse à chaque moment de la lutte. En tous les pays où ses enfants portent leurs pas, au nord ou au midi, sous le soleil brûlant de l'Inde, au milieu des neiges du pôle, dans leurs amusements comme dans leurs douleurs, vous les voyez garder cette marque indélébile que leur a donnée le sang, conserver ce cachet particulier qui leur vient de la vieille Angleterre et de leurs traditions toujours respectées. Le soldat anglais n'échappe pas à la loi commune, et cet homme dont la carrière est bornée, et que le sergent recruteur est allé chercher dans la dernière classe de la nation, se retrouve dans ces contrées lointaines où la puissance de l'Angleterre impose sa présence, avec des qualités et des défauts, un aspect et un ensemble qui font de lui une créature particulière, soit qu'on l'aperçoive au repos dans une ville de garnison, soit qu'on le rencontre au milieu de l'agitation des camps ou du tumulte des champs de bataille. Patient et flegmatique, lent et imperturbable sous la rude discipline qui l'étreint, il a perdu les marques de sa vie passée et suit méthodiquement la voie que le hasard ou le schelling du recruteur accepté peut-être dans un moment d'ivresse lui ont tracée. Le métier des armes devient pour lui une carrière, et bien rarement cet homme que l'habitude a

transformé songera à l'expiration de son enga-
gement à quitter le service. Il y montre l'amour-
propre, le soin des détails, l'esprit d'ordre que
ce peuple met dans toutes ses actions et le
respect rendu à l'officier s'empreint de cette
vénération que tous portent au seigneur, au
lord. Mais ne demandez pas à cet homme aussi
calme et aussi méthodique l'impromptu et ces
audaces soudaines qui rompent brusquement
avec ses habitudes. Dans les exercices il
marche toujours au pas ordinaire, et, sous le
feu des batteries, les Russes l'ont bien vu à
l'Alma, il s'avance avec la même lenteur, mais
il avance toujours. Rien ne surprend, rien
n'étonne cette marche qui, sans jamais se détourner, surmonte tous les obstacles, et si la
balle le frappe, si la mort même, dit-on, le
touche en passant de son aile, il se relève
encore pour se tenir, privé de vie, là où la
règle lui faisait une loi de demeurer. Telle est
la légende, mais la vérité est que, dévoués
à leurs devoirs, pleins d'une ardeur pour la
patrie que rien n'éteint, ayant toujours présente
à la pensée l'Angleterre dont l'orgueil les
remplit, ces hommes redoutables inspirent à
leurs chefs une fierté légitime, et cependant,

malgré leur constance insouciante du danger
ou de la souffrance, ils sont faits surtout pour
l'heure de la lutte, et leur impuissance à se
rendre maîtres de mille soins qui assurent
l'existence de chaque jour, est peut-être, tout
aussi bien que l'entraînement du sang, l'une
des raisons du grand nombre de soldats mariés
et de femmes qui accompagnent partout les
régiments. Mais en Crimée où l'armée anglaise
n'avait pu se faire suivre par cette nuée de
serviteurs qui marche ordinairement avec les
troupes en campagne, lorsqu'il avait fallu vivre
constamment sous la tente, faire ressource de
tout et tirer soi-même parti de la ration distri-
buée par le commissariat, ces soldats qui
ignoraient l'art de vivre dans lequel le soldat
français est passé maître, se trouvaient fort
empêchés. Sancho-Pança l'a dit : *L'homme
ne fait pas son ventre, mais le ventre fait
l'homme*, et cela est si vrai que cette question
de nourriture et de la préparation des aliments
devint l'une des grandes préoccupations des
généraux. Heureusement qu'un des chefs de
l'art culinaire, un des *maîtres de la gueule*,
comme on les appelait au temps où l'art de
bien vivre était chose respectée, leur apporta,

avec un fourneau portatif d'une forme nouvelle, tous les trésors de sa science consommée.

En effet, Soyer, l'illustre chef de cuisine du club de la réforme, qui avait su rendre heureux des rois et des princes, et avait rempli le monde de sa renommée, était venu chercher en Crimée la consécration populaire. Ce professeur émérite dans les béatitudes de la bouche appelait à lui les plus déshérités et enseignait aux soldats à préparer avec la ration de chaque jour un bon et nourrissant repas. De petites brochures imprimées au quartier-général, renfermant les précieuses recettes, avaient été distribuées dans les régiments et, cette semaine même, l'on faisait l'essai de ces cuisines d'un transport facile, ne brûlant que le tiers de la ration de chauffage accordée par les règlements et se prêtant aux usages les plus variés. La viande fraîche ou la viande salée, le bouillon ou le ragoût, le thé ou le café se préparaient avec une facilité égale à l'aide de ces petits appareils. Les généraux sir John Campbell, Estcourt, Eyre, sir Colin Campbell, qui allait bientôt conquérir dans les Indes, avec le titre de lord Clyde, une place parmi les pairs du Royaume uni, le vieux et calme général Simpson, aux manières affables et réservées, sir John Hall, le médecin en chef de l'armée, sir John Mac-Clean, le commissaire général, étaient venus avec un grand nombre d'officiers, pour assister aux expériences qui devaient avoir lieu dans la cour du grand quartier général, à l'issue du conseil tenu par les généraux en chef. L'état-major avait fait de cette réunion une véritable fête, à laquelle il avait convié toutes les femmes des officiers anglais qui se trouvaient en Crimée. Lady Dover elle-même s'était rendue à l'invitation du colonel Steel, et sa petite calèche russe, cadeau de lord Raglan, s'arrêtait devant le perron, au moment même où les généraux en chef quittaient le conseil.

La haute stature du général de Lamarmora et la taille élevée de lord Raglan dominaient le général Pélissier qui portait une calotte garance sans visière avec les galons insignes du grade, une tunique assez courte, à double rangée de boutons, et tenait à la main une cravache avec laquelle il fouettait sans cesse sa jambe, et Omer-Pacha qui, selon la mode orientale, roulait gravement entre ses doigts les grains d'un chapelet. Tous deux avaient

choisi un emblème ; d'un côté, l'habileté qui
dissimule et arrive en tournant l'obstacle après
avoir de loin prévu la route, de l'autre, la fermeté, préférant même l'obstination à l'apparence d'un retour, et la brusquerie transfor-
mée en force de caractère.

Les fourneaux étaient allumés, à la droite du
jardin, près d'une maison qui faisait partie des
dépendances. Des soldats apportèrent les rations distribuées par le commissariat et les différents plats étaient servis sur une table ou se
trouvèrent bientôt réunis tous les aliments qui
composent la nourriture habituelle de l'armée
en campagne. Le grand Soyer lui-même faisait
les honneurs à la brillante assistance. C'était
un homme d'environ quarante ans, à la physionomie intelligente ; son regard était vif et
fin, et la raillerie Gauloise avait laissé un trait
dans ses yeux. Comme tout bon cuisinier anglais, Soyer était né en France. Un chapeau de
feutre couvert d'une coiffe à larges plis en
mousseline blanche, un petit caban en laine de
même couleur, un gilet à basque et des pantalons bouffants complétaient l'ensemble d'une
tenue qui rappelait à la fois l'artiste et le militaire et faisait au milieu de ces hommes de

guerre reconnaître le *grand chef*. Empressé et respectueux auprès des généraux en chef et de lady Dover qui eut l'honneur de goûter la première tous les mets, déférent envers les officiers, Soyer cependant conservait toujours le sentiment de son importance, gardait les nuances qui faisaient sentir son mérite et recevait avec modestie les compliments qu'on lui adressait de tous côtés, car, les inventions étaient ingénieuses, la disposition des esprits favorable, et tous prenaient plaisir à ce *luncheon* improvisé.

Les généraux en chef partageaient alors l'entrain qui régnait dans les armées. Depuis le 7 juin, rien ne paraissait impossible aux soldats. Il leur semblait qu'ils devaient en quelques heures se rendre maîtres de la ville entière. Cet espoir et cette attente avaient frappé lady Dover, et elle entra avant de partir dans les bureaux du secrétaire militaire pour demander des nouvelles. On amenait en ce moment un prisonnier russe. Cet homme, qui portait la longue tunique en gros drap gris, tombant jusqu'à la cheville, et une casquette sans visière, avait tous les traits de la race *kalmouk*, front carré, pommettes sail-

12.

lantes, nez retroussé aux larges narines,
grande bouche et des yeux d'un bleu pâle, en
harmonie avec ses cheveux d'un blond cen-
dré. Des linges marqués de sang entouraient
sa tête, et rendaient plus remarquable encore
l'expression de crainte défiante dont sa physionomie était empreinte.

— Tant qu'il refusera de manger, dit alors
l'interprète, cet homme ne parlera pas. Il
croit que nous empoisonnons les prisonniers.

Le soldat, qui ne comprenait pas, regardait
avec inquiétude lady Dover, mais celle-ci, se
levant, prit un morceau de pain de munition,
et le présentant à cet homme.

— Mangez, lui dit-elle. Vous le pouvez
sans danger. Mangez, je vous en prie.

Mieux que ces paroles traduites par l'interprète, le charme de sa voix avait rassuré le
prisonnier. Il parut étonné, puis, après avoir
hésité une seconde, le soldat se baissa, et, saisissant le bas de la robe de lady Dover, l'ef-
fleura de ses lèvres.

— Maintenant, ajouta-t-il en se tournant
vers l'interprète, je crois que vous êtes bons,
j'oserai manger. Que me demandais-tu?

Lady Dover avait rassuré un malheureux.

Elle s'en allait elle-même heureuse et satisfaite.
Aucun mouvement de troupes n'avait été
ordonné. Lord Dover commandait à Balaklava. De ce côté, il n'y avait pas d'assaut à
redouter, et comme elle était en belle humeur, que la journée n'était point avancée et
le temps à souhait, elle résolut, avant de ren-
trer à Karani, de se rendre à Balaklava.

Le colonel Otway n'était point venu ce jour-
là au quartier général. Mettant à profit quelques
heures de liberté, il était allé visiter à l'hôpital
général des artilleurs blessés récemment dans
les batteries du siége. C'était au moins le motif
qu'il s'était donné à lui-même ; mais, en réalité,
dominé par le besoin d'affection ou tout au
moins de sympathie que les plus endurcis
ressentent, il obéissait à l'entraînement singulier qui le portait vers cette jeune femme
devenue la Providence des affligés. Il ne
pouvait et n'aurait voulu à aucun prix l'entretenir de son trouble, mais il souhaitait entendre
ses bonnes et consolantes paroles et l'action
d'une âme courageuse est si puissante qu'à son
retour de Balaklava il était toujours plus
ranimé et plus ferme. Madgy au reste avait
plaisir à le retrouver et sa voix et son

langage, quand elle lui parlait, étaient em-
preints d'une douceur ineffable. Ce jour-là
Otway lui sembla plus préoccupé que de coutume et, comme il l'entretenait en la quittant
du peu de prix que l'on doit attacher à chaque
chose ici-bas.

— Vous dites, reprit-elle, que l'espérance est
le mirage de l'âme et moi je vous l'affirme,
quand bien même cela serait, abandonnez-
vous à l'adoucissement de l'heure qui passe.
Espérez, je vous en prie, monsieur ; la confiance
en Dieu n'est-elle pas l'espérance de sa bonté ?

Pendant qu'elle parlait, Madgy conservait le
même calme, la même sérénité, elle paraissait
oublier sa fatigue, mais son regard avait l'éclat
de la fièvre, sa poitrine était sèche et brûlante,
et quand le colonel inquiet de ces symptômes
lui demandait en grâce de prendre soin de sa
santé : « Je n'ai rien ou peu de chose, lui avait-
elle répondu et avec cela on vit bien longtemps,
je ne commets aucune imprudence. Que la
volonté de Dieu s'accomplisse. Mes jours sont
entre ses mains. »

En sortant de l'hôpital, Otway rencontra le
docteur qui causait avec lady Dover et ne put
s'empêcher de lui témoigner les craintes qu'il

éprouvait pour miss Madgy.—Nous en parlions,
répondit le docteur, milady était aussi venue
me faire part de ses inquiétudes. Je les partage
malheureusement. L'âme, chez cette admirable
jeune femme, use le corps, l'énergie dont elle
est remplie la soutiendra peut-être longtemps
encore, mais la première influence morbide
peut aussi l'enlever. Un changement d'air
me paraît indispensable et je crains de ne
pouvoir la décider à retourner à Constantinople.

— Obtenez au moins, docteur, reprit lady
Dover, qu'elle consente à venir passer quelques
jours à Karani. Le repos lui fera du bien. Vous
ne sauriez croire, depuis que j'ai été témoin de
son dévouement, à quel point je m'y intéresse.
Dès que j'ai vu miss Madgy, ajouta-t-elle en
regagnant avec le colonel Otway la voiture qui
l'attendait au bas de la montée, j'ai ressenti
une sympathie profonde qui est bien vite
devenue de l'affection. Elle est si jeune et pourtant sa charité est si grande qu'il est impossible de ne pas éprouver un véritable respect.
Sa beauté même a quelque chose de particulier. Le cœur et l'âme parlent seuls, on dirait
qu'elle n'appartient plus à la terre. Qu'en

pensez-vous? Qui l'a déterminée a remplir
cette mission de charité ?

— Certaines âmes, répondit Otway, sont
toujours prêtes pour les nobles choses. Ces
âmes sont rares et leur parfum est semblable
à celui des herbes qui poussent au sommet des
montagnes et ne tiennent leurs senteurs que
de Dieu. La foi religieuse, une grande piété
ont dû sans doute la décider.

— Pourquoi alors cette tristesse contenue
et ce détachement de toutes choses ? Pourquoi
cette ardeur dans le regard qui semble indiquer que son cœur renferme et tient cachées
des émotions violentes ? On m'avait parlé
d'une touchante histoire sans pouvoir m'en
donner les détails. La connaissez-vous ?

— J'avoue que je me suis contenté de trouver miss Madgy charmante et bonne sans me
demander qui l'avait rendue ainsi. Je deviens
en vieillissant, je vous assure, comme les enfants. Ils ne voient dans l'arbre que le fruit.

— Dites-moi au moins si ma sympathie ne
s'est pas égarée ?

— Votre cœur a eu raison encore cette fois,
Mylady, et miss Madgy est digne de tout respect, de toute affection.

La voix du colonel Otway était empreinte d'une conviction si ferme que lady Dover en fut un instant surprise. Elle lui serra la main et sans ajouter une parole elle fit signe au cocher de prendre le chemin de Karani.

Otway mit plus de temps encore que de coutume pour regagner son bivouac et il ne s'aperçut pas de la longueur de la route parcourue.

X

LE DIX-HUIT JUIN

Confiante et heureuse, se réjouissant de voir son mari à l'abri des dangers imprévus, lady Dover avait emmené au *Cottage* Madgy, que les prescriptions absolues du docteur obligeaient au repos. Ce jour-là même, les généraux en chef décidaient que l'on tenterait d'enlever de vive force le Grand-Redan et la redoute de Malakoff. Les ordres furent donnés et la canonnade recommença de nouveau.

Assises sur le balcon, dans la soirée du dix-sept juin, les deux jeunes femmes attendaient lord Dover en respirant la première fraîcheur de la nuit. La chaleur de la journée avait été accablante ; le bombardement terrible. La

13

terre frémissait au loin, et, dans la direction
de Sébastopol, le ciel avait maintenant l'éclat
lumineux d'un incendie. Lady Dover gardait
le silence. L'absence prolongée de son mari
l'inquiétait, et quand il arriva, ses appréhensions augmentèrent, en remarquant sur les
traits de lord Dover cette expression que lui
donnait toujours le danger prochain. Mais
bientôt elle se rassura en voyant son enjouement et sa bonne humeur. On eût dit que lord
Dover éprouvait un plaisir plus grand encore
à se retrouver dans cet intérieur qui le
charmait.

Lady Dover elle-même avait ressenti la fascination que la prise rapide et glorieuse du
Mamelon-Vert répandait sur le plateau de
Chersonèse. Ce premier succès paraissait aux
soldats le prélude d'un nouveau triomphe ;
Sébastopol avant la fin du mois tomberait au
pouvoir des alliés ; l'armée ne serait point
obligée de passer un nouvel hiver sous ce rude
climat, et, l'œuvre accomplie, pourrait enfin
regagner l'Angleterre et se reposer de ses
longues privations et de ses dures fatigues.
Les derniers obstacles allaient être brisés sans
que lord Dover fût exposé aux périls. Lord

Dover était pour elle l'armée entière, et maintenant qu'elle ne songeait plus à ses inquiétudes, les projets succédaient aux projets. « Il lui fallait, disait-elle, emporter tout ce qui lui rappelait sa vie de soldat et que son cher Édouard lui permît de se faire construire, à *Dormey-Castle*, la petite maison de Karani. Du balcon l'on n'apercevrait pas les chevaux de l'artillerie et ces horizons russes qu'elle avait pris en horreur, mais de belles pelouses de verdure, et les fauvettes et les mésanges du parc béniraient la guerre de Crimée en trouvant au milieu des fleurs la nourriture qu'elle y placerait comme ici, car il était juste que ce petit peuple de Dieu partageât le bonheur des maîtres du logis. N'est-ce pas, Édouard, ajoutait - elle, vous m'accorderez tous mes caprices ? »

Le regard de lord Dover exprimait mieux que de longs discours toutes les tendresses de son cœur. A mesure pourtant que l'heure avançait, il semblait préoccupé. Lady Dover s'en aperçut, et sa joie, pareille aux légers nuages que la moindre brise emporte, disparut aussitôt.

— Que me cachez-vous, Édouard, lui dit-

elle? Un chagrin, une peine. Seriez-vous malade? Et saisie tout à coup par la crainte de
l'une de ces maladies soudaines qui commençaient à se montrer dans l'armée, elle se leva
et lui prit la main.

— Non, je ne suis pas malade, chère âme,
répondit lord Dover. Grâce à Dieu, mes forces
sont entières, mais je dois vous quitter.

— Attendez encore, rien ne vous presse;
Balaklava est proche. Et elle essayait, en parlant ainsi, de se donner un peu d'espoir.

— Je ne retourne pas ce soir à Balaklava.

— Où donc allez-vous? — C'est à peine si
elle eut la force de prononcer ces mots; —
l'attaque du lendemain, le siége, le danger,
passèrent devant ses yeux et étouffèrent sa
voix.

— Soyez courageuse, je vous en prie, Jenny,
et aussi, soyez fière, ajouta-t-il. Lord Raglan
m'a fait l'honneur d'appeler, demain, mon
régiment à prendre part au combat. Je serai
sous les ordres du général Eyre. — Puis, l'attirant doucement à lui : — Ne vous effrayez pas,
je vous en conjure, reprit-il, nous sommes
placés en seconde ligne et nous marcherons
par le grand ravin vers le fond du port, quand

les trois colonnes seront entrées dans le Redan.

Ce soldat qui dans quelques heures allait se présenter au danger avec l'âpre énergie qui lui était habituelle, ne pouvait supporter la vue de la douleur silencieuse de sa femme.

Mais surmontant peu à peu ce premier étonnement de l'angoisse :

— Que la volonté de Dieu s'accomplisse, Édouard, reprit lady Dover. Pardonnez ma faiblesse. Je vous aime tant... Puis, ajouta-t-elle, en baissant la voix, je vous le demande, et, comme elle hésitait, lord Dover l'encouragea... Ne vous exposez pas. Au milieu du danger, pensez à votre pauvre Jenny, qui ne vivra que par votre retour...

— Je vous le jure, répondit-il, en la serrant une dernière fois contre son cœur, et lord Dover se déroba en s'éloignant, à l'émotion dont il n'était déjà plus maître.

Lady Dover demeura d'abord sans mouvement. Quand elle s'élança sur le balcon, le galop sonore du cheval se distinguait à peine sur la route pierreuse qui menait au camp. Elle écouta longtemps. Aucun son n'arrivait plus à son oreille, elle écoutait encore. — La longue

agonie de sa tendresse commençait pour cette
pauvre femme, dont le cœur était suspendu au
danger inconnu. On eût dit la victime portant
le poids de toutes les souffrances des femmes
et des mères, et pendant que l'attraction du
danger, l'excitation nerveuse qui le précède,
le mouvement des préparatifs nécessaires tenaient les chefs et les soldats attentifs, la veille
de la prière et de l'angoisse se poursuivait à
Karani.

L'aube commençait à blanchir les sommets
des montagnes de Balaklava, et le regard de
lady Dover n'avait pas encore quitté dans la
direction opposée, le ciel illuminé au-dessus
des attaques par les flammes rouges de la
poudre que vomissaient cinq cents pièces de
canon, lorsque le feu redoubla tout à coup.
Aux grondements de l'artillerie se mêlèrent le
petillement des carabines, le roulement des
feux de file, le mugissement des bombes et
des fusées éclatant avec une énergie furieuse,
et une commotion violente ébranla le sol. Lady
Dover sentit la vie l'abandonner. Un voile couvrit ses yeux. Elle n'entendit plus rien. — Ce
fut sur ce balcon que Madgy la trouva inanimée,
lorsqu'elle vint attirée par ces échos sinistres

qui réveillaient sa propre douleur. Le premier
cri de lady-Dover demanda des nouvelles. Elle
croyait sortir d'un long sommeil et que la journée entière s'était écoulée quand le soleil avait
paru à peine depuis une heure. Les rumeurs de
la poudre étaient toujours aussi violentes ; la
mousqueterie et le canon se faisaient toujours
entendre avec la même impétuosité ; et avec le
sentiment de la réalité, la pauvre femme retrouva la souffrance. Elle ne parla plus. Sa
main brûlante serra comme un muet remer-
ciement la main de Madgy dont elle sentait la
commisération profonde ; mais sa tête se tournait sans cesse dans la direction du canon et
son oreille guettait le moindre bruit. Ils semblaient changer. Quelques coups de feu isolés
accompagnaient seuls maintenant le grondement du canon. Était-ce la victoire ? Les
ouvrages étaient-ils emportés ? la lutte finie ?
— L'incertitude lui apportait une nouvelle
anxiété et l'agitation fièvreuse qui la remplissait
ne lui permettait pas de demeurer en place.
Apercevant alors un officier du bivouac voisin
qui passait, lady Dover lui demanda d'aller
au quartier général, le suppliant de rapporter
sur le champ des nouvelles, et, sa pensée un

instant distraite par cette attente, n'éprouva un
peu de calme que pour retomber bientôt dans
une angoisse plus profonde.

Madgy se tenait silencieuse auprès de cette
grande douleur qu'elle comprenait si bien, et
comme le regard désespéré de lady Dover la
cherchait toujours :

— La bénédiction de Dieu, lui dit-elle, a
passé sur votre union. Relevez votre courage,
vous avez l'honneur de porter son nom.

Le parfum de certaines plantes rappelle
la vie près de s'éteindre. Il y a des âmes,
dont l'approche inspire ainsi cette force inté-
rieure que l'antiquité appelait vertu et que la
religion nomme ainsi, quand elle veut expri-
mer cette entière possession que l'âme chrétienne dans sa noble liberté, conquiert sur
elle-même. Madgy avait l'autorité de la douleur supportée sans plainte, et la force
de ceux qui espèrent l'heure prochaine où
quittant ce corps comme l'on quitte un vêtement usé, ils iront enfin se perdre dans la
lumière bienheureuse du ciel. Elle répandait
autour d'elle l'énergie qui la consumait.

— Ayez bon espoir, ajouta-t-elle, ceux que
le bonheur a unis ne doivent pas craindre,

car ils sont les bien-aimés d'une miséricorde qui a pour eux des ménagements infinis. Prions Dieu de détourner ce calice, et votre voix sera entendue.

Lady Dover anéantie par la douleur se mit à genoux. Quand elle eut fini de prier, Madgy se releva et lui prenant la main, l'embrassa au front. On eût dit en vérité l'une de ces saintes inspirées des premiers âges de la foi, marquant du sceau de la souffrance chrétienne l'élue admise dans le sanctuaire.

— Ma sœur, reprit-elle, rappelez-vous la parole de l'apôtre. — Courons par la patience au combat qui nous est proposé, jetant les yeux sur Jésus, l'auteur et le consommateur de la foi[1]. — La souffrance est l'épreuve de nos âmes; c'est le feu qui chasse l'alliage, et nous fait mériter le Seigneur, mais c'est surtout la récompense que Dieu accorde à ceux auxquels il a donné en partage la tendresse du cœur, car pour ses élus, le bonheur la couronne toujours. Il en sort comme la rose sort de la branche chargée d'épines. Maintenant, vous supportez la peine parce que vous aimez, et

1. St Paul. Héb. XII.

13.

votre prière, qui s'est inclinée devant la volonté d'en Haut, aura obtenu que l'affliction
se change en joie. Vous le verrez revenir entouré de l'auréole que donne la mort heureusement bravée. Vous renaîtrez au milieu de
ses jours préservés. Mesure de la tendresse,
votre souffrance est passagère et les larmes
vous auront appris tout ce que ce soldat était
pour vous. — Encore un peu de temps et vous
le verrez. Vous marcherez dans son ombre,
les battements de ce cœur vaillant vous feront
tressaillir. Votre âme les aura entendus au
loin. — Et, tenant toujours les mains de lady
Dover, Madgy semblait oublier sa présence :
— de longues journées vous seront données ;
vous serez abreuvée aux sources de tendresse.
Alors, n'oubliez pas que vous avez senti l'angoisse glacer le sang dans vos veines ; qu'à la
vue de l'isolement s'approchant de votre
amour, vous avez tremblé. Soyez miséricordieuse pour la souffrance et semez le sourire
sous vos pas. Avancez-vous, la main ouverte
aux malheureux, mais que rien n'en tombe
sans que votre bouche y joigne la consolation. Donnez l'aumône de l'âme. — Vous
souffrez, mais il vit, et il vivra, ajouta-

t-elle comme dans un murmure sonore.

Pendant que les clameurs de la poudre arrivaient de la ville et que le retentissement furieux du canon remplissait la vallée, celle qui depuis longtemps était frappée, se tenait debout en regardant le ciel. Son regard brillait, sa main brûlante pénétrait la chair même de lady Dover, qui voyait dans son amour, toutes ses joies, et dans sa faiblesse ardente, n'aurait pas voulu lever les yeux, si le ciel même eût dû lui faire oublier la terre. En ce moment, l'on entendit le galop rapide et pressé d'un cheval. Les nouvelles arrivaient enfin.

— Lord Dover est sain et sauf! cria l'officier en sautant à terre; et quand il se trouva près d'elle : — J'en suis certain, ajouta-t-il aussitôt, un de ses soldats blessés qui venait de le quitter me l'a raconté. De partout ailleurs, de tristes nouvelles. Les Français sont repoussés. Nous n'avons pu prendre le Redan. Sir John Campbell, le colonel Yea et Shadfort sont tués. Bien d'autres encore; les pertes sont effroyables. Seuls, lord Dover et le général Eyre ont réussi.

Lady Dover eut un élan de joie. L'inquiétude la reprit aussitôt. Son mari était encore aux attaques et, pressant l'officier de questions, elle trouvait une sorte de soulagement à se faire raconter tous les détails de cette lutte sanglante que la victoire n'avait point encore couronnée.

— Des hauteurs de la redoute Victoria, leur dit-il, le spectacle était terrible. Le regard plongeait sur les attaques. De tous côtés le canon grondait, les nuages de fumée s'élevaient, les batteries du versant opposé de la rade tiraient à outrance, et les bateaux à vapeur Russes passant et repassant, à l'ouverture de la baie du Carénage, lâchaient des bordées que l'on voyait rouler à travers ces terres et se perdre sur la hauteur, à la gauche de la redoute, mais entre les tranchées françaises et cette longue ligne d'ouvrages russes, qui commençaient à la mer, et formaient un grand arc de cercle, se terminant par delà Malakoff, au ravin de Karabelnaïa, qui la sépare du Grand-Redan, il n'y avait plus un bataillon, pas un soldat, mais, çà et là, de tous côtés, en tous sens, comme ces gerbes de blé, que la faucille du moissonneur a jetées bas, des corps étendus, les uns privés de vie, d'autres

remuant encore. L'air était imprégné de cette
impression étrange que semblent y laisser les
combats malheureux ; un manteau de plomb
couvrait ces espaces constamment balayés par
le fer, et les soldats écrasés pendant cet orage
de feu, épuisés en affrontant la mort, se ter-
raient dans les tranchées.

Aux attaques anglaises, la fortune n'avait
pas été plus favorable. Les trois colonnes qui
devaient tenter l'assaut du Redan, avaient été
repoussées. Sir John Campbell, les colonels
Shadfort et Yea avaient été tués. Les soldats
s'abritaient derrière les parapets et les uniformes rouges gisant entre les parallèles et les
Russes ressortaient comme de larges taches
de sang sur ces terrains jaunâtres. L'insuccès
là aussi planait dans les airs, et lord Raglan
venait de quitter la position périlleuse qu'il
avait choisie, pour mieux suivre les phases
d'un combat dont l'issue malheureuse le bri-
sait. Les officiers qu'il aimait étaient frappés,
la fleur de la jeunesse d'Angleterre avait succombé et, rempli de douleur, on eût dit, tant
son insouciance des boulets qui arrivaient de
tous côtés était grande, qu'il désirait ce jour-là
voir terminer sa vie.

A l'extrême gauche, les régiments du général Eyre, arrêtés par l'insuccès des colonnes
d'assaut du Redan, se maintenaient dans les
maisons qui se trouvaient aux pieds des
retranchements russes, à la tête du ravin
du fond du port. A la nuit seulement, ils
devaient quitter ces positions pour regagner
les lignes anglaises. Quelques hommes légèrement blessés avaient pu passer et étaient
venus apporter des nouvelles.

Quand l'officier l'eut quittée, ce bruit du
canon qui s'étendait depuis la mer et les
camps, sur l'horizon entier, lui parut plus
accablant encore, et lady Dover se prit à pleurer. — Par l'ordre du Czar, chaque mois passé
devant Sébastopol comptait au soldat Russe
pour une année de service. Si un maître de la
terre avait jugé que la récompense devait être
ainsi mesurée, quel prix le maître des Rois
a-t-il marqué dans le ciel pour ces heures affreuses qui durèrent dans la petite maison de
Karani pendant une journée entière.

Madgy ne quitta pas un instant lady Dover.
Ce n'était plus la femme courageuse, aux
accents pleins d'une brûlante énergie, lady
Dover ne l'aurait pas comprise. Les larmes

coulaient maintenant et l'ange de la charité, détournant doucement l'esprit de la pauvre femme, de cette pensée fixe de la mort menaçante, s'adressait avec une délicatesse infinie aux souvenirs mêmes de ses joies, l'entretenait de celui qu'elle chérissait, lui faisait raconter ses jours heureux. Parlant de lui, toujours de lui, Madgy dominait sa propre souffrance en écoutant ces récits d'un bonheur qu'elle aussi avait espéré.

— Qui vous a donc appris à faire tout ce bien, chère Madgy? lui dit lady Dover. Pour consoler ainsi, vous avez dû bien souffrir.

Madgy détourna la tête sans répondre.

La longue journée s'était passée dans ces alternatives affreuses d'espoir et de crainte et la nuit toujours tardive au mois de juin, arrivait sans que lady Dover eût pris aucune nourriture.

— Attendons encore un peu, disait-elle sans oser parler de son espérance, quand Madgy la priait de quitter le balcon, et Madgy qui l'avait comprise n'insista plus. Deux heures s'étaient encore écoulées, déjà lady Dover voyait ses craintes accomplies, lorsqu'elle tressaillit soudain, son oreille ne la trompait pas, un cheval

approchait de la maison ; elle voulut s'élancer
et retomba sans force pour aller au devant de
l'arrêt de vie ou de mort que lui apportait le
messager. Madgy avait couru. La lumière
qu'elle tenait à la main éclairait en rentrant,
sa figure radieuse comme une étoile.

— Lord Dover ! lord Dover ! s'écria-t-elle en
l'embrassant.

Madgy n'avait pas été maîtresse de ce premier
élan et ces deux nobles âmes dont l'une avait
tout perdu ici-bas et l'autre, après avoir cru
tout perdre, sortait tout à coup, comme par
un éblouissement, d'une agonie affreuse,
semblèrent se fondre dans cette étreinte. Le
lien mystérieux de la douleur partagée les
rapprochait. L'esprit plus prompt encore que
le feu du ciel qui mêle à son gré la matière, les
unissait à jamais. La peine l'avait trouvée
fidèle à son abnégation dévouée et maintenant
elle se retirait devant le bonheur. La joie est
oublieuse, celle-là fut si vive qu'au prix même
des heures de torture qu'elle venait de supporter, lady Dover ne la trouvait pas trop
payée. Il était sorti sain et sauf de cette journée
de feu. Deux balles avaient déchiré ses vêtements ; une autre lui avait fait à l'épaule une

contusion légère et ce fut en pâlissant qu'elle
vit ces témoignages du danger, mais il était là.
Ces marques n'étaient plus que la preuve glorieuse du péril affronté. Elle le voyait et ne le
regardait pas encore assez à son gré. Pour lui,
heureux d'être tant aimé, heureux d'aimer autant, il retrouvait avec un ineffable plaisir cet
accueil plein de tendresse. Lady Dover se rap-
pela la première que, durant tout le jour, il n'a-
vait pris qu'un peu de biscuit pour toute nourriture et pendant qu'il quittait ses vêtements
souillés de la poussière de la lutte, elle se hâta
de s'assurer que la table était mise et le repas
préparé selon ses désirs. Elle était allée chercher Madgy.

— Venez voir, mon ange gardien, si j'ai
réussi lui disait-elle, et Madgy toujours douce
et résignée la suivait dans la petite salle à
manger dont les matelots du yacht avaient fait
une élégante cabine de vaisseau. On se serait
cru devant la table hospitalière d'un cottage de
l'Angleterre, et quand lord Dover entra et
tendit sa main loyale à Madgy :

— Sans elle je serais morte, lui dit lady
Dover dont le visage rayonnait de toutes les
félicités : vous ne connaissez pas, Édouard,

la bonté de cet ange, les paroles qu'elle a trouvées pour me soutenir.

Madgy elle-même, malgré sa mélancolie profonde, ne pouvait échapper à cette contagion du bonheur, en voyant lady Dover si heureuse ne songer qu'à le servir et suspendue à ses moindres paroles.

— Préparez-vous, ma chère, avait dit lord Dover, quand un bon repas et le vin de Porto que lady Dover prenait plaisir à lui verser elle-même eurent réparé ses forces, à faire bon accueil, à un nouvel hôte. Il vous sera présenté demain matin et demeurera ici. Ayez-en bien soin, ajouta-t-il, sans paraître remarquer son ennui, car il a bien manqué périr aujourd'hui, et comme l'intérêt se peignait maintenant sur sa physionomie, car elle pensait que ce devait être quelque pauvre blessé : Il nous accompagnera, reprit lord Dover, dans nos courses à cheval et plus tard, en Angleterre, il nous rappellera cette bonne journée. Demain, les soldats viendront vous faire remise solennelle d'un prisonnier russe.

— Soyez tranquille, Édouard, ce pauvre homme sera ici bien traité. N'est-ce-pas, chère Madgy, nous en aurons grand soin ?

— Alors le pauvre animal...

— Si aujourd'hui j'avais le courage de me
fâcher, je vous gronderais, Édouard.

— Et comment vous parler, ma chère, d'un
superbe levrier russe que nous avons trouvé
en compagnie d'un piano et d'un chapeau rose
dans l'une des maisons du faubourg?

— Vous êtes allés aussi loin. Ah! lady Dover
avait bien raison de craindre, dit Madgy.

— Donnez-lui un beau nom, ma chère
Jenny, reprit-il sans lui répondre, car la position devenait difficile et les hommes hési-
taient quand le chien montra sa tête. « Voilà un
» beau chien pour accompagner milady à la pro-
» menade, dit l'un d'eux. »—«Tu as raison répon-
» dit son camarade, nous lui donnerons un sou-
» venir, » et ils se le répètent les uns aux autres,
dans ces trous où ils se garaient de leur mieux
des balles et des obus que l'angle du Redan et
la batterie de la Baraque nous envoyaient. Ces
enragés se mettent à courir, je les rappelle,
mais retenez donc des démons! Ils avaient
franchi l'espace découvert, pénétraient dans la
maison, attachaient le chien et revenaient
aussi heureusement, avec un chapeau rose en
guise de drapeau et le chien prisonnier.

Acceptez-le, ma chère, sans remords, car, par
un bonheur inouï, il n'a pas coûté une goutte de
sang. Demain vous aurez le chien et le chapeau rose que trente-deux balles ont traversé
pendant le reste du jour.

Lord Dover n'aimait pas à parler de lui ; il
aurait voulu d'ailleurs éviter de réveiller les
craintes de la journée et essayait en plaisantant
de détourner l'attention ; mais lady Dover qui
ne voyait dans la bravoure de ces hommes que
la marque de l'attachement qu'ils portaient à
leur chef, le questionnait toujours.

— Traitez-nous en soldats, Édouard, je
vous en prie, lui dit-elle ; Madgy vous le
demande comme moi, racontez-nous tout ce
qui est arrivé.

— Vous avez éprouvé l'autre jour, Jenny,
répondit lord Dover qui s'apercevait qu'il ne
pouvait éviter de parler, en regardant la prise
du Mamelon-Vert, ce mouvement étrange que
donne l'odeur de la poudre quand elle pénètre
en nous et pousse le cœur plus violemment
encore qu'elle ne chasse la balle du fusil. Le
corps marche et ne sent pas la terre. L'âme
reçoit un renfort. La chair remplie de ces émanations du combat lui laisse toute liberté, on

va, on s'avance, on va encore non plus selon sa
force mais selon son cœur, et maintenant vous
savez tout, et comment nous sommes partis,
arrivés et revenus ce soir, après avoir accompli
ce qui nous était ordonné et même au-delà.
Pour ma part, j'ai occupé le rez-de-chaussée
d'une très-jolie maison, — puis j'ai été par-ci,
par-là, un peu au hasard selon les circonstances, et, comme elle insistait : — Eyre nous
commandait, reprit-il, et les cinq régiments
sous ses ordres devaient faire diversion à l'attaque du Redan et, après sa réussite, pénétrer
dans la ville. Des volontaires du major Fiel-
den nous éclairaient et je n'ai jamais vu enthousiasme pareil à celui des Irlandais du 18e.
— « Je souhaite, mes hommes, leur avait dit
» Eyre, qu'aujourd'hui vous fassiez quelque
» chose qui ait du retentissement en Irlande. »
Avec cela il aurait pu les mener au bout du
monde. On prit d'abord le petit cimetière, puis
les maisons sur la droite d'où l'on faisait feu
sur les batteries russes, et c'est là que nous
sommes restés, même quand nous eûmes
compris que l'assaut de Malakoff et du Redan
avait échoué, prêts à profiter d'une tentative
nouvelle si elle venait à réussir, car nous

touchions aux parapets russes; mais il se fait tard, dit-il tout à coup en se levant. Pardonnez-moi, miss Madgy, je vous prie, j'ai passé la nuit debout et la journée a eu ses fatigues.

— Avez-vous remarqué, ma chère, dit-il lorsque Madgy se fut retirée, la fièvre de son regard pendant que je racontais ces choses de guerre? Le sang montait à ses joues et je me suis levé ne voulant point parler davantage.

— Vous parlerez maintenant, répondit lady Dover, j'aime tant à vous entendre, je n'ai plus peur et je suis si fière!

— Sans cesse je pensais à vous, Jenny. Qu'importe ensuite un peu plus de plomb, de pondre et de fumée. A quoi bon nous entretenir de ces tristes spectacles, des hommes qui luttent, des soldats qui tombent, de braves gens faisant noblement leur métier sans s'inquiéter de la mort et le soir revenant tranquillement, en emportant leurs blessés. Laissez-moi oublier ces rudes devoirs et me reposer doucement près de vous. Nous avons bien combattu aujourd'hui tous deux, chère Jenny, et nous méritons une récompense.

Une heure plus tard, le calme et le silence

régnaient de nouveau dans la petite maison
de Karani. Madgy seule ne dormait pas.
Comme la fille de Jephté, son cœur pleurait
sa jeunesse privée de bonheur, succombant
sous le coup qui l'avait frappée. A la vue de
cette tendresse heureuse, elle sentait plus
cruellement encore la dureté de la mort et la
tristesse de sa destinée. Elle aussi avait connu
l'espérance et vu des traits aimés s'éclairer
sous son regard. Sa joie, hélas! fut semblable à
cette fleur dont parle les livres saints, qui
paraît le matin et que le soir trouve séchée.
Fiancée d'un soldat, elle avait eu le courage de
supporter le départ, et sa dernière parole fut
un encouragement; mais quand la fatale nouvelle lui parvint, impuissante à lutter contre
une douleur qu'elle n'avait jamais prévue, elle
chercha les miettes du festin et, trompant les
jours ici-bas par la charité, elle se dévoua aux
compagnons de celui qu'elle aimait, priant et
secourant, guérissant les blessures, consolant
les chagrins et attendant qu'il plût à Dieu de
la prendre en pitié, en la retirant d'une terre
où elle avait déjà cessé de vivre, et de lui
donner enfin le repos, dans ce rayon divin qui
devait les réunir tous deux.— Préparée main-

tenant pour la souffrance, elle ne l'était pas
pour la vue du bonheur. Le spectacle de ces
nobles joies ravivait sa peine. Ces délices
de l'amour partagé n'étaient point un mirage
de sa pensée. Ce qu'elle avait si ardemment
souhaité venait de s'accomplir sous ses yeux,
et quand, au milieu du trouble de son esprit,
ses bras s'ouvraient comme pour saisir ce
bonheur envié, elle ne trouvait que le souvenir d'un espoir déçu, et ses deux mains se
refermaient sur son cœur dont les battements
précipités lui redisaient toujours sa douleur.

XI

LE MONASTÈRE SAINT-GEORGES

Il y avait quinze jours à peine, la confiance remplissait les armées. Les regards des soldats en portaient l'empreinte, et l'on eût dit que sur ce plateau désolé durant l'hiver et ces mornes espaces aux pieds des collines, la verdure et les fleurs avaient ramené l'espérance. Le succès de Kertch, l'heureuse prise de possession de la Vallée, les triomphes de la journée du sept juin, avaient justifié la confiance des armées. Repoussant par leur ardeur, la maladie impuissante à les atteindre, tous appelaient de leurs vœux le suprême effort qui devait mettre fin à tant de fatigues et de périls, en les couronnant d'une gloire nouvelle : mais

11

quand le flot de sang du dix-huit juin eut
barré la route, le découragement s'empara de
tous ces hommes jusqu'alors si résolus, et le
sentiment des fautes commises amena l'aigreur.

Pourquoi, disait-on, maintenant, cette guerre
de barbares luttant front contre front, sans que
l'intelligence cherche à détourner les difficultés
qui s'accumulent dans un étroit espace ? Pourquoi choisir le terrain et donner l'heure favorable à l'ennemi ? L'homme bat le taureau, une
épée lui suffit ; — le plus hardi pourtant n'ose-
rait l'affronter sans tenir à la main ce petit
drapeau rouge qui trouble sa fureur et la maî-
trise en la trompant. Ici, point de combinai-
sons, point d'entreprises longuement méditées,
et de ces coups hardis qui étonnent un ennemi
en détruisant ses ressources. Des hommes, des
blessés, du sang, des hommes encore, et du
courage toujours, les généraux en chef ne
cherchaient pas autre chose, et c'était assez, car
le courage ne pouvait faire défaut, et un pont
de cadavres finirait bien par les amener à la
ville. Les soldats découragés, se voyant encore
pour de longs mois sur ce plateau, se deman-
daient si l'on ne pouvait mieux faire, et se

livraient sans défense à la maladie dont les vapeurs pestilentielles enveloppaient ceux-là même dont le cœur n'avait pas faibli.

La Providence, en effet, voulait qu'aucune épreuve ne manquât à ces armées, et que la patience même leur apportât une nouvelle gloire. Le vingt-trois juin, un orage effroyable s'abattait sur la Crimée. Les eaux furieuses ravagèrent les bivouacs, détruisirent les routes, emportèrent la terre des cimetières, mirent à nu les cadavres, et lorsqu'après deux heures de violence, le calme se rétablit dans l'atmosphère, cette maladie étrange qui s'attaquait aux plus robustes et, les affaiblissant sans crise apparente, les anéantissait en quelques heures, s'emparait du plateau.—Les régiments furent décimés, bien des tombes se creusèrent dans les cimetières déjà si grands, et ce fut alors que, le vingt-quatre au matin, le général Estcourt expira entre sa femme et sa sœur, venues pour passer quelques jours auprès de lui. Durant la nuit qui précéda sa mort, il avait eu la consolation de serrer la main de lord Raglan, son vieux et cher compagnon d'armes. Bien qu'il fût souffrant lui-même, le général en chef avait voulu dire un dernier adieu à cet ami de tant d'années, et sa parole bienveillante encouragea ces deux femmes en pleurs et ce noble officier que sa présence ranimait. Cette douleur vint s'ajouter encore à celles qui l'accablaient. La vieillesse jusqu'alors avait respecté son énergie; mais quand, à la perte de ses vaillantes troupes et de ses braves officiers, se joignit, dans la même journée, la nouvelle de la mort de la dernière de ses sœurs, ce soldat, dont les jours avaient traversé tant d'épreuves et parcouru dans la force et dans le calme des fortunes si diverses, fut brisé. — Le vingt-huit juin dans l'après-midi, lorsque les médecins le croyaient hors de danger, pris d'une faiblesse subite, son corps s'affaissa peu à peu sans éprouver la moindre souffrance. La vie se retirait lentement. A cinq heures, l'armée anglaise apprenait l'agonie de son général en chef, et, vers les neuf heures, lord Raglan mourait avec une tranquillité si profonde que nul ne peut dire le moment même où son âme abandonna la terre.

Cette fatale nouvelle causa un profond chagrin à lady Dover, souffrante elle-même après les terribles angoisses qu'elle avait éprouvées.

La tendresse de lord Dover et les soins de Madgy avaient promptement écarté le danger, mais pendant la maladie de lord Raglan, elle n'avait pu quitter Karani et se rendre au quartier général ; aussi malgré les représentations des médecins qui la trouvaient trop faible pour sortir, voulut-elle contempler une dernière fois ses traits, et prier Dieu près de ce mort illustre qui, durant sa vie, l'avait honorée de son amitié.

Le silence du deuil régnait au quartier général, la tristesse se lisait sur tous les visages, et lorsqu'après avoir franchi le seuil de la demeure hospitalière où si souvent elle avait reçu bon accueil, elle traversa la salle du conseil pour entrer dans la pièce qui servait de chambre à coucher, lady Dover ne put retenir ses larmes.

Lord Raglan reposait sur son lit de campagne. Les petits rideaux en cotonnade verte étaient relevés et l'on apercevait sa tête appuyée sur un oreiller, les yeux fermés, la bouche sereine. La figure amaigrie et le corps immobile sous la couverture qui le cachait, avaient le calme du sommeil. Rien n'était changé dans cette pauvre chambre, la vie seule en était

14.

absente et tout paraissait différent. L'émotion
craintive que la vue d'un mort étendu dans un
lit inspire toujours, s'ajoutait au respect devant ce cadavre qui tenait, il y a quelques
heures encore, tant de place dans les affaires
humaines. Cette trace prête à s'effacer d'une
grandeur déjà disparue, laissait les plus indifférents frappés d'étonnement, et lady Dover,
en s'agenouillant au pied du lit, s'inclinait
sous la volonté divine ; mais bientôt sa pensée
se reporta sur sa préoccupation constante, et il
lui sembla que ce glorieux vieillard qui avait
pris part à toutes ses joies, et dont la bonté lui
avait permis de rester en Crimée, porterait
bonheur à sa prière. Par un de ces élans que
le cœur accomplit, avant même, pour ainsi
dire, que la pensée ne l'ait conçue elle lui
demanda d'implorer Dieu et d'écarter le danger de lord Dover. Aucun bruit n'arrivait du
dehors. L'aide-de-camp et le chapelain veillaient seuls. Au milieu de ce silence solennel,
lady Dover sentit ses craintes s'apaiser peu à
peu, et, quand elle se leva, elle emportait
l'espérance.

La majesté des funérailles qui eurent lieu le
trois juillet répondit à la grandeur de la perte

que l'Angleterre venait de faire. Par un temps
d'une pureté admirable, à quatre heures de
l'après-midi, les régiments anglais et français
formaient la haie depuis le quartier général
jusqu'à la mer. Les états-majors et un grand
nombre d'officiers étaient réunis dans la cour
où se trouvait un bataillon de grenadiers-
gardes et, au bas du perron, une pièce de
canon attelée de ses chevaux de combat. Dès
que les soldats qui portaient le cercueil paru-
rurent sur le seuil de la maison, un profond
silence s'établit ; les grenadiers présentèrent
les armes, le drapeau s'inclina, et la musique
militaire commença un chant funèbre pendant
que le corps était déposé sur ce char digne de
celui qui, durant sa vie, avait porté les nobles
harnais de la guerre. Les plis glorieux du
pavillon anglais couvrirent le drap mortuaire ;
les généraux en chef des quatre armées, Pélissier, de la Marmora, Omer-Pacha et Simpson
prirent place de chaque côté, puis derrière ce
canon dont la gueule béante sortant des voiles
de deuil menaçait encore, venait le cheval de
bataille, compagnon de tous ses périls, ses
aides-de-camp, sa famille militaire, les généraux et les officiers des armées alliées suivis

des officiers anglais. Lorsque le cortége, passant par l'ouverture qui donnait accès dans le
jardin, parut à l'angle de la maison, — sur le
revers opposé du terrain, les batteries d'artillerie tirèrent une salve de dix-neuf coups de
canon, et les escadrons de cavalerie anglaise,
les chevau-légers piémontais, les chasseurs
d'Afrique, les cuirassiers français et deux com-
pagnies d'artillerie à cheval commencèrent à
s'ébranler. Le cortége guerrier, avant de
tourner à droite et de prendre la grande
route, se déroulait le long d'une allée d'arbres
qui coupait par le milieu un enclos de vignes,
à l'endroit même où lord Raglan aimait parfois en marchant, à se reposer de ses fatigues.
Des deux côtés du chemin, les soldats anglais,
les bras appuyés sur la crosse du fusil, restaient la tête inclinée par cet hommage
suprême, qui permet à la douleur d'oublier un
instant la rigidité de la tenue militaire. Un
nuage de poussière pénétré par les vapeurs d'or
du soleil déjà incliné vers l'horizon, flottait
sur les flancs de la colonne, et au travers de
cette nuée lumineuse que perçaient les scintil-
lements des casques et les fers des lames nues
des épées, arrivaient les accents des musiques

militaires et les éclats du canon qui, d'espace
en espace, mêlaient leurs voix à ce deuil des
armées, pendant que les batteries de Sébastopol se taisaient, comme si le prince Gorts-
chakoff eût tenu à honneur de donner ce témoignage de courtoisie et de regret à son ancien
ami.

Lady Dover était venue avec Madgy contempler du haut de la colline voisine ce spectacle imposant qui puisait sa grandeur dans
le néant même de la fortune humaine, et
lorsque le dernier cavalier de l'escorte funèbre
eut disparu :

— Voulez-vous, lui dit-elle, que nous
passions la fin de cette journée au monastère
Saint-Georges. Tous les officiers sont retenus
aujourd'hui par leur service, nous serons sûrs
de n'y trouver aucun visiteur.

Pélerinage célèbre et résidence habituelle
des aumôniers de la flotte russe demeurant
encore en ce lieu pendant la guerre, sous la
sauvegarde d'un poste français, le monastère St-Georges s'élevait le long de la côte,
à moitié chemin de Balaklava et de la pointe
de Chersonèse, sur l'emplacement d'un temple consacré à Diane, qui eut, dit-on, Iphi-

génie pour prêtresse. Le chemin traversait
des espaces déserts, de petits vallons abrités
des vents du Nord, où, près des sources d'eau
vive, on apercevait des maisons en ruines et
des jardins dévastés, et de temps à autre par
des échappées de terrain, le regard découvrait
la route de Kamiesch couverte de troupes, les
gonflements qui indiquaient la direction des
tranchées, et, au loin, les mâts des navires
couvrant la mer. L'herbe était desséchée, la
campagne déserte, on ne voyait pas un oiseau,
et lorsque le grand air et le mouvement eurent
fait tomber peu à peu les ébranlements de gloire
que la grandeur de ces honneurs suprêmes,
la vue des soldats, le son de la musique, et les
salves des canons leur avaient apportés, elles
s'abandonnèrent à la rêverie, et quand la
voiture s'arrêta devant l'entrée du monastère,
Madgy remarquait à peine l'aspect désolé des
constructions inachevées qui se trouvaient à
gauche de la route, en face de la cour fermée
par une grille que des bâtiments peu élevés
entouraient de trois côtés, et le pavillon carré
près des constructions abandonnées où venait
aboutir le cable sous-marin du télégraphe. La
cour du couvent gardé par un poste français

était remplie de Tartares déguenillés. Elle paraissait sans issue, on cherchait en vain la mer et l'étendue. L'étroit horizon oppressait.

— Allons, dit lady Dover en prenant le bras de Madgy, encore un peu de courage, suivez votre guide, et passant par une longue voûte creusée sous le bâtiment principal, elle l'amena à travers ces ombres, dans l'éclatante lumière du soleil.

Devant ses yeux surpris, un décor, qui semblait placé par la main des génies du monde antique, sortait du sein des flots et se dressait en terrasses de verdure et de fleurs, entre les murailles de rochers aux formes bizarres et aux couleurs étranges; jusqu'au massif de basalte sur lequel étaient élevés les bâtiments qui entouraient la première cour. A leurs pieds, aux deux extrémités d'une autre terrasse séparée par un large espace couvert d'arbres, on voyait d'autres bâtiments, et vers la gauche, l'église nouvelle avec son dôme peint et son portique grec, ressortait sur les murailles de rochers qui s'avançaient par une courbe gracieuse. Redescendant tout à coup en sauts rapides, les roches parées de ces riches reflets que les peintres envient, tombaient

brusquement dans la mer à trois cents pieds
plus loin. — Du côté opposé, vers la droite,
les falaises s'allongeaient et se détachaient en
arêtes aiguës jetées au hasard : tantôt irrégu-
lièrement rassemblées, tantôt s'avançant
comme un promontoire entouré d'aiguilles
acérées qui sortaient du milieu des eaux. Le
regard, maintenu entre ces escarpements d'inégale grandeur, suivait cette nappe ondoyante,
et s'en allait vers la grande mer unie et brillante, pareille à ces étoffes tissées d'or, aux
plis soyeux, si chères à l'Orient.

L'éclat soudain de ces horizons, et la transparence merveilleuse de l'air saisirent lady
Dover et Madgy à la sortie du souterrain.
Cédant au bien-être que leur apportaient ces
émanations divines, énivrées par ces tièdes
brises, elles s'abandonnèrent à cette sensation
délicieuse, et descendant les terrasses et les
rampes s'avancèrent lentement vers la mer à
travers le bourdonnement des insectes troublés dans leur repos, les parfums des petites
fleurs et les senteurs des térébinthes et des
genèvriers dont les racines enlaçaient les
rochers. De la plage étroite, charmante mo-
saïque de cailloux aux mille couleurs, on

voyait la rivière de fleurs tomber en cascades
entre ces rochers que le soleil parait de mille
nuances étincelantes. Le rouge, le gris, l'o-
range, le noir, fondus dans une teinte d'or,
couvraient la falaise de gauche, pendant que
celle de droite, demeurant dans l'ombre, conservait un aspect sauvage et sévère. Assises
sur un rocher, elles respiraient, vivaient,
étaient heureuses. Leur âme se retrempait aux
sources même de la nature. Une douce quié-
tude les berçait. Pas un bruit humain ; le rempart de verdure arrêtait tous les frémissements
de la guerre. L'on n'entendait que le chant
des oiseaux et le murmure de la mer apaisée
secouant sur le gravier ses petites vagues,
comme un lion captif couché aux pieds du
maître, agite doucement sa crinière, et, par un
grondement joyeux s'en vient quêter une caresse.

Elles restaient ainsi oubliant la vie, ses fatigues
et ses douleurs, et lorsque les tintements prolongés de la cloche de la chapelle leur rappelèrent les
heures qui s'enfuyaient, lady Dover, en remontant les pentes, cueillait de tous côtés les fleurs
odorantes. Madgy l'aidait dans sa moisson.

Arrivées à la dernière terrasse, posant sur

15

le bord du parapet les gerbes parfumées, les
deux jeunes femmes ne pouvaient se lasser
d'admirer encore. Pendant qu'elles séparaient
les fleurs et formaient de gros bouquets, la
porte d'une maison qui s'élevait vers la droite
s'entr'ouvrit et deux petites filles de huit à
dix ans montrèrent un instant leurs têtes cu-
rieuses, puis prenant bientôt courage, sortirent et regardèrent de loin les étrangères.
Les traits irréguliers mais pleins de fraîcheur
de ces enfants, la vivacité de leurs yeux et
les boucles brunes de leurs beaux cheveux
tombant sur leurs épaules, leur donnaient une
expression charmante, quand serrées l'une
contre l'autre, voulant voir et n'osant pas,
elles faisaient un pas, puis reculaient, et lorsque lady Dover les appela elles coururent effa-
rouchées se réfugier vers la maison.

Dans la Crimée, devenue la terre du combat,
le regard n'était plus habitué à voir des enfants. Rien ne rappelait la famille absente; l'on
ne trouvait que des hommes dans la vigueur
de l'âge, des soldats prêts pour la lutte, sans
que l'insouciance de l'enfant, la grâce de la
femme, où la dignité du vieillard vînt se mêler
en la tempérant à cette exubérance de la force,

dont le spectacle finissait par fatiguer. C'était
à coup sûr l'une des privations qui faisaient le
plus souffrir, aussi la rencontre des deux petites
filles leur causa une joie véritable, et quand
elles sortirent pour regarder encore, lady
Dover les traita cette fois comme ses amis les
oiseaux. Tirant une bonbonnière de sa poche,
elle prit une pastille, la mangea, et tendit la
boîte sans prononcer une parole. L'hésitation
fut grande, mais enfin l'aînée s'avança en
tremblant ; la plus jeune accourut, et comme
si elles eussent compris que des personnes qui
donnaient d'aussi bonnes friandises ne pouvaient être méchantes, elles restèrent sans
chercher à fuir, jouant avec les fleurs, man-
geant les bonbons et se laissant embrasser.

— Vous ne sauriez croire, chère Madgy,
disait lady Dover, le plaisir que me cause la
vue de ces enfants !

— Pauvres enfants ! répondit-elle.

— Je les envie, je les voudrais. C'est la
seule joie qui me manque. Il doit être si bon
de se mirer dans cette mignonne figure, d'y
retrouver une image chérie que l'on s'imagine
faire croître chaque jour. Ah ! si j'avais un
enfant !

— Dieu vous le donnera un jour, reprit Madgy. Maintenant, ce serait une inquiétude ; et pendant qu'elle parlait, sa résignation ne put la défendre d'un sentiment d'envie, quand elle entendait lady Dover rappeler toutes les joies de sa vie, qui ne comptait qu'un regret adouci encore par l'espérance.

— Une inquiétude, dites-vous, chère Madgy, répondit lady Dover, sans remarquer ce moment d'hésitation ; non certes. Et quand cela serait, reprit-elle, il est bon de souffrir pour ceux que l'on aime, et les inquiétudes attachent au bonheur. J'ai bien souffert depuis que je suis en Crimée, mais toutes ces peines me prouvent combien je l'aime, et je suis si heureuse de l'aimer.

Madgy avait pris la main de lady Dover, et la serrant avec force :

— Ah ! oui, dit-elle, il doit être bon de se rafraîchir dans la tendresse, de désaltérer enfin son cœur. Le Seigneur ne nous a pas donné en vain cette soif d'affection.

La Providence miséricordieuse accorde parfois aux âmes qui supportent la souffrance sans se plaindre, un cœur ami et l'heure d'abandon qui les soulage du poids accablant de

l'isolement. Depuis le jour où Madgy l'avait
consolée, lady Dover s'était tendrement attachée à la pauvre jeune femme que ces harmo-
nies de la nature, la joie de lady Dover, la vue
de l'enfant, et le regret même qu'elle venait
d'éprouver, entraînaient à parler. Une goutte
d'eau fait ainsi parfois déborder la coupe remplie à pleins bords.

— Ah! oui, dit-elle, en répétant de sa voix
douce et profonde les paroles qu'elle venait de
prononcer ; — se reposer enfin dans la tendresse de celui que l'on aime doit être bon, —
moi aussi j'ai espéré ces saintes joies, mais le
Seigneur a détruit mon espérance, et maintenant je lui demande de m'accorder la mort sur
cette terre, d'où la douleur m'est venue.

Pendant que Madgy parlait, son cœur tremblait sous le poids de la pensée qui remontait le
passé, et ses traits, comme ces eaux limpides
dont le sillage de la barque a troublé la pureté,
se couvraient de tristesse.

— Il y a huit mois, répondit-elle à lady
Dover qui essayait de lui rendre un peu d'espoir, le chagrin m'a visitée pour la première
fois. Il ne me quittera plus maintenant. La vie
m'était si bonne! Jusqu'à vingt-deux ans le

bonheur a été mon partage, mes jours passaient et je ne les comptais pas. Nos campagnes étaient si belles, notre demeure si jolie.
— Le colonel Otway le sait bien, je l'ai vu
s'arrêter à notre porte, mais alors il était heureux et, quand je l'ai reconnu, lui aussi avait
souffert. A quoi bon rappeler la rencontre de
l'enfant. — Moi, j'étais bien petite fille et Godfrey m'aimait déjà. — Nos mères se réjouis-
saient de voir nos jeux et, quand nous allions
faire de longues courses, Godfrey était si brave
que jamais elles n'avaient de crainte. Son
sang-froid avait maintenu un jour un taureau
que ma jupe rouge mettait en colère. — Voyez-
vous, milady, il se plaça devant moi, comme
s'il eût été un géant, et cachant ma jupe avec
son corps, il força le taureau de reculer. Depuis lors chaque jour j'ai aimé davantage mon
compagnon, et, quand vint l'âge où il dut
s'éloigner, toutes les années, en le retrouvant
bon et aimable pour moi, je me souvenais de
notre journée de la prairie, et, sans comprendre pourquoi, près de sa protection, je me
trouvais bien. Madgy se tut. Lady Dover l'é-
coutait encore. — Oui, reprit-elle, en s'animant, moi aussi, je sais qu'il est bon d'aimer.

Hélas ! la guerre vint, Godfrey était officier ;
mon père désira que notre mariage n'eût lieu
qu'au retour, et moi j'étais fière de l'honneur
qu'il nous rapporterait.

» Gardez votre bonheur, gardez-le, milady,
ajouta-t-elle, avec une exaltation contenue.
Veillez sur lui comme sur un trésor. L'expérience humaine est trompeuse, mon cœur
vivait près de lui, toujours une heureuse nouvelle emportait mes craintes, et ma confiance
ne croyait pas au malheur. Un matin de ce
fatal mois de novembre j'entrai dans le bureau de mon père, il était très-pâle, et ma
mère pleurait, je le regardai, mon cœur s'é-
tait arrêté. J'avais tout senti ; ma main prit le
journal que mon père avait laissé tomber
sur la table. Je ne vis rien, et pourtant je lus
son nom. — Godfrey était mort pour l'Angleterre. Je ne pouvais plus vivre dans ce pays
où je l'avais aimé, et mes regards se tournaient toujours vers la terre qui le gardait.
On dit alors que miss Nightingale allait soigner nos pauvres soldats. Je voulus la suivre.
Mon père s'y opposa, et miss Nightingale me
pria d'attendre encore. J'attendis comme ils le
voulaient tous. Le médecin s'aperçut bientôt

que si je ne partais pas, la mort arriverait.
Alors je suis venue à Constantinople et miss
Nightingale qui connaissait les miens eut compassion et fut bonne. Elle m'envoya la précéder ici, et j'ai la consolation d'attendre, en
soulageant ceux qui furent ses compagnons,
que Dieu vienne me prendre au milieu d'eux
pour me ramener enfin à lui.

Mieux que toute parole, le regard de lady
Dover disait à la pauvre affligée combien son
amitié prenait part à sa peine et l'inquiétude
de sa pensée. Madgy la devina.

— Ne vous effrayez pas, reprit-elle, j'obéis
aux médecins, je cède à vos bons soins, et
j'attends, sans impatience, la consolation de ne
plus vivre. Pardonnez-moi, ajouta-t-elle encore,
en rompant le silence dans lequel elle s'était
replongée; j'ai parlé malgré moi; les preuves
d'affection que vous m'avez données m'ont
profondément touchée; le dix-huit juin, cette
journée d'angoisse m'a montré comme vous
saviez aimer; le peu qui me reste pour les
affections de cette terre vous appartient, et
mon cœur vous devait toute sa confiance.
Pardonnez-moi, je vous en prie, et ne nous
entretenons jamais de ma peine. Il me faut

garder les forces qui reviennent et ne point abattre mon énergie, mes malades me réclament.

Lady Dover pleurait. En se levant, elle ne songeait plus à ses fleurs. Ce fut Madgy qui les prit.

— Des fleurs coupées, dit-elle, avec un sourire plein de résignation, ne les oublions pas.

Les sombres arêtes des escarpements de la droite se détachaient sur le ciel lumineux, et les ombres des rochers se répandaient peu à peu sur les terrasses du jardin, pendant que le soleil à son couchant envoyait ses éclats rougeâtres le long des falaises de basalte dans la direction de Balaklava et qu'au loin, une muraille de feu s'élevait de la mer vermeille. Les deux jeunes femmes s'étaient arrêtées sur la plate-forme qui précédait la voûte pour contempler une dernière fois ce magnifique spectacle.

— Voyez, disait Madgy, les beautés de la nature perdent leur splendeur quand le soleil les quitte. — Pourquoi notre faiblesse serait-elle différente, pourquoi n'en serait-il pas ainsi de notre cœur? Oui, murmura-t-elle, l'Écriture

15.

l'a bien dit, j'ai passé comme une ombre, et plus bas encore, si bas que son ange gardien seul l'entendit : — Seigneur, ajouta-t-elle, que ce soit bientôt !...

En ce moment, les petites filles, voyant les deux dames s'éloigner, quittaient leur père, vieil officier à longues moustaches, ancien commandant de Balaklava, prisonnier sur parole au monastère St-Georges, et venaient en courant leur demander une caresse. Quand lady Dover remonta en voiture, elle avait oublié la beauté du paysage, et la douleur même de Madgy, et se demandait si jamais une chère petite tête viendrait ainsi réclamer son baiser.

La nuit pourtant commençait à tomber. La canonnade avait repris sur toute l'étendue des attaques, et, au seuil du monastère, le tumulte des bruits humains chassa bientôt cette gracieuse image et ramena sa pensée à la triste réalité. Toutes deux gardaient le silence. Karani était proche quand lady Dover se pencha vers sa compagne.

— Le premier jour où lord Dover et le colonel Otway seront libres, chère Madgy, lui dit-elle, voulez-vous venir avec moi à Inkermann ?

XII

INKERMANN [1]

A l'extrémité de la presqu'île de Chersonnèse, dans la direction opposée aux baies de
Kamiesch et de Kazach, à la naissance même
de ce golfe profond dont le développement
forme la rade de Sébastopol, et au point où la
rivière de la Tchernaïa se répand dans un

1. La bataille d'Inkermann s'est divisée en trois parties.

La première, pendant laquelle l'armée anglaise, défen-
dant avec une énergie sans égale ses campements et les
positions qu'elle était chargée de garder, a soutenu
seule tous les efforts de l'armée russe.

La deuxième, lorsque, vers les neuf heures du matin,
les Anglais écrasés, ayant toutes leurs réserves engagées
et commençant à manquer de munitions, les premiers
bataillons de la division du général Bosquet vinrent, sur
la demande de Lord Raglan et l'ordre du général

marais, avant de rejoindre les eaux de la mer,
s'élevaient comme un promontoire bordé de
falaises escarpées, des collines et des ravins
qui se reliaient au grand plateau sur lequel les
armées alliées avaient établi leurs bivouacs.

— En venant du quartier général, après avoir
dépassé le parc de siége de l'artillerie anglaise,
l'on arrivait à la ligne de partage des eaux, à l'endroit où se réunissaient les sommets des deux
collines séparées par d'anciennes carrières.
Longue environ d'un quart de lieue, cette petite
crête courait depuis les pentes descendant
vers le ravin du Carénage jusqu'aux berges
de la vallée de la Tchernaïa. Le terre-plein
en avant de cette ligne que les bataillons russes
ne purent dépasser, et les deux collines sépa-

Canrobert, leur prêter main-forte, et que, vers les dix
heures, les gardes anglaises de la brigade Bentinck et la
brigade française du général Bourbaki commencèrent à
refouler les Russes dans la vallée d'Inkermann.

La troisième phase se termine à onze heures, quand la
bataille qui se prolongea longtemps encore fut définitive-
ment gagnée, grâce aux nouvelles troupes françaises et
aux habiles dispositions du général Bosquet.

Les souvenirs évoqués par lady Dover et miss Madgy,
sur le champ de bataille d'Inkermann, se rapportent naturellement à la première partie du combat, à cette période
de la terrible lutte pendant laquelle les régiments anglais
furent seuls aux prises avec les Russes.

rées par les carrières que longeait une route
bien entretenue, formèrent l'arène sanglante
où le 5 novembre 1854 la bataille d'Inkermann s'était engagée à l'improviste, au milieu
d'une brume épaisse. Une petite redoute avait
été construite depuis lors en ce lieu d'où l'on
découvrait, de l'autre côté de la vallée, au delà
des prairies, des tamarins et des peupliers
qui bordaient la rivière, au pied des escarpements du plateau de Makensie occupé par
l'armée russe de soutien, les ruines d'un monastère [1] et vers le sud-ouest la grande plaine
et les montagnes fermant l'horizon, depuis
Balaklava jusqu'à Bach-Tseraï.

Les hautes broussailles et les halliers touffus
qui couvraient ce terrain avaient disparu du-

1. La tradition rapporte que, dans les ruines de ce monastère qui donne son nom à ces terres, se trouvait la fontaine miraculeuse qui jaillit à la voix du Pape St-Clé-
ment condamné par Trajan aux durs travaux des carrières. Une église et un couvent s'élevèrent pour veiller sur
des dépouilles que les eaux de la mer avaient respectées,
lorsque l'empereur, furieux du témoignage rendu à la
foi chrétienne par les compagnons du pieux Clément, le fit
précipiter avec une ancre au cou, à trois milles au large.
Les flots, rapportent la légende, s'écartèrent pour laisser
passage à ceux qui le cherchaient, et le saint apparut à
leurs yeux étendu sous un dôme de marbre, gardant près
de lui l'ancre du supplice devenue l'instrument de sa gloire.

rant l'hiver et le 6 juillet 1855, vers les quatre
heures du soir, quand lord Dover et le colonel
Otway descendirent de cheval à l'entrée de la
petite redoute devenue un poste d'observation,
occupé, sous le commandement d'un officier
de la flotte française, par un détachement
de marins chargé de suivre sur les hauteurs
opposées les mouvements des troupes russes,
un beau soleil éclairait la fraîche vallée et cet
horizon à souhait pour le plaisir des yeux.

Les soldats d'infanterie de garde se repo-
saient tranquillement sous les tentes auprès
de la redoute, les marins s'occupaient des
soins accoutumés et un quartier-maître placé
en vigie parcourait de temps à autre, d'un
air indifférent, avec une longue-vue fixée sur
le parapet, le plateau opposé et retournait
ensuite s'asseoir sur la grosse pièce de canon
où il retrouvait sa courte pipe et la causerie
d'un camarade. — Rien ne rappelait les ef-
royables combats qui avaient eu lieu sur cette
terre et si l'un des raffinés de Londres ou de
Paris fût alors venu en Crimée, surpris peut-
être de voir de larges bourrelets ressortir par
endroits sur ces pentes unies, il aurait à coup
sûr refusé de croire que ces collines étaient

imprégnées de sang, et que Russes, Français et Anglais réunis dans la mort, étaient étendus côte à côte sous ces longues tranchées ; mais ceux qui avaient pris part à ces combats éprouvaient une impression bien différente. La neige de l'hiver avait passé, le sang avait disparu depuis longtemps, l'herbe nouvelle était venue parer les collines de sa verdure, et le soleil de l'été l'avait flétrie à son tour. — Pour eux cependant, le plateau apparaissait toujours tel qu'il était en cette journée redoutable, et ces soldats ne se retrouvaient jamais sans fierté en ces lieux où chacun de leurs pas réveillait un souvenir d'honneur.

Si des hommes habitués aux dangers affrontés chaque jour subissaient l'action de ces terres, l'émotion ressentie par les deux jeunes femmes en approchant d'Inkermann se comprendra facilement. Prête à gravir ce calvaire, Madgy restait silencieuse et recueillie, pendant que lady Dover, radieuse et parée du reflet glorieux, dont le courage de son mari l'avait entourée ce jour-là, contenait à peine l'expression de son contentement. Pour elle, de ces lointains périls, il n'y avait plus que le danger noblement traversé, et son héros

vivait pour la rendre heureuse. Suspendue à
son bras, elle allait parcourir ces terres glorieuses et entendre de sa bouche même le récit
du combat; mais, quand son regard s'abaissa
sur sa compagne, en voyant l'œil ardent de la
pauvre Madgy, devenue pour elle une sœur
chérie, la fièvre que trahissait la rougeur de
ses joues, lorsqu'elle sentit le feu qui brûlait
ses mains, lady Dover regretta sa promesse
imprudente, se reprocha sa joie, et fit de
vains efforts pour la distraire de ses tristes
préoccupations. La voiture s'arrêta enfin.
Tobby, qui les accompagnait maintenant dans
toutes leurs courses depuis que la sollicitude
de lady Dover avait obtenu que l'enfant dont
Madgy aimait les soins vînt demeurer à Karani, leur ouvrit la portière, et les deux jeunes
femmes gagnèrent aussitôt la banquette de la
redoute, avec les officiers venus à leur rencontre.

Le colonel Otway avait deviné ces émotions
cruelles. Voulant éviter à la pauvre Madgy la
douleur de se contraindre, il s'était aussitôt
avancé pour lui offrir le bras, et la laissant
tout entière à sa pensée, il l'amena sans lui
adresser une parole du côté opposé à celui où

lady Dover et le groupe d'officiers s'étaient arrêtés. Lorsqu'elle eut longtemps contemplé ces grands horizons, obéissant à l'instinct qui fait comprendre aux affligés d'où la consolation doit leur venir, Madgy regarda Otway, comme si se fiant à sa bonté elle était certaine que son désir serait entendu.

— La redoute où nous sommes n'existait malheureusement pas, dit-il aussitôt, et celle que vous apercevez sur la hauteur de gauche, au sommet de la colline qui longe la route de poste, a été construite depuis lors. L'ennemi avait établi là ces formidables pièces de positions qui nous firent tant de mal. Les Russes venus de la ville ont débouché par ici, et il montrait vers la gauche les premières pentes conduisant aux ravins. Ceux qui arrivaient de l'autre côté de la Tchernaïa ont remonté la route, d'autres ont contourné ces deux collines, et les régiments, longeant l'excavation des carrières, ont essayé de les rejoindre pour nous envelopper. L'ouvrage en terre que vous voyez devant nous, sur cette berge qui borde la vallée de la Tchernaïa, pris et repris durant la bataille, fut témoin de l'héroïsme des gardes. De là nous entendîmes l'hymne du

Czar dominer le bruit du canon, et annoncer
de nouveaux bataillons Russes. Là-bas mou-
rut Cathcart. On distingue d'ici l'endroit où le
cheval de Sommerset fut tué à côté de lord
Raglan, au moment où Strangways était
atteint. Je me trouvais près d'eux, et je le vois
encore nous disant d'une voix toujours calme :
« Qui de vous, Messieurs, serait assez bon pour
m'aider à descendre de cheval. Je ne saurais
le faire seul. » Il avait la jambe brisée. Ah ! ce
fut une journée bien cruelle. Tenez, ici, le duc
de Cambridge passa devant la ligne russe,
impuissant à se faire tuer, appelant les
hommes au combat, et sur tout ce terrain,
couvert alors d'épais buissons, au milieu de
ces brumes que perçaient à peine les feux de
la mousqueterie et des canons, les hommes
luttaient avec une rage indicible.

Le colonel Otway s'arrêta. Lady Dover se rapprochait de Madgy, et comme l'officier de marine lui demandait si elle ne voulait point regarder avec le télescope le plateau de Makensie :

— Il me semble, répondit-elle, sans prendre
la longue-vue, que, de l'ancienne redoute, l'on
doit découvrir toute la vallée. Ne peut-on
aller jusque-là ?

— Ce serait imprudent, lui répondit l'officier. Bien que la batterie Russe et moi n'échangions pas de coups inutiles, malgré cette trêve tacite, le commandant enverrait certainement quelques obus sur le sentier, s'il apercevait trop nombreuse compagnie. Une ou deux personnes seulement passent sans attirer l'attention, mais nous pouvons aller sur l'autre crête, les canons russes ne portent pas jusque-là.

— Eh bien, reprit-elle, en se tournant vers le colonel Otway, et lady Dover? Permettez-moi de m'y rendre seule. Tobby me suivra, si vous le désirez, ajouta-t-elle, en les voyant hésiter, mais, je voudrais aller là-bas.

Lady Dover la regarda, vit son angoisse, et sentant qu'il fallait en ce lieu respecter la solitude qu'elle venait y chercher :

— Ne nous abandonnez pas trop longtemps, chère Madgy, lui dit-elle. Venez nous retrouver bientôt sur l'autre colline, nous descendrons ensuite la route qui longe les carrières ; et, prenant le bras de l'officier de marine qui n'osait plus insister et paraissait surpris de la déférence témoignée au désir de cette jeune femme, lady Dover s'éloigna avec le colonel Otway et lord Dover.

Madgy se trouvait seule enfin, sur ces terres d'Inkermann, après lesquelles depuis si long-temps elle avait soupiré. Tous les épisodes de l'action lui étaient familiers. Les blessés et les malades les avaient souvent racontés devant elle, et les rapides paroles du colonel avaient suffi pour la guider sur ce champ de bataille dont elle connaissait si bien l'histoire. La jeune femme se dirigeant vers l'ancienne bat-terie, s'avançait à pas lents entourée de ses souvenirs, et, quand elle approcha du rempart de terre, son âme émue semblait soulever son corps, son regard lançait des flammes, et ses pieds effleuraient à peine la poussière du sen-tier. Les hommes de garde qui s'étaient levés à son approche la saluèrent avec respect ; mais sa pensée planait sur ces espaces et elle s'assit, sans les voir, sur l'épaulement. Tobby qui ne la quittait pas, se tenait auprès d'elle attendant qu'elle lui parlât. Madgy se taisait, regardant toujours, et bientôt de grosses larmes tom-bèrent de ses yeux qui ne distinguaient plus rien. Sur un signe du sergent, les soldats pris de compassion à la vue de cette grande dou-leur, s'étaient écartés pour qu'elle pût pleurer sans contrainte. S'agenouillant alors, Madgy

embrassa la terre. Près de ce parapet, Godfrey
avait succombé.

En se relevant, elle chercha Tobby.

— Viens mon enfant, dit-elle. Ce fut là n'est-
ce pas où tu t'es battu avec tant de courage !
ce fut là où les gardes perdirent tant de monde?

— Oui, madame, ce fut là.

Et comme l'enfant gardait le silence :

—Parle, ajouta-t-elle, raconte-moi, je t'en prie.

— Les Russes, madame, montaient, montaient toujours. Ils chantaient une hymne, que
l'on entendait depuis le fond de la vallée. A
chaque moment un des nôtres tombait, la
pluie se mêlait au sang, nous enfoncions dans
ces boues sanglantes. Nos officiers se jetaient
en avant et j'ai vu... — Tobby hésita, mais reprenant aussitôt : —Quand les nôtres écrasés par
le nombre se retirèrent, au moment où je tom-
bais, le sergent Mustow [1] me saisissant par le
bras m'emmena, j'ai vu tous ces cadavres, puis
plus rien. Le soir, lorsque tout fut fini, nous
cherchâmes les blessés et les officiers morts.
Il y en avait douze autour de l'endroit où vous
êtes, madame.

1. Le sergent Mustow fut un des héros de cette journée
et les officiers anglais ont souvent cité son sang-froid et
son courage.

L'enfant effrayé de sa pâleur n'osait continuer. Madgy ne lui adressa plus aucune question. En ce lieu même, à ses pieds, elle voyait
son fiancé frappé par la balle qui lui avait
traversé le front, et ce corps foulé par les
Russes, et cette terre où il était mort, semblaient entraîner peu à peu ses dernières
forces. Un nuage passait sur ses yeux. Dans
l'anéantissement qui la pénétrait tout à coup,
sa pensée indécise sentait l'espérance de la
mort prochaine. Un moment, elle crut que
Dieu, dans sa miséricorde, lui accordait enfin
de mourir là où son cœur avait été brisé,
mais, peu à peu, les ombres se dissipèrent,
ses larmes un instant suspendues commencèrent à couler de nouveau, et au moment où
elle revenait à la vie, une voix mystérieuse
lui disait qu'avant de trouver la récompense
de sa tendresse et d'atteindre le bonheur
infini, elle devait encore faire le bien aux soldats, et rattacher à l'existence par le pardon
qui triompherait de son orgueil, cette âme
hautaine et désolée dont la Providence l'avait
rapprochée. Elle voyait Godfrey lui montrer
cette grande charité, et dans l'exaltation de
son cœur, près des traits rayonnants de son

fiancé, elle apercevait la figure austère du colonel Otway. — Madgy serait demeurée longtemps sur cette banquette de terre, si l'enfant
ne s'était avancé pour lui offrir un peu d'eau
que l'un des soldats était allé chercher.

Étonnés d'abord à l'aspect de cette jeune
femme, ces braves gens, émus bientôt par son
profond chagrin, avaient craint qu'elle ne fût
souffrante. Ce témoignage de leur bon cœur
toucha Madgy, et trempant dans la tasse de
fer blanc ses lèvres desséchées, elle les remercia, puis rassemblant son courage, au moment
de s'éloigner pour toujours, elle voulut s'avancer jusqu'à l'extrémité du plateau. Déjà
Madgy se mettait en marche quand le sergent
accourut.

— Pardonnez, madame, lui dit-il, notre
consigne est formelle. Personne ne peut dépasser la grande garde. Les tireurs embus-
qués derrière les arbres de la vallée et dans les
ruines empêchent que l'on aille jusqu'à l'*abattoir*, et remarquant la surprise qui se peignait sur les traits de la jeune femme : — On
appelle ainsi, reprit-il, cette pointe d'où nous
avons jeté tant de Russes dans la vallée, le
jour de la grande bataille.

Madgy s'arrêta sans répondre. Contemplant encore ces lieux, qu'elle ne devait plus jamais revoir, son regard embrassa l'horizon, depuis les montagnes de Balaklava jusqu'aux sommets qui commandaient la rade ; la plaine, s'étendant vers la droite, la fraîche vallée, les escarpements dominant les ruines, et, dans un dernier élan, son âme monta vers Dieu, pendant que ses yeux s'abaissaient sur l'étroit espace, où ses joies, son espérance et sa vie même avaient disparu sans retour, et celle qui venait de recevoir la dernière consolation demandée à la terre s'éloigna, sans détourner la tête, impatiente de Dieu et de son fiancé. Elle appartenait maintenant à la charité et à la mort. Quand elle fut passée, les soldats se rapprochèrent les uns des autres, et la regardant de loin, ils se parlèrent à voix basse.

Pendant que Madgy pliait sous la douleur et que la charité comme l'étoile qui soutenait l'espérance des rois mages, la relevait de l'anéantissement et lui traçait la route, lady Dover heureuse et rayonnante, écoutait les héroïques faits d'armes dont le récit faisait battre son cœur. Après avoir parcouru vers la gauche, le terrain d'où le principal corps de

l'armée russe s'était élancé, et s'être arrêtée
au sommet du contrefort, sur l'emplacement
de leurs batteries de position, elle suivait avec
ses compagnons les pentes de la colline. Regagnant la route de poste, elle descendait maintenant ce chemin bien entretenu, semblable à
nos routes de France, et longeait le ravin des
carrières creusé avec ses talus abruptes et ses
murailles à pic, comme une vallée nouvelle
entre l'évasement des deux collines. Chaque
mouvement du terrain, un arbrisseau, une
pierre, l'aspect changeant de l'horizon, tout
réveillait les souvenirs de ces hommes de
guerre, et lady Dover ne se lassait pas
d'écouter, quand ils atteignirent les berges des
escarpements, qui, semblables aux remparts
d'une forteresse du moyen âge, rejoignaient
par mille lignes brisées la vallée de la Tchernaïa. Un aqueduc fermait à son débouché
l'étroite gorge, et, à travers les arceaux
apparaissait l'herbe verte de la prairie, où
des chevaux entravés broutaient, sans être
inquiétés, l'herbe touffue. Des eaux limpides
bordées de roseaux et de grands arbres, brillaient dans ce cadre de pierre comme un miroir d'argent, sous les rayons du soleil. La

16

mousse et les plantes grimpantes cachaient les contours des parois à pic d'une éclatante blancheur, et dans le fond du ravin, sur une longue étendue, l'on eût dit qu'une étroite chaussée avait été établie entre deux lignes de verdure. La terre, hélas ! en ce lieu, se courbait sous les morts, et au long de ces tombes, l'herbe était épaisse.

La route de Symphéropol construite sur le flanc de la colline, qu'elle tournait avant de rejoindre la chaussée qui traversait les marais et le pont de la Tchernaïa, était barrée à cinquante pas en avant du coude par un petit mur en pierres sèches servant de retranchement à la compagnie d'infanterie de grand'garde. Un poste avancé était détaché au tournant même et dans le bas du ravin, près de l'Aqueduc, des tirailleurs tenaient en respect les maraudeurs ennemis, et répondaient aux Russes cachés dans les arbres, le long de la rivière, et, sur la plate-forme de rochers au milieu des ruines du vieux monastère. Les chasseurs à pied de France, ces soldats trapus, lestes, agiles, aux sombres vêtements et à la bonne carabine étaient de service ce jour-là ; et la compagnie, commandée par un capitaine, se reposait durant cette belle journée, car, depuis bien des mois, la garde du ravin d'Inkermann n'avait pas été troublée, et les hommes la regardaient comme un délassement des fatigues du siége. Les uns nettoyaient la batterie extérieure et le canon de leurs armes; d'autres jouaient tranquillement aux cartes, et les joueurs malheureux portaient sur le nez cette pince de bois dont la tradition a conservé l'usage depuis la création des armées permanentes, et que les générations de troupiers à la bourse légère emploient sous le nom peu poétique de *drogue*, pour donner quelque intérêt à leurs ébats. Plus loin, un Béarnais avait attiré la foule, et un cercle s'était formé autour du chanteur qui redisait les plus gais refrains des montagnes des Pyrénées. Tous paraissaient en bonne humeur, et chacun se préparait à faire honneur à la soupe qui achevait de cuire sur les deux pierres placées contre le talus, fourneau improvisé, dont la fumée remontait en larges spirales dans cette atmosphère tranquille. Ce calme profond rappelait les paysages des Géorgiques, et le regard surpris cherchait en vérité, dans la prairie, les troupeaux que les guerriers pasteurs devaient garder.

A l'approche de lady Dover et des officiers anglais, le Béarnais interrompit sa chanson ; les joueurs eux-mêmes suspendirent la partie, et toutes les têtes se tournèrent vers cette belle dame qui venait ainsi leur rendre visite. Une petite boule blanche qui se répandit dans l'air comme un flocon de fumée, parut au même moment le long de la ligne de terre grise de l'un des contreforts du plateau russe, puis un bruit semblable au bredouillement d'un bègue en colère passa au-dessus de la route, et une seconde après l'on entendit une sourde détonation sur la colline.

Les soldats, voyant que lady Dover n'avait témoigné aucune crainte, secouèrent la tête d'un air d'approbation, pendant que l'officier qui commandait le détachement s'était approché pour la rassurer.

— *Gringalet*, disait-il, fait du bruit, mais il n'est pas méchant, et ses obus ne causent aucun mal. — C'est le surnom, reprit le capitaine, que nos hommes ont donné à cette batterie russe qui ne parvient jamais à les atteindre, et, comme en causant ils avaient dépassé le passage ménagé dans la muraille de pierres sèches qui coupait la route.—Il faut vous arrêter ici, ajouta le commandant, *Gringalet* est un maladroit; mais les éclaireurs russes qui sont là-bas dans ces arbres ne nous manqueraient pas, et comme le colonel Otway demandait si l'on pouvait descendre dans le ravin, et rejoindre près de l'aqueduc les tirailleurs français :

— Vous le pouvez, certainement, mon colonel, répondit l'officier; mais le chemin est mauvais, et parfois en approchant trop exposé aux balles russes pour qu'il soit possible à madame de s'y rendre. Je le regrette d'autant plus, reprit-il, en se tournant vers lady Dover, que de ce côté vous auriez trouvé une des horreurs les plus étranges qu'Inkermann ait laissées. Ce matin encore, ajouta-t-il, en voyant que tous les regards l'interrogeaient, après avoir placé les tirailleurs, j'y suis allé. — Sur le revers de l'autre colline, en se glissant dans les broussailles, on parvient à la place où les Russes furent précipités en si grand nombre le cinq novembre. Beaucoup restèrent sur ce terrain, privés de sépulture. On ne put les ensevelir. L'ennemi tirait sur nos soldats.

16.

Ces cadavres ont reçu la pluie et le froid :
la neige les a couverts, puis chassée par
le premier soleil du printemps, elle les a
livrés à la destruction. La chair a été en-
levée ; mais quelques uns ont gardé le vêtement. L'uniforme les enveloppe. Couchés sur
l'herbe verte, vêtus des harnais du soldat, ces
ossements qui sortent des pantalons, ces buf-
fleteries croisées sur des poitrines vides, ces
crânes polis par le vent, font peur. Les uns
semblent dormir, d'autres, dans les suprêmes
convulsions ont enfoncé leurs doigts dans la
terre, et entre ces doigts décharnés, des petites
fleurs ont poussé. Ce matin, j'en ai cueilli
quelques-unes. Permettez-moi, madame, de
vous les offrir. — Elles sont dignes de votre
album. — Parmi les souvenirs que vous rap-
porterez de Crimée, cette fleur funèbre ne sera
peut-être pas la moins curieuse.

Ces petites fleurs semblaient avoir rappelé à
lady Dover ses inquiétudes, et lorsque l'officier
les eut reconduits jusqu'au sommet qui reliait
les deux collines entre lesquelles est creusé le
ravin des carrières, tous gardaient le silence,
et la tristesse solennelle du paysage à cette
dernière heure du jour répondait à la mélan-

colie de leurs pensées. Ils se retournèrent une
dernière fois pour admirer encore cette vue
magnifique, ces gorges, ces contreforts aux
mille reflets, les longues lignes du plateau
russe baigné par les vapeurs bleuâtres de
l'air.

Le colonel Otway et lord Dover, oublieux
de l'heure présente, voyaient les morts s'ani-
mer, et la terre se montrait à leur esprit
comme au cinq novembre, quand la nuit s'é-
tendit sur le champ de bataille et que la
lumière tremblante de la lune éclaira ces
buissons sanglants. Le vent courait sur les
cadavres agitant leurs cheveux, leur prêtant
sous ces pâles lueurs l'apparence de la vie. Ils
étaient là immobiles dans la pose suprême
de la lutte ; — ceux-ci évitaient le coup qui
allait les atteindre, ceux-là menaçaient toujours, et pendant que les tortures de l'agonie
marquaient les uns de son empreinte, d'autres
frappés au cœur, atteints à la tête, gardaient
sur leurs lèvres pâles un dernier sourire. Beaucoup avaient rendu debout leur âme au Seigneur, et maintenus par ces halliers semblaient des gardes funèbres, sentinelles de la
mort.

Par endroit les cadavres s'entassaient sur les cadavres, et de tous ces encombrements horribles sortaient les gémissements de malheureux respirant encore. Au milieu de ces ombres passait la lumière rougeâtre des lanternes des infirmiers et des soldats qui éclairaient ces figures meurtries, pour reconnaître les blessés. Des femmes anglaises venues de Balaklava cherchaient en pleurant le corps de leur mari. Le frère demandait son frère, le camarade son camarade. On suivait le combat aux rangs pressés des hommes jetés sur la terre. Ils étaient par régiment, par bataillon, marquant chaque étape de la lutte. Là on releva le cadavre de sir John Cathcart, si affable envers le danger, qu'il semblait pour lui l'hôte toujours attendu. Plus loin le vieux Georges Brown avait été emporté sanglant du champ de bataille, ses cheveux blancs flottant au vent, le coude traversé, la poitrine percée, le regard toujours intrépide.

Contre ces héroïques artilleurs qui avaient laissé autour d'eux le large cercle de leurs morts, de leurs blessés et de leurs chevaux abattus par la mitraille ennemie, lord Raglan resta longtemps. Ici, les balles des carabines

avaient couché les Russes, — la faux du moissonneur couche ainsi les épis de blé, — et
dans leur course pénétrante donnant trois
fois la mort, les avaient étendus en triple rang
sur la terre. — Amis et ennemis, Anglais,
Russes et Français étaient tombés ensemble
sous le souffle de la mort, comme les feuilles
d'automne sous le vent du nord, et ces restes
informes, par une sanglante ironie de la fra-
ternité tant vantée en ce siècle, venaient se
confondre dans une même hécatombe. Gaulois
et Saxons si beaux, qu'un pape à la vue de
prisonniers de cette race, empruntant au latin
un jeu de mots pour traduire son admiration,
s'écriait : *Non Angli, sed Angeli*, gisaient
près des fronts osseux et des pommettes saillantes du barbare.

Une dernière fois ces soldats furent mis
en rang. Corps sordides et souillés de boue,
faces jaunies comme la cire, on les plaça les
uns sur les autres pendant que les longues
fosses se creusaient. Pour connaître ensuite
leur nombre, des officiers mesurèrent la hauteur et la longueur qu'ils occupaient encore
et le calcul indiqua combien cet entassement
humain contenait de morts, mais ceux qui,

attirés par un pieux souvenir, cherchaient un
ami ou un parent disparu, retournaient un à
un les corps immobiles, et pendant ce temps,
au milieu de ces grands silences, l'on entendait déjà dans les airs les coassements sinistres des corbeaux impatients et les cris de
rappel des oiseaux de proie.

Madgy rejoignit alors lord Dover et le
colonel Otway, et lady Dover la voyant plus
pâle encore et les yeux gonflés par les larmes,
se hâta de regagner la voiture qui les attendait près de la redoute.

XIII

LA VALLÉE DE BAÏDAR

Lady Dover s'était tendrement attachée à Madgy. Elle aimait à épancher son cœur près de cette âme forte et courageuse qui l'avait soutenue au milieu de ses angoisses et se plaisait dans ses longs récits où elle racontait sa tendresse pour son mari. Madgy trouvait un sourire lorsque lady Dover lui redisait les beaux rêves dont elle caressait l'avenir, et lorsque, craignant d'avoir entretenu trop long-temps de ses joies la pauvre affligée, elle cessait tout à coup de parler, Madgy avait alors une réflexion si affectueuse, en toute choses, elle avait un conseil si judicieux, une vue si élevée, que la femme heureuse ne pouvait se résigner

à la pensée de se séparer jamais de celle qui,
dans son isolement, était devenue son amie.
Elle voulait la ramener elle-même en Angleterre. Sa joie fut donc grande, après la course
qu'elles avaient faite à Inkermann, de voir le
bien-être que la senteur de ces terres semblait lui avoir apporté. La fièvre l'avait
quittée, et pendant une semaine, le sommeil de
ses nuits ne fut pas troublé. Madgy voulut
retourner sur-le-champ auprès de ses malades.
Le docteur s'y opposa d'une façon absolue.
Cette amélioration subite n'était à ses yeux
qu'une crise heureuse, et sa santé exigeait
toujours d'aussi grands ménagements, mais
en la voyant mieux portante, lady Dover avait
repris aussitôt ses projets favoris.

— Le pays où fut Troie, disait-elle à lord
Dover, a beau se trouver dans notre voisinage, votre siége ne durera pas aussi longtemps, et nous pourrons enfin retourner en
Angleterre. Vous me laisserez alors, Édouard,
emmener ma chère Madgy, qui sait combien
je vous aime, et nous la soignerons tous deux.
Le temps passera. Peu à peu nous la console-
rons, et comme lord Dover secouait la tête, —
un peu chaque jour vous verrez. — Il le faut,

Le miroir que le chasseur agite pour attirer l'alouette renvoie au loin des rayons toujours différents, et les oiseaux, affolés par la lumière brisée sans cesse en mille facettes nouvelles, descendent pour tomber sous ses coups. N'est-ce pas là une image de la puissance donnée à la femme ici-bas, et l'éclat mystérieux qui jaillit de sa grâce et de sa beauté ne prend-il pas ainsi mille formes changeantes qui s'en vont chercher les plus rebelles, et, se pliant à leur nature, triomphe des caractères les plus opposés.

Cette action leur est aussi naturelle que la verdure au feuillage printanier, et les hommes dont le rude métier acquiert l'honneur par le mépris de la vie sont les mieux préparés à la ressentir. Les secousses constantes que donne à l'âme le danger sans cesse affronté, en l'affermissant contre les ébranlements du péril, semble les revêtir d'une enveloppe de bronze qui conserve les élans généreux, privilége ordinaire de la première jeunesse, et l'expression populaire dans sa poétique hardiesse, convient au soldat et au héros dont le cœur, impassible durant la lutte, ne sait pas résister à la faiblesse. Quelle que soit au reste la cause

17

de cet état, le major Morris l'éprouvait. Libre le lendemain de tout service, il se réjouissait de faire une agréable course, avec miss Madgy, son ami lord Dover, et surtout, mais ce fut la dernière chose qu'il s'avoua, en compagnie de lady Dover.

Dès le matin, lord Dover avait envoyé au sommet de la montagne où l'on comptait passer l'après-midi des provisions abondantes, des tapis et une grande tente pour préserver ses hôtes de la chaleur du milieu du jour. Le temps paraissait à souhait. Un orage survenu dans la nuit avait abattu la poussière des routes, et la course s'annonçait sous les plus heureux auspices, quand lady Dover descendit devant le vestibule où la calèche attendait. Dès que *Menchikoff*, le levrier aux longs poils, pris par les soldats dans le combat du dix-huit juin, l'aperçut, le chien se leva gravement, et vint apporter son museau en signe d'affection. Les soldats anglais lui avaient donné ce nom devenu pour eux le symbole de la résistance de Sébastopol, et le prisonnier perdant bientôt sa sauvagerie des premiers jours s'était attaché à sa nouvelle maîtresse, comme les petits chevaux, qui, saluant sa venue par un joyeux hennissement, allongeaient la tête pour recevoir la caresse accoutumée, et prendre dans sa main le morceau de pain qu'elle avait l'habitude de leur donner.

Lady Dover, cette fois encore, était charmante. Une casaque de piqué blanc qui retombait sur une jupe de barége à gros carreaux bleus dessinait sa taille souple et ronde. Un col blanc, sous lequel était passé un petit ruban bleu formant un gros nœud, était rabattu autour de son cou, et, sur sa tête, elle portait un chapeau ovale en paille brune, garni d'un voile très-court brodé de jais. Des plumes de faisan argenté, avec mille points noirs et blancs, s'enroulant autour de la coiffe, couvraient l'un des côtés, et sous l'ombre transparente apparaissaient sa physionomie mobile, ses beaux yeux bleus, ses cheveux aux reflets d'or, et l'attache merveilleuse de son cou qui se pliait avec grâce au moindre mouvement d'une tête toujours en éveil, comme la tête curieuse d'un oiseau.

Près de cette beauté dans la splendeur de la jeunesse et de la joie, la grâce sérieuse et le vêtement austère de Madgy formaient un contraste étrange. Vêtue de laine, elle portait des couleurs sombres, un petit châle et un chapeau de paille noire, une robe de mérinos gris sans le moindre ornement, mais la réserve et la simplicité de son attitude, son regard droit et franc, l'énergie résignée et la douce bonté dont ses traits gardaient l'empreinte, la paraient mieux que toutes les élégances de cette terre. Entraînés par une respectueuse sympathie, tous s'inclinaient devant ces deux jeunes femmes, qui ressemblaient ainsi, près l'une de l'autre, à ces belles journées du printemps et de l'automne que l'on aime également à trouver sur sa route. Lady Dover avait la vie, l'espérance, le rayonnement du mois de mai en ses splendeurs : Madgy, résignée et patiente, la sérénité de ces jours d'octobre, où la brume humide de la terre commence à lutter contre les rayons affaiblis du soleil. Comme ces herbes encore vertes qui arrachées à la rive suivent lentement le cours de l'eau, elle s'abandonnait sans y prendre part au mouvement extérieur et se mêlait à peine aux propos échangés, pendant que lady Dover animait toutes choses par le tour enjoué qu'elle donnait à la moindre parole.

Avant de déboucher dans la plaine, près du village de Kadikoï, la route traversait le bivouac des deux régiments de lanciers anglais venus des Indes. Leurs chevaux superbes, au poil gris de fer, amenés presque tous de Perse ou d'Arabie, étaient maintenus par trois entraves en corde de laine. Ces vaillantes bêtes portaient la marque des passions chantées par les poëtes de leur pays et en les voyant se cabrer, secouer leur crinière, aspirer l'air bruyamment et s'efforcer de briser leurs liens, l'on eût dit, en vérité, que ces victimes de la puissance anglaise n'attendaient qu'une occasion favorable pour secouer le joug. Les anciens, sans doute, auraient vu là un augure, mais les anciens sont loin, et l'armée, les généraux, le parlement et les ministres, auraient fort mal reçu le fâcheux qui serait alors venu parler de la révolte des Indes. Les hennissements des chevaux cessèrent bientôt de se faire entendre et, après avoir dépassé le mamelon qui dominait Kadi-Koï, la petite voiture franchit le chemin de fer par un passage à niveau. La haie bien fournie, la palissade soigneusement entretenue et le gardien ouvrant gravement la barrière aux voyageurs étaient inconnus à la

compagnie royale du chemin de fer de Balaklava.

Non loin de là, l'on apercevait le nouveau village que l'appât du gain avait fondé,
et les nombreux chevaux tenus en main près
des cabanes en tôle apportées d'Angleterre, des
baraques en bois et des tentes de toile disaient
assez que dans cette enceinte appelée par la
loyauté anglaise *Coquin-City*, Barclay et
Parkins ou Bass et C^os, avaient des émules dont
les brillantes enseignes promettaient au soldat
fatigué et à l'officier désireux de se rafraîchir, le *double India pale ale* auquel ces
honnêtes traficants joignaient sans scrupule
le *Brandy*, le *claret* ou le champagne d'ori-
gine inconnue. Une tente immense chargée
d'ornements bleus et rouges dominait le village, et lady Dover demanda quel était le pacha
turc qui s'était fait élever cette somptueuse
demeure.

— C'est la Providence du *penny* et de la
guinée, c'est la mère Jamaïque, répondit le
major Morris.

— Tous les pays de la terre, reprit lord
Dover, connaissent mistriss Seacole. Des Indes
et du cap de Bonne-Espérance où s'accomplirent

ses débuts, elle est passée en Chine; l'Australie l'a vue pendant quelques mois, mais la Jamaïque l'a possédée durant des années, laissant en son cœur des souvenirs qui lui ont mérité son surnom. Mistriss Seacole est *Jamaïque* comme le grand *Scipion* fut *Africain*, par droit de conquête.

La route Woronzoff que l'on venait de rejoindre doit son nom au gouverneur général qui l'avait fait construire pour relier la ville de Sébastopol avec la côte méridionale de la Crimée. Au sortir de la plaine de Balaklava, après avoir suivi la vallée de Baïdar, elle atteint l'un des passages les moins élevés de la chaîne de montagnes qui longe toute cette partie de la côte. Sur le sommet, avec les rochers enlevés par la mine, les ingénieurs ont construit l'arceau d'une porte. Là s'arrêtent les tempêtes et les vents glacés du Nord qui ont traversé l'immensité des steppes, et le voyageur pénètre dans les domaines du soleil. Les vignes se mêlent aux forêts; les ruisseaux se précipitent en bondissant du haut des montagnes, et tombent en mille cascades jusqu'à la mer; les palais succèdent aux palais, le long de ce rivage béni, où les seigneurs Russes viennent

chercher au milieu de la verdure et des fleurs
le doux climat de l'Italie.

Laissant à gauche les trois larges mamelons
occupés par les divisions françaises, le long du
canal qui menait les eaux de la Tchernaïa aux
docks de Sébastopol, la route, avant d'atteindre
le pont de Kroutzen, à l'entrée de la vallée de
Baïdar, se rapprochait du village de Kamara.
En arrivant près de la ligne des bivouacs piémontais, l'on rencontrait des soldats bien dé-
couplés, des physionomies vives et alertes,
fantassins si durs à la fatigue, solides artilleurs,
bersaglieri au chapeau relevé, la plume de coq
fièrement campée sur le coin de l'oreille, avec
cette démarche calme et hardie qui vient sans
doute de leurs Alpes, une armée enfin discipli-
née et vaillante, prête à montrer ce que l'on
pouvait attendre de son courage et de son dévouement.

La vie guerrière, et l'immense mouvement
que des troupes en campagne répandent sur
le sol le plus aride, se continuaient ainsi jusqu'à la vallée de Baïdar, et à la plaine sans
ombrage, et à cette activité infatiguable que
l'heure et le poids du jour ne pouvaient arrêter, succédaient tout à coup le long de cette

eau qui fuyait en murmurant sur son lit de
gravier, entre deux escarpements de verdure,
de frais silences, le chant des oiseaux, les
quiétudes de la nature. On les retrouvait
comme des amis dont le trouble des affaires
vous a longtemps séparé. Cet entraînement
vers la libre verdure, le grand air et la campagne, l'un des instincts du peuple anglais, se
réveillait chez lady Dover et ses compagnons,
au milieu de ce feuillage et du bruissement
des bois doucement agités par le vent. Madgy
elle-même partageait leurs impressions, et
rafraîchie par ce bain délicieux, son âme apaisée éprouvait cette satisfaction singulière que
donnent les pures jouissances de la nature
quand elles pénètrent le corps et rendent plus
léger le poids qui l'accable sans cesse. — Le
contraste, cette grande mesure des jouissances
humaines, la règle de nos jours et la raison
sans doute qui divise l'année en quatre périodes,
où le printemps, l'été, l'automne et l'hiver,
viennent tour à tour rendre plus vifs nos plaisirs, en variant sans cesse la forme sous laquelle
ils se présentent, leur donnait plus de prix encore. On trouvait en vérité au milieu de ces
ombres, le calme enchanteur que les transpa-

17.

rentes clartés de la lune répandent sur la terre
dans les pays du midi, lorsque la nuit vient
remplacer les feux brûlants du jour.

Au sortir de la gorge étroite, le chemin en
cet endroit nommé Varnoupka, traversait de
grandes prairies entourées de trois côtés par
un rideau de montagnes couvertes de fleurs,
arrosées par mille ruisseaux. Ces prairies,
grâce à des eaux qui ne tarissaient jamais,
conservaient malgré les chaleurs de l'été une
herbe épaisse, abondante nourriture pour les
troupeaux, et cet oasis caché à tous les regards invitait à la halte. En ce lieu, séparé de
la mer par des hauteurs élevées, la vue ne se
perdait point sur ces grands horizons qui ré-
veillent toujours la gravité de la pensée, et ce
flot de feuillage se courbant par instants sous
le souffle d'un vent léger, loin d'évoquer les
tristes images que les longs balancements de
la houle roulant au loin ses anneaux mobiles,
présentent à l'esprit, repoussait les soucis de la
vie et donnait aux plus fatigués un instant
d'oubli.

Lady Dover était descendue de voiture,
elle avait voulu fouler cette herbe fraîche,
cueillir les fleurs odorantes, la menthe qui

couvrait le bord des ruisseaux, les blanches marguerites, les colchiques aux couleurs mauves. Des vaches paresseuses levaient leurs belles têtes blanches, et contemplaient avec étonnement ces étrangers ; sur le seuil des chau-mières que l'on apercevait à travers les arbres, des Tartares vêtus de leurs longs cafetans, et la tête couverte d'un large bonnet garni de peau de mouton, montraient leurs figures cu-rieuses, quand l'écho renvoya tout à coup au loin les fanfares des trompettes, et l'on vit briller, dans la direction de Baïdar, les canons des fusils d'une troupe en marche. L'arrivée de deux escadrons de cavalerie turque dont le corps d'armée occupait depuis quelques jours cette partie du pays, venait rompre le charme. Brusquement ramenée aux agitations qu'elle quittait à peine, lady Dover voulut aussitôt gagner les hauteurs. Laissant sur la gauche la route qui conduisait à Baïdar, les petits che-vaux s'engagèrent dans un chemin de traverse caché par un pli de terrain, et gravissant les pentes rapides, s'arrêtèrent au bout d'une heure près d'une fontaine ombragée par de grands platanes, à l'endroit où le chemin se divisait. Un sentier bon pour les bêtes de

somme conduisait par les hauteurs jusqu'à
Balaklava, pendant que la route de voiture
tournant à droite, après avoir suivi le plateau
formé par le sommet de la montagne, rejoignait la grande plaine, près du village de Kamara. Sur la crête la plus élevée, à un quart
d'heure de la fontaine, tout auprès de la route
qui passait aux pieds de cette tour formée par
des rochers, l'état major français avait établi
un observatoire d'où l'on apercevait le pays
entier.

Le regard surpris par la mystérieuse profondeur du paysage avait peine à se retrouver
dans ces espaces blancs de lumière, où l'air
miroitait comme aux abords d'une fournaise,
mais l'on s'accoutumait bien vite à ces lueurs
étincelantes, et ces étendues qui paraissaient
d'abord unies et brillantes comme un miroir
prenaient leurs formes et leurs nuances. Les
camps aux tentes blanches du plateau de
Chersonèse, la route de Balaklava couverte
de monde, la fourmillière humaine le long du
canal, et, sur la rive opposée de la Tchernaïa,
les enroulements de collines boisées qui fermaient l'horizon vers la droite, et la plaine
tournant le pied des escarpements de Macken-

sie se dégagaient peu à peu de ces lueurs et
des vapeurs bleuâtres qui semblaient agrandir
ces terres où les hommes paraissaient aussi
petits que les marionnettes dont les enfants
s'amusent. Quatre soldats et deux sous-officiers
bivouaqaient près de cette crête. L'un d'eux se
tenait toujours en observation près du sommet,
et c'était auprès de la plate-forme de rochers,
dans un évasement où se trouvait un peu de
terre, que lord Dover avait donné l'ordre de
dresser une grande tente dont les bords relevés
permettaient d'apercevoir cette vue magnifique.

Sous l'ombre protectrice, une table bien
servie, d'excellents vins, des mets préparés
avec soin, attendaient les voyageurs. Le colonel Otway venu de Balaklava les avait rejoints,
et lui-même, charmé par la beauté de la
vue, l'originalité de la rencontre et du repas,
se laissa aller à la causerie, qui succéda bientôt quand la faim fut satisfaite à la gravité des
premiers instants. Madgy qui se trouvait bien
de la course et du grand air prenait plaisir à
l'entendre, lorsque parlant de la Crimée, de la
guerre et de ces soldats qu'elle aimait, il lui
montrait l'influence que le péril constamment
affronté exerce sur les hommes, et la commu-

nauté des vertus guerrières rapprochant dans
une même impulsion généreuse ceux que la
naissance avait le plus éloignés. — Nos héros
de Londres, ajoutait-il avec un dédain amer,
ont-ils une seule des mâles qualités que nos
soldats montrent sans cesse, et croyez-vous
que les splendeurs du monde vaillent ces nobles élans du cœur qu'il nous est donné de
voir chaque jour. L'âme imposant silence aux
timidités du corps, et lui montrant jusqu'où
peut le conduire malgré ses craintes, une volonté courageuse.

Madgy semblait, en traversant ces beaux
sites, avoir reçu du Ciel cette rosée qui rend
la fraîcheur aux prairies; aussi, pendant que
fidèle à la pensée rapportée d'Inkerman, sa
charité, toujours attentive, se demandait quand
ce noble caractère, triomphant enfin de lui-
même, se réconcilierait avec la vie, elle ne
se doutait pas que la douceur de son regard,
cet abandon, ce charme pénétrant qui lui venait peut-être en ces heures clémentes de la
beauté du jour, rappelaient au colonel Otway
toutes les émotions passées.

La conversation était devenue générale et
le major Morris venait de porter un toast à

lady Dover et à la prise prochaine de Sébastopol, quand tout à coup, comme si la nature
se fût fait l'écho des pensées d'Otway, du
petit plateau qui se trouvait aux pieds du rocher dans la direction de Baïdar, les plaintes
de l'amour méconnu, et la chanson des plaisirs
faciles, montèrent jusqu'à eux. Les rhythmes
admirables de l'opéra de *Rigoletto* couraient
le long des montagnes, qui renvoyaient les accords harmonieux d'une excellente musique, et
le chant de la *dona mobile* réveillait dans sa
gaieté moqueuse les échos sonores.

La surprise fut bientôt expliquée. Omer-
Pacha, dont le quartier général était établi près
de là, ayant appris que lord et lady Dover se
trouvaient au rocher de l'observatoire, avait
envoyé sa musique, et l'un de ses aides de
camps venait au nom du Serdar prier lady
Dover et les personnes qui l'accompagnaient,
d'honorer sa tente de leur présence. L'attrait
que la verdure et les eaux courantes exercent
sur tous les orientaux avait déterminé le choix
du bivouac d'Omer-Pacha, établi près d'une
source, au milieu du feuillage, sur un escar-
pement qui dominait la route Woronzoff.
Isolé des autres tentes, le pavillon destiné aux

réceptions et aux conseils ressemblait avec
ses bords relevés soutenus par de longs fusils,
ses tapis de Smyrne aux brillantes couleurs,
et les larges bandes d'étoffes bleues et pour-
pres qui la doublaient, à un élégant rendez-
vous de chasse. Deux sentinelles revêtues de
de ces étroits vêtements, imposés par les idées
nouvelles aux pauvres soldats Turcs, rappelaient seuls que cette riante demeure était la
résidence passagère du général en chef de
l'armée ottomane.

Omer-Pacha s'avança au devant de ses hôtes,
et, lorsqu'ils eurent pris place dans le fond
de la tente sur de larges divans, des serviteurs
empressés accoururent pour offrir selon l'usage,
ces milles friandises si chères aux Turcs, et,
dans de petites tasses sans anses, renfermées
dans un grillage d'argent, le café réduit en
poudre impalpable et trois fois bouilli sur un
feu ardent. Des pipes dont les longs tuyaux de
jasmin se terminaient par un bout d'ambre
orné de pierres précieuses étaient apportées
aux officiers, et l'on présentait en même temps
à lady Dover et à Madgy un plateau de cristal couvert de tranches étroites d'une pâte
transparente, limpide et brillante.

— Croyez-en, madame, ma vieille expérience, dit Omer-Pacha, qui s'était assis près
de ses hôtes et, tout en causant, tournait
machinalement entre ses doigts les grains
du chapelet musulman. Daignez accepter
ceci, nous l'appelons *Raat-Lekoum*, un nom
barbare que vous ne pourrez retenir et qui
pourtant veut dire : *Bouchée de délices.*
Prenant alors le plateau des mains du serviteur, il les offrit lui-même aux deux jeunes
femmes.

Un peintre se serait plu à reproduire cette
scène, et, dans la grâce un peu affectée avec
laquelle Omer-Pacha faisait les honneurs de
sa tente à l'une des plus charmantes femmes
de l'Angleterre, il aurait à coup sûr trouvé
un motif plein d'originalité. Le cadre était
digne des personnages. A l'un des côtés de la
tente, sur le feuillage vert, se dessinaient les
têtes fières de six chevaux arabes, maintenus
par des entraves de laine à une longue corde,
et, sur le seuil, se tenaient les officiers attachés
à la personne du Muchir. Tous les pays et toutes
les races se retrouvaient dans ces physionomies
étranges, les yeux bleus et les traits allongés
du Slave polonais, les pommettes saillantes du

Croate, le front carré du Prussien ; le nez
d'aigle, les sourcils arqués du Turc à la courte
encolure et aux épaules trapues ; le teint mat
de l'égyptien que les vêtements d'Europe ne
parvenaient pas à déguiser, et sur le divan,
près de ces deux femmes dont l'expression
était si différente, à côté du colonel Otway et
de lord Dover, non loin du major Morris, trois
fidèles représentants de l'Angleterre, la figure
fine d'Omer-Pacha, malgré son nez épais,
court et retroussé. Toutes les passions se
concentraient dans l'éclat de son œil noir,
qui contrastait singulièrement avec ses traits
toujours prêts à sourire, et la maigreur de son
corps qui lui donnait l'aspect d'un oiseau guet-
tant sa proie. C'était bien là un des hommes
de cette frontière qui servit pendant tant de
siècles de champ de bataille aux Musulmans
et aux Chrétiens. Le flux et le reflux des
armées a laissé leur empreinte sur les habi-
tants de ces terres et, à toutes les époques,
quelques-uns d'entre eux cédant à la fascination que le nom de Constantinople chanté par
les poëtes, comme la ville des fortunes soudaines, exerce sur les imaginations ardentes,
quittent leur patrie et la souffrance, et parfois,

réalisant leurs rêves, exécutent ces grands desseins qu'un homme des deux races peut seul accomplir.

Le commandant en chef des forces musulmanes, qui traitait d'égal à égal avec les généraux de l'Angleterre et de la France, était un de ces hommes, et le pauvre Croate devenu le Serdar Ekrem cherchait en ce moment à montrer l'affabilité et la grâce de ses manières ; mais, comme le loup de la fable, il avait beau s'efforcer de *faire patte blanche*, sa chétive et nerveuse personne conservait toujours la force doucereuse de la panthère. Omer-Pacha et ses hôtes luttaient de politesse, car les officiers anglais mettaient de l'amour-propre à se montrer déférents envers celui que l'Angleterre regardait comme son instrument, et l'orgueil de la patrie est si grand que lady Dover et Madgy elle-même voyaient dans le sauveur de l'Empire Ottoman, le serviteur du Lion britannique. Quand la grande dame se leva pour prendre congé, elle eut en remerciant Omer-Pacha de son gracieux accueil, un de ces mouvements que n'eût pas désavoué une patricienne de l'ancienne Rome.

Le Serdar ne voulait pas les laisser partir.

— Accordez-moi un instant encore, leur dit-il : à nous autres soldats, pareille fortune est si rarement donnée, et puisque la musique vous a plu, permettez-moi de vous faire entendre un chant des montagnes d'Albanie. Vous m'oublierez bien vite, mais peut-être qu'un jour le souvenir de cette mélodie vous rappellera l'heure de la rencontre.

Lady Dover s'était assise; le Serdar frappa dans la paume de sa main, un serviteur accourut; deux mots furent dits à voix basse et, presque aussitôt, un jeune homme portant le costume albanais entra dans la tente. Omer-Pacha fit un signe, et le chanteur préludant par quelques accords sur une courte guitare de forme triangulaire, commença d'une voix lente et douce ce chant d'un rhythme singulier, dont la mélodie bizarre pénétrait jusqu'au cœur.

— Permettez-moi, dit le Serdar, lorsque les derniers sons se furent éteints, de servir d'interprète au poëte :

— « Par une nuit d'argent, Méhémet, le lion de l'Albanie, passait dans le sentier.

— » Son fusil, messager assuré de la mort,

battait sur son épaule, son sabre affilé pendait
à son côté.

— » Le guerrier s'avançait oublieux du
chemin, insoucieux du danger ;

— » Et tout à coup il s'arrêta, le rossignol
faisait entendre sa chanson,

— » Puis se taisait, écoutait l'écho, et le
ruisseau qui murmurait sous la feuillée.

— » Méhémet l'invincible demeurait captif, par la voix de cristal répandue dans les
airs.

— » Pauvre petit, dis-moi, d'où viens ta tristesse? — Pourquoi la peine tremble-t-elle en
ton chant?

— » Mon bras ira chercher l'ennemi qui te
trouble, parle pauvre oiselet.

— » Son cœur vaillant croyait l'oiseau pris
par la souffrance et sentait la pitié, — le fort
est toujours généreux.

— » La voix douce tombait en son oreille, et
lui comprenait les sons mélodieux, lorsque
l'oiseau disait :

— » Par-delà les montagnes, près de la mer
aux flots bleus des chrétiens, j'ai vu deux roses
aux beaux feuillages ;

— » L'une était couleur de l'aurore, l'autre blanche comme la neige en ses splendeurs.

— » Sous leurs ombres, je me berçais, j'aimais chanter dans leurs parfums.

— » Quand je suis revenu au rivage, mes amies les fleurs étaient mortes. Le vent des eaux avait passé.

— » Et je vais errant à l'aventure, sans les revoir jamais. Ma peine est grande.

— » Pauvre oiselet, répondit Méhémet, mon bras est impuissant pour ta peine. Tu n'es pas seul à souffrir.

— » Et moi aussi, chez les chrétiens, j'ai vu deux roses en leur saison. L'éclair tue l'éclat du jour.

— » Leur beauté pâlit nos femmes. Pauvre oiselet, le souvenir veillera toujours.

— » Ami, chante, ta voix calme mon cœur. Méhémet écoutait encore.

— » Le cheval hennit soudain. La flamme traversa l'air; la poudre retentit. Le rossignol avait disparu.

— » Merci, ami, lui cria Méhémet. La souffrance est à celui qui songe. Heureuse l'heure du danger. La poudre enivre la douleur.

— » Passant sur les cavaliers ennemis, Méhémet échappé du péril disait encore : Leur
beauté m'aurait souri.

— » Et moi, je chante cette chanson, et je
dis: heureux le guerrier, s'il trouve sur sa route
l'étoile qui mène son cœur au ciel! »

L'heure était avancée, et l'on devait se hâter
de profiter des dernières clartés du jour pour
descendre les pentes rapides.

Quand la petite calèche qui emmenait les
deux femmes arriva à la hauteur du village de
Kamara, la nuit commençait à se répandre sur
la plaine, et la solitude remplaçait l'activité de
la journée. Pendant que la canonnade, aux
attaques du siége, reprenait selon la coutume,
avec une vigueur nouvelle, les clairons des
divisions françaises établies le long du canal
sonnèrent la retraite, les tambours firent entendre leur roulement; tous les bruits s'éteignirent peu à peu, et les feux des bivouacs
brillèrent bientôt comme des étoiles dans les
campements français et sardes. Fatiguées par
la longue course, lady Dover et Madgy s'aban-
donnaient au mouvement de la voiture qui
courait rapidement sur la route unie, lorsque
le *qui vive*! de la sentinelle, placée chaque soir

près du parapet construit durant l'hiver pour protéger les communications du plateau avec Balaklava, les obligea de s'arrêter. Au même moment, à cinq cents pas sur la gauche, dans la direction des campements sardes, ils aperçurent des soldats qui s'avançaient lentement en ayant l'air de soulever un fardeau. La flamme chassée par le vent, se ramassait au sommet des torches, et envoyait par instant des reflets rougeâtres sur leurs figures qui retombaient tout à coup dans l'ombre. Des *Bersaglieri* piémontais portaient un malade sur une civière.

— Qui vive! cria la sentinelle, interrompant sa marche monotone.

— Amis, répondit un des soldats.

— Passe amis, et la sentinelle reprit son pas indifférent.

Sur cette civière, un brave officier que le choléra venait de frapper depuis une heure se tordait déjà en proie aux angoisses suprêmes. Deux offciers accompagnaient leur camarade, et à ses côtés, son ordonnance, pauvre soldat des mêmes montagnes, pleurait en voyant son lieutenant tant souffrir. Pendant ce moment de halte, les torches donnant leur pleine lumière avaient éclairé la figure pâle et les yeux hagards du malade, que l'on se hâtait de conduire à l'hôpital de Balaklava. Le funèbre convoi continua sa marche et les torches se détachaient comme des points rouges au milieu des ombres, pendant que la voiture tournant à droite se dirigeait vers Karani.

18

XIV

LES DERNIÈRES HEURES

— Je viens vous faire mes adieux, dit le lendemain Madgy à lady Dover, et vous prier d'avoir la bonté de me faire conduire à l'hôpital. Mes pauvres soldats m'attendent ; je dois me retrouver cette après-midi auprès d'eux. Et comme lady Dover s'y refusait, invoquant les ordres du docteur et les soins que sa santé exigeaient encore.

— La journée d'hier m'a guérie, répondit-elle. Mes forces, je le sens, sont revenues, et là-bas de braves gens me réclament.

— Vous ne songez pas au chagrin que votre départ nous causera, à moi surtout, et lui prenant la main : chère Madgy, je vous en prie, ajouta-t-elle, restez parmi nous, ne serait-ce que quelques jours. Vous êtes l'ange gardien, si vous partez, je crains un malheur.

— Soyez sans inquiétude, la bénédiction est sur vous, et le malheur n'approchera pas. Non, non, reprit-elle avec force, l'espérance couronne chacun de vos jours. Pour vous, l'épi semé à l'aurore est déjà mûr au coucher du soleil, et chaque matin un nouvel épi naît sous vos pas. Courage et confiance, Dieu est avec vous.

— Ma bonne et chère Madgy, ma peine est si grande. Restez, je vous en conjure.

— Ils m'appellent aussi. Le devoir me commande. Depuis hier soir j'ai devant les yeux le regard de cet officier mourant. Ma place était auprès de lui, il faut que je vous quitte. Rendez-moi à ces pauvres gens, je leur appartiens. Tant que Dieu me donnera la vie, je dois leur donner mes jours.

Madgy obéissait à l'énergie de son dévouement, et croyant à sa force parce qu'elle était courageuse, sa volonté demeura inébranlable. Toutes les instances de lady Dover furent inutiles, et le soir, les blessés et les malades de l'hôpital s'annonçaient les uns aux autres la bonne nouvelle de son retour.

Après une courte absence, qui ne revoit avec plaisir le foyer domestique? Madgy éprouva cette joie en se retrouvant dans sa petite chambre de l'hôpital, près des malades et des mourants devenus maintenant sa famille. Ne demandant plus rien à la terre, elle les regardait comme des compagnons donnés par la miséricorde divine pour le temps de l'épreuve, et rouvrait ce livre sans fin de la charité, à la page où elle l'avait laissé. Son dévouement ne se lassait pas de courir vers la souffrance, et parvenait souvent à l'emporter sur les maux du corps, par la pieuse consolation qui les fait oublier. Luttant courageusement contre le choléra qui occupait maintenant tout un quartier de l'hôpital, elle passait en faisant le bien. Lady Dover quand elle s'informait de sa santé, la trouvant toujours aussi calme, aussi patiente avec la vie, s'éloignait sans oser jamais lui parler des émotions que la jeune femme semblait maintenant vouloir ensevelir à jamais, mais elle ne pouvait cependant se défendre d'une inquiétude profonde. Malgré sa fermeté, Madgy ne parvenait pas à cacher les traces de

18.

sa fatigue, et bien souvent au retour d'une de
ces visites qu'elle aimait à prolonger, lady
Dover en rejoignant ses amis de Karani, leur
parlait des préoccupations que lui causait une
santé aussi chère.

— Je tremble, disait-elle, un soir, au colonel
Otway, je tremble chaque jour, et il me faut cacher mes craintes. Son calme même m'effraye;
lorsque je lui touche la main, sa peau me brûle,
et quand je l'ai priée de prendre un peu de repos,
de venir, ne serait-ce que pour quelques jours
à Karani : — Mon repos est de leur faire un peu
de bien, m'a-t-elle répondu, en me montrant
ses malades ; je ne pourrais plus les quitter.

— Miss Nightingale arrive demain, lui répondit Otway, et si le docteur partage vos
craintes, nous recourrons à son autorité pour
obliger miss Madgy à vous suivre. Mais je
redoute plutôt qu'elle n'ait reçu le contre-coup
de quelque fâcheuse nouvelle. Je l'ai vue hier,
elle m'a paru très-soucieuse, me demandant
de revenir dans quelques jours, quand l'arrivée
de nouvelles infirmières l'aurait rendue plus
libre. Elle voulait me demander conseil, et
j'ai peur de recevoir un pénible message.

— Vous avez raison, reprit lady Dover,

miss Nightingale comprendra nos tourments, et j'aurai recours à sa bonté. Pour rien au monde, je ne voudrais qu'il arrivât malheur à ma chère Madgy. Vous m'aiderez, n'est-ce pas ?

L'armée attendait avec impatience l'arrivée de miss Nigthtingale. Le nom de cette pieuse personne n'est prononcé qu'avec respect dans toute l'Angleterre, et son dévouement a conquis l'admiration de l'Europe. Qui a pu oublier la déférence de la population de Marseille lorsqu'elle s'embarqua avec ses compagnes sur la *Vectis* que la compagnie péninrsulaire avait tenu à honneur de mettre à leur disposition, pour les conduire plus rapidement vers Constantinople, dans ces hôpitaux où régnait alors la mort, que la toute-puissance de leur charité devait souvent conjurer. Madgy, qui ne l'avait rejointe que plus tard, dut à une touchante délicatesse de son cœur, d'arriver la première sur cette terre de Crimée où miss Nightingale venait maintenant la retrouver avec de nouvelles sœurs. Après avoir organisé le service de l'hôpital que l'on achevait sur la hauteur, elle devait, disait-on, retourner à Constantinople, et revenir bientôt après.

Comme Madgy, miss Nightingale puisait dans la fermeté de son âme une force supérieure, mais son énergie ne venait point d'une passion dont le malheur augmentait les mystiques ardeurs, elle prenait sa source dans une piété et un amour de Dieu, qui n'empruntaient rien aux souvenirs de la terre. Sa personne respirait les sereines douceurs de la charité. Sa démarche, sa physionomie bienveillante, répandaient autour d'elle la confiance et l'abandon.

Son arrivée augmenta d'abord beaucoup les fatigues de Madgy qui devait l'accompagner partout, dans sa longue et minutieuse inspection, sans pour cela se permettre de négliger aucun des soins accoutumés ; aussi, le surlendemain, en passant le soir dans les salles, elle se sentit tout à coup prise d'une grande faiblesse, et, par deux fois, fut obligée de s'appuyer pour ne pas tomber, mais n'attribuant qu'à un peu de fatigue le malaise qu'elle éprouvait, elle se leva le jour suivant à l'heure accoutumée et ne prêta aucune attention à sa souffrance.

Le docteur, pendant sa visite du matin, ayant remarqué sa pâleur, l'engagea à ne

point continuer, et la pria de prendre un peu
de repos ; elle s'y refusa, et vers les deux
heures, lorsque miss Nightingale fut revenue
des hauteurs où elle avait été visiter le *Sa-
natorium*, Madgy s'était rendue à une commission sanitaire où elle avait été appelée en
qualité de directrice du service journalier,
quand on la vit tout à coup chanceler et s'af-
faisser sur elle-même. Portée en hâte dans sa
chambre, elle resta longtemps sans connaissance, et, quand elle rouvrit les yeux, sa
faiblesse ne lui permettait pas de supporter
l'éclat du jour. Une teinte verdâtre avait passé
sous sa peau, et l'empreinte de la main restait marquée sur sa chair, comme si le vide
se fût déjà fait.

Le docteur avait prescrit les remèdes les
plus énergiques, pour combattre cette violente
et soudaine attaque de choléra.

— A Constantinople, disait-il à miss Nightingale, vous n'avez rien de semblable. Si nous
ne parvenons point à provoquer une prompte
réaction, elle s'éteindra dans cinq ou six
heures, épuisée, sans douleur apparente, par
ce mal terrible... Grâce au Ciel, elle est jeune
et forte, et j'ai encore un peu d'espoir.

Les soins dévoués qui l'entourèrent parurent d'abord triompher du mal. La chaleur reparut, les forces revinrent, et, dans tout l'hôpital, la bonne nouvelle se répandit aussitôt. Miss Madgy, disait-on, était sauvée. Le docteur recommanda un grand repos, et, s'il ne survenait aucune crise nouvelle, avant la fin du jour, elle était hors de danger ; mais, aux premiers symptômes, on devait le rappeler aussitôt, et miss Nightingale voulut veiller elle-même et demeurer seule dans la chambre.

Comme ces belles journées qui sortent pures et transparentes des brumes du matin, Madgy, en revenant à la vie, avait retrouvé toute la lucidité de sa pensée. Son regard était ferme et tranquille, elle paraissait attendre, lorsque tout à coup, faisant signe à miss Nightingale, elle l'appela auprès de son lit.

— Je n'ai qu'une seule grâce à vous demander, dit-elle, aidez-moi à remplir un dernier devoir.

— Mais, chère enfant, vous êtes mieux, et le docteur assure qu'il n'y a plus aucun danger.

— Ne croyez pas que j'aie peur, répondit Madgy ; vous le savez bien, la mort est pour moi une délivrance. C'est une amie qui vient me chercher. Je l'ai vue. Elle m'a avertie. J'ai quelques heures devant moi, car je ne dois pas quitter cette terre sans que cela soit accompli.

— Vous nous êtes nécessaire, chère Madgy, que deviendraient nos malades si vous n'étiez plus là ?

— Écoutez-moi dit-elle, sans laisser détourner sa pensée. Voilà bien des jours que je prie. Un moment l'orgueil est monté en moi, et j'ai douté. Je le sens maintenant. Dieu est miséricordieux. Il me fait mourir, et par ma mort, par ma joie, reprit-elle après un instant de silence ; le Seigneur me permettra de réussir, et comme miss Nightingale voulait l'interrompre, elle l'arrêta par un geste qui conservait encore ce charme qu'elle ne pouvait perdre. — Non, ne croyez pas que la faiblesse fasse errer mon esprit ; heureusement la vie ne tient plus à mon corps, j'en suis bien sûre. — Écrivez, je vous en prie, au colonel Otway, que je lui demande de venir sans perdre une minute. Il faut que je lui parle avant de mourir.

Miss Nightingale hésita un moment, mais, pensant que dans l'état de faiblesse où se trou-

vait Madgy, toute contrariété pourrait lui être
fatale, elle écrivit au colonel, et fit aussitôt
porter la lettre par une ordonnance.

Un pâle sourire passa sur les lèvres de la
malade, quand on lui dit que ses désirs étaient
remplis, puis elle resta immobile dans son lit.
De légères couleurs montaient à ses joues, ses
yeux s'ouvraient plus que de coutume, et ils
paraissaient voir au-delà de la lumière du jour.
Miss Nightingale, assise à ses pieds, demeurait silencieuse. La porte était ouverte, afin de
laisser passer l'air, car la chaleur était accablante, et une infirmière se tenait dans le cor-
ridor, prête à répondre au moindre appel.

Durant deux heures, Madgy ne fit aucun
mouvement et son regard conserva une fixité
qui ressemblait à l'extase. Le docteur vint de
nouveau, et parut d'abord content, mais,
quand il eut pris le bras pour tâter le pouls, il
secoua la tête d'un air de doute. A la brume
le colonel Otway arriva, le billet de Miss Nightingale lui avait été remis dans la tranchée, et
il était accouru. Au bruit du cheval qui s'arrêtait dans la cour, les traits de Madgy perdirent
leur fixité, et se soulevant à demi, elle se
tourna vers la porte. Miss Nightingale sortit

aussitôt pour prévenir le colonel des craintes qu'inspirait l'état de Madgy, et de sa volonté absolue de le voir, de son insistance pour qu'il fût appelé sur-le-champ.

Cette nouvelle inattendue, le danger qui menaçait la jeune fille, cet appel suprême dans un moment où elle se croyait gravement atteinte, lui causèrent une vive émotion, et son cœur se serra comme si une sœur l'eût fait demander à cette heure suprême, où toutes les affections s'ennoblissent, en présence de la mort prochaine. Quand il entra avec Miss Nightingale, la chambre commençait à devenir obscure, et la figure de Madgy, éclairée par le crépuscule, ressortait sur l'oreiller blanc. Ses yeux brillaient comme auraient brillé deux diamants, et le contentement de l'attente satisfaite se montra sur ses traits, lorsque, s'approchant d'elle, il lui demanda comment elle se portait.

— Bien, dit-elle, puisque Dieu a permis que la vie attendît jusqu'à votre arrivée.

— Disposez de moi entièrement, absolument, miss Madgy, répondit Otway. Tout ce que vous souhaiterez sera fait, toutes vos instructions religieusement suivies, et miss Nightingale et moi, je vous en donne ma parole, si vous devez nous quitter, nous veillerons à ce que votre volonté soit fidèlement remplie.

Le chagrin d'Otway était profond ; mais il ne pouvait se faire aucune illusion. L'énergie de la jeune fille était trop grande pour qu'elle ne fût pas proche de la mort. Quand la surexcitation qui la soutenait serait tombée, elle se trouverait sans force pour résister.

— Je vous remercie, lui répondit Madgy, par vous je quitterai la terre sans y laisser un regret ; et, après un instant de silence : — Me reconnaissez-vous, colonel Otway, reprit-elle, reconnaissez-vous la petite fille qui vous présenta un jour à la porte de notre cottage une corbeille de fraises, et donna à la dame qui vous accompagnait une branche de chèvrefeuille en fleurs ? et comme il tressaillait malgré lui : Colonel Otway, dit-elle en élevant la voix, je vous demande de pardonner, — puis aussitôt avec une angélique douceur, — au nom de ma mort prochaine, je vous en prie. Vous avez juré de faire ce que je dirais, c'est la seule chose que j'ordonnerai avant de mourir. Écoutez, vous souffrez encore parce que l'orgueil vous a toujours commandé. Courbez le front

sous la main de Dieu. Pardonnez, et la terre
que vous dédaignez aura pour vous plus d'une
joie. Pardonnez non par une vaine parole, non
par les lèvres, mais que la miséricorde plie
votre cœur ; pardonnez et une lumière nouvelle brillera devant vous. S'il est trop tard
peut-être pour que ce pardon soit salutaire
à l'âme égarée, ce pardon sera salutaire pour
vous dont l'âme s'est égarée dans la dureté.
Pardonnez, j'ai si peu de minutes à vivre, ne
me les prenez pas toutes à vous prier, et laissez-
m'en quelques-unes pour me préparer à paraître devant mon Dieu. Que je puisse lui dire
que vous avez été bon pour moi, et que votre
douceur a veillé sur mes derniers moments. »

Le trouble, l'agitation, le réveil soudain de
toutes les colères contenues, le froissement de
l'orgueil mis à vif éclatèrent tout à coup dans
l'âme d'Otway et s'y livrèrent un violent combat, mais à mesure que Madgy parlait, sa voix
si faible pénétrait en lui avec une puissance
irrésistible. L'attendrissement, ce sourire des
anges, s'emparait de lui et réveillait son
cœur ; il hésita et sous le regard de la pauvre
jeune fille mourante, impuissant à lutter plus
longtemps, lui qui n'avait jamais cédé. trouva

la forcé de se vaincre lui-même. Comme il tardait.

— Je vous en prie, lui dit de nouveau Madgy.

Otway n'essaya plus de résister.

— Que la volonté de Dieu transmise par vous s'accomplisse, dit-il, que le Seigneur entende ma parole, de tout mon cœur, je pardonne.

— Et maintenant, reprit Madgy, levant les yeux vers le ciel, je puis mourir. Envoyez, je vous prie, chercher monsieur le chapelain, pour qu'il récite les dernières prières. Vous en doutez, — faites aussi appeler le docteur, qui vous dira, je le sais, qu'il ne me reste plus longtemps à vivre. Et aussi calme, aussi maîtresse d'elle-même, que si elle se fût trouvée auprès de lady Dover, dans le salon de Karani :

— Merci, colonel Otway, ajouta-t-elle, je vous dois le seul bonheur qu'il m'était permis d'espérer encore. — Miss Nightingale, vous qui avez eu compassion de ma faiblesse, quand je serai morte, vous garderez, n'est-ce pas, mon livre de prière, et vous donnerez ma bible au colonel. Il pensera en la lisant à la promesse qu'il a faite à Dieu devant la pauvre Madgy. — Vous couperez aussi deux mèches

de mes cheveux, vous les enverrez à mon père
et à ma mère, et vous leur écrirez que pas un
jour ne s'est écoulé sans que je m'unisse à leur
prière, et que je me suis toujours efforcée de
rester digne de leur bénédiction. Dites-lui...
elle s'arrêta, puis, reprenant : Quant aux
autres, donnez-les à lady Dover. Qu'elle les
garde avec son bonheur. Je voudrais... non —
il vaut mieux que je ne la voie pas, — cela me
ferait mal, murmura-t-elle, et je dois me
recueillir... Vous laisserez mon corps en
Crimée. Mettez-le, là-bas, sur la hauteur. —
Pardon de l'embarras que je vous donne ; —
puis, elle prononça à voix basse quelques paroles qu'il fut impossible d'entendre, et retomba assoupie.

Dans les longs dévouements de sa charité,
miss Nightingale bien des fois déjà avait pris
part à ces luttes de la vie expirante. Le colonel
Otway était mêlé chaque jour aux spectacles
les plus terribles, et pourtant en présence de
cette simplicité si profonde, et de cette force
résignée, ils éprouvèrent les mêmes émotions
et ne furent pas maîtres de leurs larmes.

L'assoupissement n'avait duré que quelques
instants. Ses traits se contractèrent à plusieurs

reprises, ses prunelles presque tournées dans
leur orbite semblaient se dérober sous la paupière, et ce mouvement précurseur de la mort
découvrait en entier le blanc de l'œil. Des
étouffements et un hoquet nerveux la saisirent, un son sinistre s'échappait de ses lèvres
entr'ouvertes, pendant que le docteur s'efforçait de conjurer la crise.

Le combat de la jeunesse et de la vie était
effrayant. Le calme et la connaissance revinrent
cependant peu à peu. L'âme triomphait encore
une fois de la chair. L'on eût dit l'un de ces
nuages qui troublent tout à coup la sérénité
d'une belle journée, et qui, bientôt chassés par
le vent, laissent au soleil couchant toute sa
splendeur. Les brises fortifiantes qui viennent
d'au delà du temps, et que les justes sentent
aux approches des heures dernières arrivaient
maintenant jusqu'à Madgy. Elle entra dans une
tranquillité profonde. Les vertus de sa jeunesse,
les espérances d'un cœur qui n'appartenait plus
à la terre, l'entourèrent d'une auréole de paix
glorieuse. Comme le frais du bois au sortir
d'une plaine brûlante, après les angoisses de ses
longs jours et de ses longues nuits, elle sentait les approches de Dieu. En voyant le calme

de sa respiration devenue aussi légère que celle d'un enfant, on aurait pris le recueillement de sa pensée pour un sommeil bienfaisant, mais lorsque l'on vint à voix basse dire à miss Nightingale que lady Dover, qui ne la savait pas malade, envoyait le petit Tobby s'informer des nouvelles de miss Madgy, et lui annoncer que le lendemain elle viendrait certainement la voir :

— Demain, murmura-t-elle, demain, c'est bien loin, — et, entendant près de la porte les sanglots de l'enfant, elle voulut qu'on le fît entrer.

— Mon pauvre Tobby, dit-elle, en lui souriant encore, nous ne nous verrons plus au moins pour un temps, car, je l'espère, vous resterez bon et honnête, et l'honnêteté mène à tout, en menant à Dieu. Je vous remercie de l'attachement que vous m'avez montré. Et comme l'enfant pleurait toujours : La volonté de notre Seigneur, reprit-t-elle, doit être accueillie avec respect. La séparation ne dure pas sur la terre, — et un éclair de joie brillait dans son regard pendant qu'elle prononçait ces paroles. Dieu qui est bon nous réunira tous bientôt pour l'éternité.

Faisant un effort pour surmonter la fatigue :
— Je vous en prie, colonel Otway, ajouta-
t-elle, veillez sur cet enfant, et, si vous le
pouvez, qu'il reste près de vous, jusqu'à
ce que son corps et son âme aient pris des
forces.

Épuisée par sa faiblesse, elle se tut. Sa prière
montait comme une action de grâces, et remerciait le Seigneur de l'avoir inspirée.

La nuit était venue et les grondements du
canon s'élevaient avec les premières ombres du
côté de Sébastopol. La lourdeur de l'atmosphère
les apportait comme les roulements majestueux
de l'orage, au moment où le chapelain venait,
au nom de Dieu, inviter la pauvre âme à s'abandonner à la volonté souveraine. Une lumière
placée auprès du lit répandait ses lueurs trem-
blantes dans la petite chambre, et tous écoutaient
à genoux.

Lorsqu'après avoir invoqué la miséricorde
divine dans ces belles prières que la jeune
femme avait dites si souvent au chevet des ago-
nisants, le Ministre eut commencé le Psaume
de la confiance, Madgy mêla sa voix affaiblie,
et elle répétait ces versets pleins d'espérance et
d'abandon.

— « Éternel, je me suis retiré vers toi, que je ne sois jamais confus.

— « Délivre-moi par ta justice, et, me fais échapper, tourne ton oreille vers moi et me sauve.

. . . .

— « Mon Dieu, délivre-moi de la main du méchant, de la main du pervers et de l'oppresseur.

— « Car tu es mon attente, Seigneur éternel, et ma confiance, dès ma jeunesse.

Puis, quand il eut dit le dernier verset, le chapelain, dominant son émotion, prononça la suprême prière, à laquelle répondaient les sanglots :

« Dieu tout puissant avec lequel vivent les
» esprits des justes sanctifiés, après qu'ils sont
» délivrés de leur terrestre prison, nous te
» recommandons très-humblement l'âme de
» ta servante, notre chère sœur, que nous
» remettons entre tes mains, comme entre les
» mains d'un fidèle créateur, et de son Sau-
» veur très-miséricordieux, te suppliant très-
» humblement qu'elle soit précieuse en ta
» présence. Nous te supplions de la laver dans

19.

» le sang de l'agneau sans tache, qui a été mis
» à mort pour ôter les péchés du monde ; afin
» qu'étant purifiée des souillures qu'elle peut
» avoir contractées au milieu de ce monde
» méchant et misérable par les convoitises de
» la chair, ou par les ruses de Satan, elle
» puisse comparaître pure et sans tache devant
» toi. Apprends-nous, aussi à nous qui demeu-
» rons encore en vie, à contempler dans ce
» spectacle de notre mortalité et dans tous ces
» objets semblables que nous avons tous les
» jours devant les yeux, combien notre condi-
» tion est fragile et incertaine. Enseigne-nous
» à tellement compter nos jours, que nous
» nous appliquions sérieusement pendant que
» nous sommes dans ce monde, à l'étude de
» cette sainte et céleste sagesse, qui nous peut
» conduire enfin à la vie éternelle, par les
» mérites de Jésus-Christ, ton fils unique,
» notre Seigneur. »

Quand ils eurent répondu Amen, Madgy
répéta une dernière fois : —Qu'il en soit ainsi.
Ce n'était qu'un murmnre, et tous pourtant
l'entendirent. Il se fit ensuite un grand silence.
Madgy avait fermé les yeux. Tout le monde
restait à genoux. Seulé, miss Nightingale se

tenait debout auprès d'elle comme l'ange des dernières défaillances.

La main de la malade pendait immobile le long du lit. Tobby ne pouvait en détacher son regard, quand soudain, cédant à un entraîne-ment de son cœur, il s'approcha et la baisa respectueusement. Les lèvres de l'enfant se marquèrent sur la peau qui avait déjà perdu la vie.

Madgy se redressa tout à coup, et miss Nightingale dut se hâter de la soutenir. Ses yeux s'ouvrirent, la paupière parut se dilater, et tendant les deux bras : — Enfin dit-elle, il vient me chercher ; puis si bas que miss Nigh-tingale l'entendit seule : — Me voici, et elle posa sa tête sur l'oreiller. Ses lèvres se fer-mèrent doucement. Celle dont le cœur était brisé, la pauvre Madgy, venait de mourir.

XV

Trois années s'étaient écoulées depuis la prise de Sébastopol, et ces terres foulées par les armées étaient rendues à la solitude, quand le colonel Otway voulut, en revenant, des Indes, leur dire un dernier adieu.

D'espaces en espaces, au milieu de ces étendues, l'on découvrait les grands charniers de la gloire, des cimetières religieusement respectés, et quelques fermes qui se relevaient à peine de leurs ruines. Sur le plateau d'Inkermann, un troupeau de bœufs, gardé par un enfant, paissait tranquillement l'herbe touffue, là où l'on s'était tant battu, et un silence profond régnait dans la vallée. Comme autrefois, la Tchernaïa

coulait à pleins bords à travers la prairie. Les
ruines du monastère se détachaient toujours
de la roche grise, et les lignes sinueuses du
plateau de Mackensie conservaient leur calme
majesté, mais les tirailleurs ennemis n'étaient
plus là, et les neiges et les pluies de l'hiver
avaient emporté la batterie russe.

Appuyé contre une croix de pierre élevée
sur l'emplacement même de l'héroïque défense
des gardes, près du ravin qui reçut en souvenir du sang, le nom terrible de l'*Abattoir*,
et au-dessus duquel la légende raconte déjà,
que durant les nuits brumeuses, les fantômes
viennent recommencer le combat, le colonel
Otway songeait aux années disparues, à ses
compagnons de Crimée, et à cette jeune femme
qui avait laissé dans sa vie une impression si
profonde.

Respectant le dernier désir de la morte,
l'amitié pieuse de lady Dover lui avait élevé
un tombeau taillé dans la pierre blanche du
ravin, au pied de cette croix, à la place même
où son fiancé avait été frappé. Une même
terre recouvrait maintenant leurs dépouilles,
et depuis lors, que de jours disparus et de
fortunes diverses! — Le major Morris qui

peut-être se souvenait encore, et voulait que
son nom parvînt à la renommée, s'était couvert de gloire dans la guerre des Indes ; le
commandement d'une brigade avait récom-
pensé l'héroïque conduite de lord Dover, le
huit septembre, au dernier assaut du Redan,
et, sorti sain et sauf de tant de périls, il habitait maintenant l'Angleterre avec sa noble
femme dont le dévouement ne lui fit jamais
défaut. Elle aussi, au milieu des triomphes que
lui valent son charme et sa beauté, dans ces
brillantes fêtes dont elle est la parure, n'a
point oublié l'âme exilée, sa chère Madgy.

Otway venait à ce tombeau comme l'on
vient à un pèlerinage. Le souvenir de la
sainte jeune fille ne se mêlait pour lui à
aucun autre souvenir. Il lui devait l'apai-
sement de l'âme. Fidèle à sa promesse, il
avait pardonné, mais le tardif pardon avait pu
seulement rendre plus douces les dernières
heures de lady Harriett. — Dieu pourtant
avait béni la miséricorde et éloigné l'amertume. Il se surprenait de nouveau à s'inquiéter de l'avenir, trouvant plaisir à voir
grandir et prospérer le bien qu'il faisait. La
prescience de la charité n'avait pas trompé

Madgy, et ce cœur ramené par la toute puissance d'un enfant pourrait peut-être aimer encore.

Pendant qu'il s'abîmait ainsi dans le passé et que, près de cette tombe, entouré de ces grandes terres, ses pensées montaient vers •Madgy, un jeune garçon de seize ans le rejoignit et déposa un bouquet de fleurs contre la croix blanche.

Sur la tombe de miss Madgy, Tobby apportait les fleurs qu'elle aimait.

FIN.

TABLE

Tours — Imp. E. Mazereau.

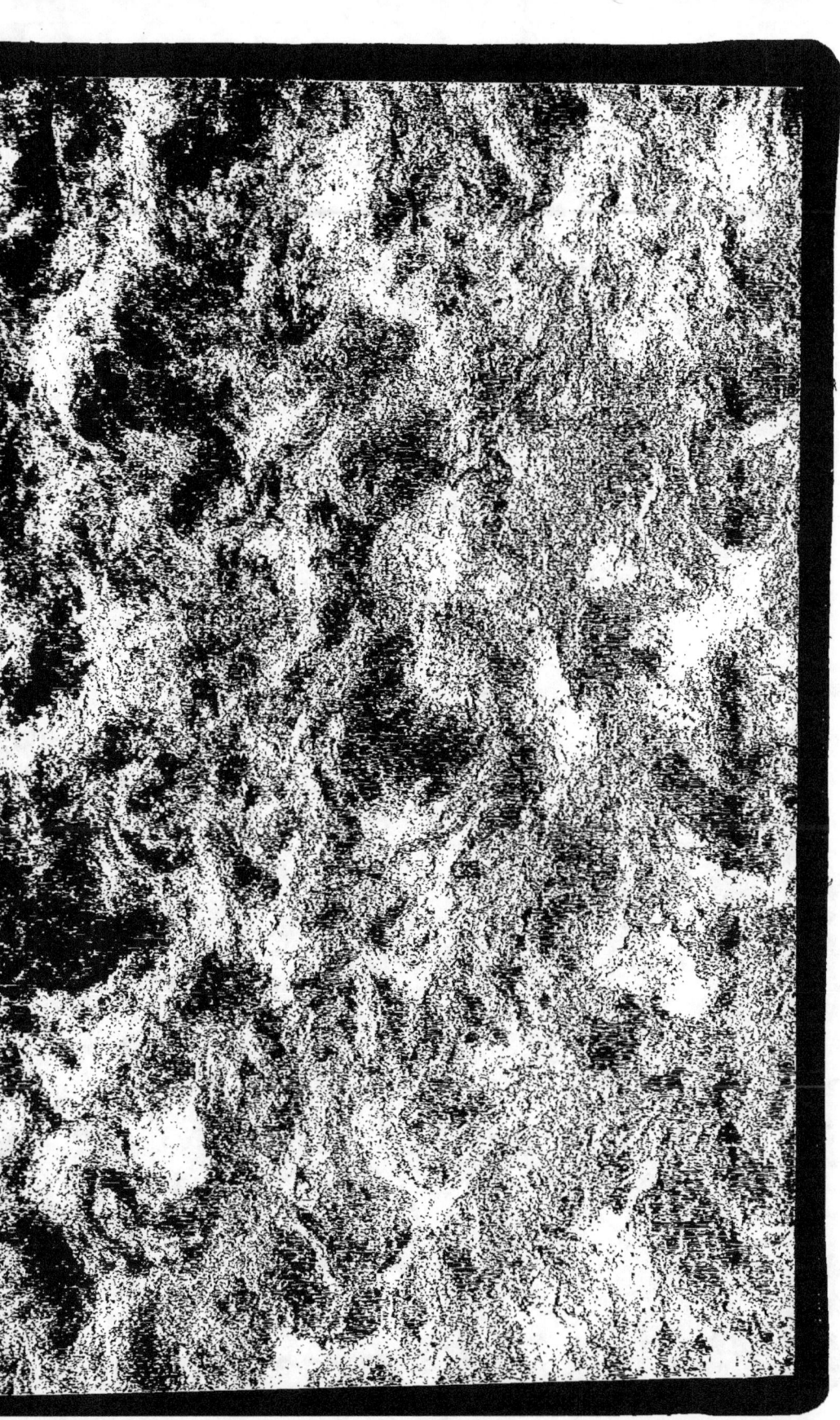